Hartmut Brümmer
Unkenstimmen

Zu diesem Buch

„In der zurückliegenden Nacht hatte er um zwei Uhr das Bett verlassen, war in die Küche gegangen, hatte sich ein Bier aus dem Kühlschrank geholt und sich im Halbdunkel aufs Sofa gesetzt. Der Mond stand hoch und vollrund am Himmel, er erhellte den Garten hinterm Haus und warf kaltes Licht als breiten kalkweißen Streifen in das Wohnzimmer. Kein Laut. Eine Stille, die er, so empfand er es, hätte mit Händen greifen können."

Durch einen mysteriösen Unfall hat Edgar Frau und Tochter verloren. Seither findet er keine innere Ruhe mehr, Nächte sind ihm ein Graus. In seiner Ratlosigkeit versucht er, bei seinem langjährigen Freund Verständnis und Zuspruch zu finden. Aber das Leben seines Freundes hat mittlerweile einen Weg eingeschlagen, der diesen immer tiefer in politische Kreise hineinzieht, an denen die Freundschaft zu zerbrechen droht.

Selbstzweifel; Suche nach Lebenssinn; Träume, die sich nicht erfüllten; Liebe, die einen Scherbenhaufen hinterlässt – das sind die Gefühlswelten, in denen sich die Figuren dieses Romans bewegen.

Der Autor

 Hartmut Brümmer hat seine Kindheit und Jugend in einem Dorf in der Nähe der deutsch-polnischen Grenze verbracht. Das Studium der Sprachen Russisch und Tschechisch führte ihn nach Berlin. Dort arbeitete er als Dolmetscher und Übersetzer. Später ging er nach Frankfurt a. Main und übte dort seinen Übersetzerberuf vor allem im Bereich Technik und Technologie aus. Darauf folgte eine jahrelange freiberufliche Tätigkeit in Hamburg. Heute lebt er auf dem Lande in der Nähe von Lüneburg.

Hartmut Brümmer

Unkenstimmen

Roman

Bibliografische Information
der Deutschen Nationalbibliothek:
Die Deutsche Nationalbibliothek verzeichnet diese
Publikation in der Deutschen Nationalbibliografie;
detaillierte bibliografische Daten sind im Internet über
http://dnb.dnb.de abrufbar.
© 2020 Hartmut Brümmer
Lektorat: Klaus Schröder, Lüneburger Lektorat
Umschlagsgrafik: Karl-Heinz Scharf
Herstellung und Verlag: BoD – Books on Demand,
Norderstedt
ISBN: 9783751982696

1

Sein Freund Bruno hatte die Wohnung gewechselt. Nicht nur die Wohnung, auch den Wohnort. Was Edgar sehr bedauerte. Bruno war der einzige Mensch, dem er blind vertrauen konnte. Auch Bruno konnte Edgar blind vertrauen. Eine Freundschaft kann sehr intim sein, und vielleicht muss sie das auch. Bis zu einer gewissen Grenze natürlich. Denn wenn man alles offenlegt, ist das so eine Art innerer Ausverkauf. Einen letzten Rest Selbstbehalt sollte man sich bewahren, so Edgars Maxime. Abgesehen davon wusste Edgar mehr als jeder andere Mensch über Bruno, und auch Bruno wusste mehr als jeder andere über Edgar – bis auf jenes letzte Zipfelchen Selbstbehalt. Edgar wusste, würde er – oder Bruno – diesen Rest von sich preisgeben, liefe ihre Freundschaft ins Leere. Kein Geheimnis mehr, kein letzter intimer Winkel vom Ich, und sei er noch so klein. Das ist wie mit dem Ersparten: Hebt man alles ab, ist da nichts mehr. Null. »Ein bisschen Guthaben, muss ja nicht viel sein, sollte schon bleiben – für alle Fälle«, hätte Edgars Mutter gesagt, und da hätte sie mal wieder recht gehabt.

Mit Brunos neuer Wohnung war soweit alles in Ordnung: zwei Zimmer, Mini-Küche, Mini-Bad. Sogar einen Keller gab es, von dem er jedoch keinen Gebrauch machte.

»Günstig«, betonte Bruno, und er meinte kosten-günstig. »Klein, aber für mich allein, da reicht das. Und dann dieser Blick, sieh dir das mal an!«

Edgar sah es sich an, und er musste zugeben, so einen schönen Ausblick hatte er aus seinem Nullacht-fünfzehn-Häuschen am Stadtrand von Flensburg nicht. Ein bisschen Grün, das den Namen Rasen nicht verdiente, ein Pflaumenbaum, dessen Früchte er brüsk ablehnte, weil ihm der Anblick der gelben quirligen Würmchen im Fruchtfleisch Brechreiz ver-ursachte. Neben dem Baum dümpelte die Schaukel. Er hätte sie längst abnehmen sollen. Das hatte ihm auch Bruno angeraten, aber Edgar konnte sich nicht dazu durchringen. Immer wenn die Schaukel im Wind hin- und herschwang, konnte er sich nicht von der Vorstellung losreißen, Lotte darauf sitzen zu se-hen. Wie sie Schwung holte mit ihren nach innen gedrehten Beinchen. Ihr flatterndes Haar, das sie sich im Flug aus dem Gesicht strich und das aber doch wieder auf ihre vor Eifer glühenden Wangen zurück-fiel. Sentimentales Zeug, natürlich. Es gibt diese Bil-der tausendfach, wenn nicht gar millionenfach, und überall auf der Welt. Auch hier hast du recht, Bruno, dachte er. Sich losreißen. Wie lange schmerzt ein Riss? Er sollte die Schaukel entfernen. Und wenn sie sich nachts in seinen Träumen an ihm rächen würde, könnte er sie wieder dort anbringen, wo sie tagsüber ihr Unwesen trieb. So einfach könnten Lösungen aussehen.

Bruno wurde nicht müde, ihn auf die Details bis hin zum Horizont aufmerksam zu machen: »Und ganz dahinten dann der Wald, und in dem Wald ein See, na ja, mehr ein Teich, aber den sieht man von hier aus nicht.«

Womit er recht hatte.

»Wir sollten mal dorthin gehen. Der Teich ist nicht nur bloßes Wasser. Der Teich lebt, sogar Unken gibt es dort, ich selbst habe sie gehört, in der Dämmerung, zum Gänsehautkriegen.«

Doch was zum Teufel hatte Bruno hierher in dieses Nest gezogen? Die Aussicht? Die Nachbarn rechts waren ein Ehepaar mit zwei Kindern, von Bruno als *deutscher Standard* benannt. Links wohnte eine betagte Bauersfrau, die nicht nur von ihrem Mann und ihren Kindern, sondern auch – wie Bruno konstatierte – von allen guten Geistern verlassen war, denn sie machte einen wunderlichen Eindruck auf ihn. Wenngleich er sie zunächst ganz zugänglich, ja geradezu sympathisch fand. Wer er denn sei, wollte sie so über den Zaun gefragt wissen. Wie sollte er ihr ihre Direktheit nicht verzeihen? Was schon passierte hier draußen sonst um sie herum?

»Ach«, reagierte sie, nachdem er sie über sich informiert hatte. »Ich dachte schon …«

Ja, sie dachte schon. Wo viel Einsamkeit ist und auch viel Aussicht, bleibt viel Raum für Mutmaßungen.

»Von den Äpfeln können Sie nehmen so viel Sie wollen. Wer soll die denn sonst essen? Die Leute in der Stadt gehen in den Laden und holen sich dort diese abgepackten Dinger, die alle gleich schmecken. Ich habe extra ein Schild aufgestellt: ZUM MITNEHMEN! Nimmt aber niemand mit. Aber wen wundert es? Kommt so und so kaum einer vorbei.«

Nach hinten raus waren drei Pferde eingekoppelt, wodurch das Bild von der Romantik zu *Romantik pur* gesteigert wurde. Aber ein bisschen ruhig ist es schon, dachte Edgar beim Umrunden des Anwesens mit den himmelragenden Pappeln, den halbverfallenen Stallungen, dem altersschwachen Zaun. Käme man hier überhaupt ins Netz? Was, zum Teufel, hatte seinen Freund hierhergezogen?

»Die Post hier ist pünktlich«, betonte Bruno, »auf die kannst du dich verlassen.«

Na schön, dachte Edgar, die Post. Und sonst?

»Es gibt Orte, die sich für gewisse Aktivitäten ganz einfach von selbst anbieten, anders als, sagen wir mal, die großen Städte. Die Städter sind immer gleich aufmüpfig. Aber hier? Die Ruhe selbst.«

Edgars Gesicht war ein einziges Fragezeichen. *Aktivitäten?* Er konnte sich nicht erklären, was ihn hemmte, Bruno direkt zu fragen. Diese Hemmung war für ihn neu, sie irritierte ihn.

Was hast du vor, Bruno, was aktiviert dich?

Natürlich war Bruno nicht wirklich weg. Und doch war er nicht da – jedenfalls nicht dann, wenn man ihn brauchte, weg war die Spontaneität. Ein Straßenzug weiter war schon was anderes als vierzig

Kilometer. Bei ihm klingeln, ob bei Tag oder in der Nacht, das konnte er bisher immer. Aber jetzt? Wer fährt schon schnell mal so mitten in der Nacht runter zur Treene, über vierzig Kilometer, nur um mal kurz zu klingeln? Wobei das *kurz* immer etwas länger wurde, auch mitten in der Nacht.

»Hast du wieder deine Anwandlungen?« Mit immer diesen Worten hatte er ihm die Wohnungstür geöffnet und sich die verquollenen Augen gerieben. *Anwandlungen* nannte er die Attacken auf Edgars Psyche, die ihn mitten in der Nacht überfallen konnten. »Ach was, du störst doch ganz und gar nicht!«

Eine Zeit lang war Edgar naiv genug zu glauben, dass er Bruno tatsächlich nicht störe, so mitten in der Nacht. Wer Probleme hat, neigt zum Egoismus.

»Nur nicht einigeln«, hatte Bruno ihm geraten. »Wir packen das.«

Wir hatte er gesagt, und dieses Wir hatte Edgar gutgetan. Doch jetzt war er fort. Vierzig Kilometer.

Bruno, musste es denn gleich so weit sein?

2

Diesmal kam der Angriff um zwei Uhr nachts. Er empfand die Traumattacken als *Angriff*. Ihnen vorausgegangen waren Bilder, mit denen er nichts anzufangen wusste: Ein übergroßes Lastauto, das nicht von der Stelle kam, dessen Räder durchdrehten, wenngleich die Fahrbahn gar nicht rutschig war. Kein Glatteis, keine Ölspur, auch kein Rollsplitt. Er hatte genau hingesehen, sich gebückt, um die Straßendecke zu prüfen, hatte sie sogar mit der Hand berührt, an ihr gerochen. Kein Krümelchen, kein verräterischer Geruch. Nichts. Die Räder standen nicht still, aber sie bewegten das Fahrzeug nicht, weder vorwärts noch rückwärts. Er wusste nicht einmal, ob im Führerhaus überhaupt ein Kraftfahrer saß. Es schien ihm auch zu hoch, um hineinschauen zu können. Ratlos stand er am Straßenrand, hielt Ausschau nach einem Menschen, der hätte helfen können. Statt eines Menschen tauchte ein Tier am Horizont auf. Es näherte sich mit tastenden Schritten. War es ein streunender Hund, ein Fuchs, gar ein Wolf? Das Tier bewegte sich mit gesenktem Kopf auf ihn zu, hielt die Nase vorgestreckt, witterte. Der blubbernde Motor schien es nicht zu stören, denn sein Ziel war nicht das Fahrzeug – sondern Edgar. Das spürte er bis in die Zehenspitzen, das musste ihm niemand signalisieren, niemand erklären, das Gefühl war ganz einfach da, es bohrte sich in seine Eingeweide, bis sie vor Spannung zu zerreißen drohten.

Das Erwachen war zunächst wie Erlösung. Er machte Licht und vergewisserte sich, ob im Zimmer alles an der gewohnten Stelle vorhanden war. Doch was sollte sich während der ersten zwei Stunden Schlaf verändert haben? Der Stuhl mit den abgelegten Kleidern, die Kommode mit den Fotos von Luise, seiner Frau, und von seiner Tochter Charlotte. Das Seestück, das er immer im Blickfeld haben wollte, wenn er zu Bett ging, wenn er aufstand. Auf dem Tischchen neben dem Bett die besseres Einschlafen versprechenden Pillen. »Nehmen Sie eine, das reicht. Noch besser, Sie nehmen gar keine!« Doch was schon wusste der Hausarzt. Neben den Pillen die Brille, neben der Brille das Buch, in dem er vor dem Einschlafen ein paar Seiten gelesen hatte.

Manchmal dachte er, dass es nicht gut sei, sich noch am späten Abend in die Welt fremder Menschen zu versenken. Hatte nicht schon seine Mutter gesagt: »Junge, lies nicht so viel, das bringt nichts, auf Dauer verdirbt es die Augen. Und auch den Charakter.«

Mit den Augen schien sie recht behalten zu haben. Und mit dem Charakter? Jedes Mal, wenn ihm die Worte seiner Mutter einfielen, verzogen sich seine Gesichtszüge zu einem schiefen Lächeln. Es stimmt schon, was ging ihn das Leben einer Odette an, was das Leben eines Swann? Wenn man abdriftet in eine andere Welt, driftet damit auch der eigene Charakter ab? Manche Leute lesen Krimis, können nicht genug davon kriegen. Macht Krimis lesen etwa kriminell? Proust lesen macht hungrig. Immer noch ein Souper, und was da nicht alles aufgetischt wird. Die Magensäfte geraten ins Fließen, das Loch im Bauch weitet sich, der Speichel tropft.

Eine Kleinigkeit musste er sich aus der Küche holen: ein Stück Käse, eine Scheibe Wurst. Die Keksrolle hatte er ganz weit hinten in den Küchenschrank verbannt, aber wohin er sie verbannt hatte, das hatte er nicht vergessen. Proust lesen macht dick. Und dann die vielen Roben der Odette. Doch die tangierten ihn weniger, könnten eher für weibliche Leser gefährlich werden. Ach ja, dachte er manchmal, deren Probleme möchte ich haben. Und doch konnte er das Buch nicht ein für alle Male aus der Nähe seines Bettes verbannen. Die einmal gepackte Neugier über den Fortgang und Ausgang der Endloserzählung saß fest wie ein Widerhaken.

Das Lastauto war fort, und die Erinnerung daran hat sich in Sekundeneile verflüchtigt. Er verspürte jetzt auch kein Loch mehr im Bauch. Wahrscheinlich habe ich vor dem Einschlafen zu wenig Proust gelesen, dachte er. Er konnte sich nicht entschließen, das Licht wieder auszuknipsen. Er lag lieber im Hellen wach, da konnte er seine wandernden Gedanken besser einfangen. Andererseits hinderte ihn das Licht am Wiedereinschlafen, im Schlaf musste es bei ihm dunkel sein.

Einmal hatte er das Licht brennen lassen und war dann doch eingeschlafen. Als er erwachte, war es taghell. Hell, und das Licht war an? Sollte das ein erstes Anzeichen dafür sein, dass er so langsam verlotterte? Das durfte ihm nie wieder passieren! Dann hätte er den Beweis in den Händen, bestätigte sich das, was Bruno in letzter Zeit immer häufiger zu ihm sagte: »Du hast dein Leben nicht mehr im Griff.«

Da war er wieder, dieser Stich in die Stirn, rechts oben, tief in die Schädeldecke – der *Angriff*. Wenn er einfach nur so liegenbleibe, würde es nicht lange dauern, bis die ersten Tränen aus den Augen träten. Keine Trauertränen, Tränen der Freude schon gar nicht. Sie waren ganz einfach da und rollten an der Nase entlang, verfingen sich an den Mundwinkeln und verharrten dort, als wollten sie Einlass in den Mund begehren. Sie schmeckten schwach salzig. Erst wenn er sie im Mund fühlte und herunterschluckte, setzte der Katzenjammer ein. Diesen Zustand kannte er allzu gut. Ich sollte aufstehen, dachte er. Aber was dann? Durch die Wohnung geistern? Doch das war unergiebig, er hatte keine Zimmerfluchten.

Bruno, dachte er. Das Bedürfnis nach einem Menschen in seiner Nähe wuchs mit zunehmendem Tränenfluss. Er schaltete das Licht aus. Der stechende Schmerz hatte nachgelassen. Jetzt trieb der schwarze Vogel sein Unwesen. Jetzt, und zwar genau in diesem Moment, wäre es an der Zeit, bei Bruno zu klingeln. Diese vermaledeiten vierzig Kilometer! Dass das zu viel war, wusste auch Bruno. Hatte er sich deshalb aus dem Staube gemacht? *Aktivitäten?* Ausgerechnet er, der sich so sehr seiner großen Freiheit rühmte.

»Du musst lernen, damit umzugehen, Edgar. Meinst du, du bist der einzige Mensch auf der Welt, der vom Schicksal geschlagen ist? Ich könnte dir da Dinge erzählen …«

Was ist das überhaupt, Schicksal? Alle hackten sie auf diesem Wort herum, und jeder verstand was anderes darunter. War sein Schicksal der schwarze Vogel? Er sollte ihn einfangen, töten, erbarmungslos. Sich nicht unterkriegen lassen. Doch die Gedanken würden nicht wegbleiben, auch wenn er den schwarzen Vogel zu fassen kriegen sollte und ihm die Federn rupfte.

Vor Erschöpfung fiel er in einen tiefen Schlaf.

3

Johanna hatte gesagt, sie käme am kommenden Tag. Nicht gesagt hatte sie, wann für sie der kommende Tag begänne. Am Vormittag, am Nachmittag? Oder erst am Abend? Doch sie werde ihn vorher anrufen. Sie brächte ihm Skizzen vorbei, Entwürfe für den Umbau des unteren Wohnbereichs. Es wäre vielleicht ganz gut, wenn er Veränderungen vornähme, womit sie meinte, er solle die Trennwand zum Nebenzimmer entfernen lassen, so dass im unteren Bereich ein schöner großzügiger Raum, wie sie sagte, entstünde. Sollte auch Johanna recht haben? Veränderungen, Änderungen, was Neues? Ratschläge, die auf ihn von allen Seiten einprasselten, Stockschläge, denen er nicht ausweichen konnte. Aber wenn auch sie recht hätte? Johanna kannte er seit seiner Kinderzeit, auch aus der Studienzeit. »Spätes Mädchen«, behaupteten Lästerzungen. Aber beruflich sei sie sehr kompetent. Sie hatte sich auf die Gestaltung von Gaststätten spezialisiert. Innenarchitekten *können* zwar alles machen, sollten sie aber nicht, so Edgars Urteil.

»Nichts wird so sehr geschätzt wie Spezialisierung. Jeder sollte sein Gebiet finden und ausbauen«, waren Johannas Worte. »Hast du die *Goldene Eiche* gesehen? Ich meine vorher und nachher? Nicht wiederzuerkennen. Ist jetzt ein richtiges Schmuckstück. Und die Gäste kommen, ein Selbstläufer.«

Auch er brauche ein neues *Rooming*, wie sie sagte. Eine umgestaltete Wohnung bringe neue Stimmungen, verändere sogar den Charakter des Menschen, der sich darin aufhält. Großzügigkeit im Raum, vielleicht auch anderes Mobiliar, alles ließe sich machen, alles würde sich finden. Mit diesen Worten hatte sie ihren Kopf in den Nacken geworfen und ihre rote Mähne auf die Schulter zurück.

»So gegen elf«, ließ sie am Telefon vernehmen, nachdem er sie angerufen hatte. Ob ihm das recht sei? Es war ihm recht, wie ihm auch die vorzunehmende Veränderung inzwischen recht geworden war. Überzeugt war er davon noch nicht, doch das werde sich schon finden, meinte Johanna. Sie kenne den Verzögerungseffekt, sei bei den meisten Kunden so. *Kunden?* Dass er sie seit urewigen Zeiten kannte, schloss ja nicht aus, dass er für sie heute ein Kunde sei, sinnierte er.

Das Telefon klingelte. Johanna. Ob es nicht auch übermorgen ginge. Er hatte sich auf morgen eingestellt.

»Also gut, dann übermorgen gegen zehn.«

Er war wütend, und am liebsten hätte er ihr ganz abgesagt. Doch was machte es schon aus, ob die Wand einen Tag früher oder einen Tag später niedergerissen würde oder ob letztendlich doch alles so blieb, wie es war. Zum ersten Mal machte er sich Gedanken über die Statik. Wenn nun alles zusammenbräche nach dem Entfernen der Wand? Ist eine

Leichtbauwand nicht das, was ihr Name sagt: leicht, also nicht tragend? Außerdem würde er ohnehin alles Johanna, der erfolgreichen Innenarchitektin mit Reputation, überlassen. Er ließ sich auf seinen Lieblingsstuhl mit den Armstützen und der hohen Lehne nieder und versuchte sich vorzustellen, wie der Raum aussähe – ohne diese Trennwand zum Nebenzimmer, das nun, funktionslos, weil keine Charlotte mehr darin spielen und herumtoben würde, ein toter Nebenraum war. *Tot*, ein Wort, vor dem er sich drückte, so gut es ging.

Niemand hatte gesagt, wie leid es ihm tue, dass sie jetzt tot waren, so unverhofft, auf so tragische Art. So mitten aus dem Leben, so jung, so klein. Sie sind »von dir gegangen«, haben sie gesagt.

Der Pastor gar wusste: »Gott der Herr hat sie zu sich gerufen.« Edgar hatte ihn nicht um seine Auslegung gebeten. Der Würdenträger hatte es ihm ganz simpel ins Gesicht gesagt, auf offener Straße, quasi im Vorübergehen, wenngleich er hätte wissen sollen, was Edgar von solchen Weisheiten hielt. Er gehörte nicht einmal dessen Kirchengemeinde an, doch offenbar sah Pastor Weber sich berufen, in solch sperrigen Fällen auch Menschen außerhalb seines Wirkungskreises anzusprechen. Also gut, sie kannten sich, ebenfalls von Kindheit an, auch aus der Zeit, wo jeder seinem Studium nachgegangen war, hatte Edgar in Gedanken eingelenkt. Doch seit der diesen gesalbten Blick durch die Öffentlichkeit trug, taten sie, als kennten sie sich nicht mehr. Er ließ ihn gewähren mit

Gott dem Herrn, mit seiner Sicht auf die Welt. Die Hilflosigkeit kennt viele Ausdrucksvarianten, eine der schlimmen Art sind die Worte »Wer weiß, wozu es gut ist.« Wozu sollte es gut sein, ein siebenjähriges Kind zu Grabe zu tragen, zusammen mit seiner Mutter?

Ich muss das Rad anhalten, ehe es außer Kontrolle gerät, dachte er. Ich muss Bruno anrufen.

Bruno war nicht da. Das heißt, vielleicht war er da, nahm aber nicht den Hörer ab.

»Sprechen Sie nach dem Signalton.«

Er wollte nicht nach dem Signalton sprechen. Außerdem, vielleicht war Bruno wirklich nicht zu Hause. Doch in sein Vertrauen zu Bruno hat sich seit dessen Weggang ein leiser Zug von Misstrauen eingeschlichen, ein feines Gift, das in Situationen wie dieser seine Wirkung entfaltete. Wer war es doch gleich, der ihm versichert hatte, er sei mit Bruno in B. gewesen? Wohingegen Bruno behauptete, zu jenem Zeitpunkt zu Hause gewesen zu sein, er habe das Telefon lediglich für ein paar Stunden auf stumm geschaltet, weil er sich auf die Aufträge habe konzentrieren müssen. Schließlich fordere sein Job vollen Einsatz — was man bei Bruno glauben kann, aber nicht muss. Wie käme er dazu, ihn zur Rede zu stellen. Auf Aufträge konzentrieren? Na ja. Sie waren kein Ehepaar. Auf die Freiheit, die er sich einräumte, durfte er keinen Zugriff haben, das wäre lachhaft. Brunos Job: Pharmavertreter. Klinkenputzer der gehobeneren

Kategorie – das durfte er denken, durfte es ihm aber nicht sagen. Klar doch, Bruno war nicht zu Hause, wie nur hatte er annehmen können, ihn am helllichten Vormittag in seinem neuen Refugium anzutreffen.

»Und wenn was ist: Ich bin für dich da, immer.«

Er wusste, dass er Bruno unrecht tat. Und auch allen anderen, die ihm mit diesen Worten auf den Lippen die Hand gegeben hatten, tue ich unrecht, dachte er.

Johanna würde heute also nicht kommen, traf er für sich die nüchtern sachliche Feststellung. Das warf ihn am allerwenigsten aus der Bahn.

Sonst warf ihn seit jenem unheilvollen Tag so vieles aus der Bahn. Unpünktlichkeiten versetzten ihn in Unruhe. Luise hatte gesagt, sie käme gegen drei nach Hause, spätestens. Und das bedeutete bei ihm dann auch: Nicht später als drei Uhr, plus minus fünf Minuten. Darauf konnte er sich stets verlassen – für eine gewisse Zeit jedenfalls. Später verrutschten ihre Voraussagen.

Jener Tag war hell und freundlich, ein Tag, der ein Gefühl wachrief, als hätte man noch irgendetwas zu erwarten. Etwas Gutes, Hübsches, Positives allemal. Vielleicht würde sie ihm wieder etwas aus der Stadt mitbringen: Eine druckfrische Erstausgabe, die sie »so rein zufällig« in der Auslage entdeckt hatte, oder eine kleinformatige Glaskatze, wie er sie sammelte, aus glattem, klaren Glas, man musste durch sie hindurchschauen können, die gäbe es äußerst selten.

Sie hatte ein Gespür dafür, derartige Dinge ausfindig zu machen. Großformatig jedenfalls ginge nicht, dafür wäre kein Platz mehr. Oder irgendeine andere Schnurrpfeiferei. Als schlüpfte sie in die Rolle einer Mutter, die, vom Einkauf zurückgekommen, ihrem Kind an der Eingangstür entgegenruft: »Ich habe dir etwas mitgebracht! Aber du musst dich gedulden, bis ich ausgepackt habe.«

Um vier Uhr hatte er zum Handy gegriffen: «Ihr Gesprächsteilnehmer ist momentan nicht erreichbar ...«

Wo zum Teufel mochte sie stecken? Sie war mit Lotte unterwegs, bummeln, hatte sie gesagt. Das hieß einkaufen; etwas fand sich immer. Anschließend wollten sie einen Abstecher zu ihrer Freundin in Querdorf machen. Um mit den beiden Töchtern der Nachbarin ihrer Freundin spielen zu können, nahm Lotte die Bummelei durch die Straßen der Stadt in Kauf. Einen anderen Weg, zu den beiden Mädchen zu gelangen, hätte es für sie ohnehin nicht gegeben.

Es war halb fünf, als er die kalte Wahrheit mitgeteilt bekam: Dass sie wohl nie wieder in sein Haus zurückkommen würden. So direkt hatten sie es nicht gesagt, sie waren geübt im Verschlüsseln von bösen Nachrichten.

»Auf jeden Fall ist es besser, Sie suchen den Unfallort nicht auf, jedenfalls nicht jetzt. Sie werden stark sein müssen, bleiben Sie im Haus, wir kommen zu Ihnen.«

Stark, ja, gewiss, was sonst. Wer eigentlich war die Anruferin? Polizei, Rettungsdienst? Mit dem Handy in der Hand war er auf dem Sofa sitzengeblieben. Fünf Minuten, zehn Minuten? Wer schon blickte auf die Uhr in solchen Situationen. Er konnte nicht sagen, dass ihn die Nachricht von dem Unfall wie ein Keulenschlag getroffen hätte. »Aha«, war seine erste Reaktion. Kein Gezeter, kein Zusammenbruch, es hatte ihm nicht einmal den Appetit verdorben. Der Magen hatte wie immer um diese Tageszeit seine Bedürfnisse angemeldet. Er war in die Küche gegangen, hatte auf der Suche nach Essbarem den Kühlschrank geöffnet, hatte den Herd angemacht, zwei Eier in die Pfanne geschlagen, zwei Scheiben Brot vom Laib abgeschnitten, Teller, Messer und Gabel auf dem Küchentisch zurechtgelegt. Und sich dabei ertappt, wie er für drei Personen den Tisch decken wollte. Bis ihm einfiel, sie kämen ja heute nicht zum Essen. Als seien sie bei ihrer Freundin hängengeblieben, wie das hin und wieder schon mal vorkam: »Ach, weißt du, warte nicht auf uns, mach dir was in der Küche. Es kann spät werden, du weißt ja, Kati und ich ...«

Kati und sie – Busenfreundinnen. Nannte man das so? Auch die zwei Frauen kannten sich so lange, wie Edgar Bruno kannte. Eine glückliche Konstellation, meinte Luise. Nur dass die Freundin keinen Mann hatte und offenbar nichts dazu tat, sich mit einem Mann zusammenzutun. Doch was soll's. Bruno hatte keine Frau, jedenfalls »nichts Festes«, wie er bei jeder neuen Frauenbekanntschaft versicherte. Er würde sich nicht binden, nie! Doch vielleicht waren es auch die Frauen, die sich mit ihm nicht binden lassen wollten. Bruno hatte ein Talent, sich die Welt so zurechtzulegen, wie es ihm gerade ins Lebenskonzept passte. Junggeselle auf Lebenszeit. Stundenlang hatten sie darüber diskutiert, auch noch nach Edgars Bindung mit Luise. Das könnte er nicht, hatte Bruno gesagt: Einem fremden Menschen gegenüber Rede und Antwort stehen. Ein Lebenspartner sei kein fremder Mensch, hatte Edgar ihm entgegnet.

»So?,« hatte Bruno gezweifelt. »Und was ist er sonst? Aus den Millionen und Abermillionen Menschen auf dieser Welt fällt deine Wahl ausgerechnet auf diesen einen, den du auch noch den einzigen nennst. Ist doch aberwitzig.«

»Luise ist kein Aberwitz.«

»Gott bewahre!«, hatte Bruno mit dramatischer Geste abgewehrt. Schweigen. Sie hatten sich stumm zugetrunken, jeder auf der Suche nach dem Stöpsel, mit dem er für diesen Tag diesen Gedankengang hätte verschließen können. Sie kannten sich gut genug, um zu wissen, dass solche Gespräche in die Sackgasse führten. Wohin wanderten die Gedanken in solchen Situationen? Ob andere auch so reagieren?, fragte sich Edgar. Absurd.

Sie hatten auch nicht erwähnt, ob man sie in ein Krankenhaus gebracht hatte. Sie schwiegen einfach. Tut man das in solchen Fällen? Was überhaupt für ein Fall war das?

Er entnahm dem Kühlschrank eine Flasche Bier, öffnete sie, nahm einen Schluck. Ein Glas sparte er sich, was er, wenn sie zu dritt am Tisch saßen, nicht tat, nicht hätte tun dürfen. Sie hätte einen Flunsch gezogen, mit Seitenblick auf ihre Tochter. Sie hatte ja recht. Hatte? In Gedanken wischte er dieses Wort weg wie verirrte Regentropfen der Scheibenwischer.

Mit der Bierflasche in der Hand ging er ins Wohnzimmer. Das Zimmer lag im Halbdämmer. Um diese Tageszeit war es im Hochsommer draußen noch taghell, keinerlei Anzeichen von Abendstunde. Für das diffuse Licht im Zimmer sorgten die halb zugezogenen Fenstervorhänge und die dicke Linde gegenüber auf der Straße, die schon oft für Dispute Stoff geboten hatte. Die einen mochten sie nicht, sie schaffe zu viel Schatten, zu viel Dunkelheit, die andere Partei verteidigte das schöne Grün, von dem es ohnehin schon immer weniger gäbe. Und außerdem der Duft, das Gesummse der Bienen. Er seinerseits war für das Verbleiben der Linde, schon allein wegen des Schattens, den sie an Tagen wie diesen ihrem Haus spendete.

Es schien, als lägen ihm die Gedanken über den Verbleib des Baumes näher als die Gedanken an das, was ihm dieses Stück aus Blech und Kunststoff vor zehn Minuten kundgetan hatte. Auf dem Herd in der Küche brutzelten die Eier, die Duftfahne zog sich bis zum Wohnzimmer hin. Luise würde bekritteln, dass er die Küchentür nicht verschlossen hielt, wenn etwas auf dem Herd stand, dessen Gerüche sich über das ganze Hause zu verbreiten drohten. »Soll es etwa auch noch im Schlafzimmer nach Küche riechen?«

Sie würden nicht zurückkommen, jedenfalls heute nicht. Und: Sie wollten anrufen, Bescheid sagen. Geduld. Und Lotte? Der Gedanke schien ihm absurd. Von solchen Stoffen lebten Fernsehkrimis. Heerscharen von Stückeschreibern wetzten ihre Messer in der Drehbuchküche. Und was war, wenn sich jemand mit dieser Schreckensnachricht einen Scherz erlaubt hatte? Fieslinge trieben ihr Unwesen, in allen Medien, scheuten vor nichts zurück. Hielten das womöglich auch noch für einen geglückten Scherz.

Mit diesen Gedanken ging er zurück in die Küche, nahm die leicht angekohlten Eier vom Herd und überlegte, ob es nicht sinnvoller sei, sie direkt von der Pfanne zu essen, das gäbe weniger Umstände mit der Nachsorge, weniger Abwasch. Und weniger Abwasch hieße mehr Zeit für andere Dinge. Zehn Minuten Abwasch oder zehn Minuten Lektüre? Da sollte ihm die Entscheidung nicht schwerfallen. Er zerstückelte die Eier in der Pfanne und steckte sich einen Bissen in den Mund, kaute, wo es nichts zu kauen gab. Das Stück Ei im Mund entwickelte sich zu einem Kloß immer größeren Ausmaßes. Dieser verstopfte ihm die Speiseröhre, die verstopfte Speiseröhre engte die Luftröhre ein, er musste nach Atem ringen, Brechhusten schüttelte ihn, er spuckte den Bissen in die Spüle, wischte sich die Hustetränen mit Papiertuch aus dem Gesicht, griff nach der Bierflasche und spülte den letzten Ei-Krümel mit einem kräftigen Schluck herunter. Und wenn es doch kein fingierter Anruf war?

Die Klingel an der Haustür ertönte durchdringend und schrill. Da er nicht reagierte, wurde ein zweites Mal geklingelt, diesmal noch schriller, noch eindringlicher. Jemand klopfte an die Tür, rief: »Sind Sie zu Hause? So öffnen Sie doch!«

Er öffnete nicht. Er vernahm das Klicken der Briefkastenklappe, hörte, wie Schritte sich vom Haus entfernten, wie die Schritte innehielten. Wobei er annahm, die Personen seien stehengeblieben, um sich zu vergewissern, ob nicht doch jemand im Hause sei. Dann stiegen sie in ein Auto, das Auto entfernte sich.

Er saß weiterhin am Tisch, vor sich die Tageszeitung und die halbleere Bierflasche. In seinem Kopf hatte kein einziger, die neuerliche Realität betreffender Gedanke verfangen. Geistesabwesend spielte er mit dem Messer, befühlte die Klinge, fuhr mit dem Finger über die Mini-Säge, prüfte die Schärfe der Zacken, hielt das Messer gegen das Licht, drehte es wie einen Propeller in der Rechten hin und her. Wieder verharrte der linke Zeigefinger an der Klinge. Er drückte die Klinge bis zur Schmerzgrenze in den Finger hinein, und er spürte: Würde er noch mehr drücken, dränge die Klinge ins Fleisch. Blut würde spritzen, ein jäher Schmerz risse ihn ins noch tiefere Elend.

Das lag jetzt mehr als ein Jahr zurück.

4

Johanna war auch »übermorgen« nicht gekommen.

»Wie peinlich mir das ist, Edgar. Aber wenn du wüsstest, was in letzter Zeit bei mir so alles los ist. Und alle haben es eilig. Als sei ich der letzte Zug, den sie noch unbedingt erreichen müssten.«

Ganz verstanden hatte er die Sache mit dem letzten Zug nicht. Aber so ist sie nun mal, die Johanna. Und so bist nun auch mal du, Bruno, immer in Eile, wobei ich nie weiß, wohin du eilst, sinnierte er. Manchmal beschlich ihn das Gefühl, Bruno zu viel abverlangt zu haben. Hatte er überzogen? Hatte er sich zu sehr mit seiner Trauer in den Mittelpunkt gestellt? *Das wollte ich nicht, Bruno. Ich wollte stark sein, wenigstens tagsüber.*

Der Tag verwischte die Nachtgedanken, drängte sie in den Hintergrund, so als machte er den Platz frei für die bevorstehende Nacht. Dass sein Verhängnis die Nächte sein würden, hatte ihn überrollt wie eine unaufhaltsam vordrängende Walze.

»Du musst dir Strategien für die Nacht zurechtlegen«, hatte Bruno geraten. Rituale. Immer zur gleichen Stunde zu Bett gehen, kein aufreizendes Fernsehprogramm, lieber Barockmusik, Scarlatti, nur nichts Jazziges, nichts Modernes. Vielleicht als Schlaftrunk ein Bierchen. Abschalten.

»Also dann am Freitag, Johanna, nach Feierabend.«

»Dann", meinte sie, »könnten wir uns auch viel mehr Zeit lassen.« Sie habe ihren Plan schon konkretisiert. Und: »Du darfst jetzt nicht abspringen.«

»Ich werde nicht abspringen, Johanna«, versprach er.

Um mit solch einer Situation umgehen zu können, werde er viel Zeit brauchen, hatte der psychologische Berater ihm prophezeit. Es wäre besser gewesen, er hätte es ihm nicht gesagt; Allgemeinplätze höre er mehr als genug, war seine stumme Reaktion. Der Berater wurde ihm für die ersten Tage und Wochen zur Seite gestellt, von Amts wegen, das mache man in solchen Fällen so. Wenigstens ein-, zweimal in der Woche solle er das Angebot annehmen. Das habe bisher jedem gutgetan. Und ein-, zweimal hatte er ihn auch tatsächlich aufgesucht. Er wusste nicht, wer von beiden sich befangener verhielt. Er solle doch von sich erzählen, egal, was.

»Egal, was?« Nun ja, was er wolle, was ihm so einfalle, vielleicht welche Lieblingsspeisen er habe, welche Urlaubsziele er bevorzuge, ob seine Tätigkeit als Steuerberater ihn ausfülle.

Nach der zweiten Sitzung fiel dann dieses vermaledeite Wort von der »vielen Zeit«, die er brauchen werde. Nach einigen Sekunden des Schweigens, in denen er das zwanghafte Gefühl hatte, vom Berater permanent fixiert zu werden, schleuderte er ihm erregt entgegen: »Ich habe nicht viel Zeit!« Er war heftig von seinem Stuhl aufgesprungen. »Noch dreißig, wenn's hochkommt fünfunddreißig Jahre, was ist das schon!«, hatte er gerufen, war zur Tür geeilt und hatte sie hinter sich zugeschlagen. Die Sitzungen waren für ihn damit beendet.

Einige Monate war das her, er konnte sich die damalige Situation noch gut vergegenwärtigen, später tat es ihm leid, so reagiert zu haben. Er hatte sich bei diesem Betreuer mehr oder weniger halbherzig entschuldigt, wofür dieser durchaus Verständnis zeigte. Die zeigen wohl für alles Verständnis, dachte er. Könnten sie sonst ihren Beruf ausüben?

Zwei Monate nach dem Unfall musste er für sich feststellen, dass seine Gedankengänge mehr denn je vom Vergangenen überlagert waren. Hätte er antworten sollen, *welcher* Verlust – der der Ehefrau oder der der Tochter – der schwerwiegendere sei, hätte er keine Antwort geben können. Wer auch würde es gewagt haben, ihm solche Fragen zu stellen. Es gab keine Gewichtungen. Nur er allein durfte sich das fragen, und er erkannte, wie aberwitzig derartiges Nachsinnen war. Leben mit Erinnerungen, die ihn begleiteten wie Schatten, überall hin, da gab es nichts abzuwägen. Die neuerliche Wirklichkeit war kalt und hart wie Glas, eine Scheibe, an der man sich die Stirn blutig stieß. Niemand sah das, niemand konnte das mitfühlen.

5

Sein Leben schien seine Bahn gefunden zu haben. Am Anfang gab es Luise, ohne Luise keine Lotte. In seiner Erinnerung zeigte sich ihm Luise als das junge Mädchen von der Badeanstalt in ihrem knallengen Badeanzug mit dem Zwickel zwischen den Schenkeln, der ihr Geschlecht mehr markierte, als dass er es kaschierte. Wenn sie aus dem Schwimmbecken stieg, schob sie als Erstes die Zeigefinger unter den Badeanzug über die Pobacken, streifte das Textil glatt und landete mit beiden Zeigefingern im vorderen Unterbereich, um das Wasser, dass sich als kleine Beule in dieser Gegend verfangen hatte, herauszustreifen. Eine Geste, die nicht mehr als ein, zwei Sekunden Zeit in Anspruch nahm und die er auch bei anderen Mädchen beobachtet hatte. Aber nur Luises Tun hatte seine ganze Aufmerksamkeit geweckt. Luise war gertenschlank, hatte eine von der Sonne leicht getönte Haut. An Stellen, wo der Sonne keine Berührungschancen blieben, war die Haut heller, ja fast weiß, was sich immer dann offenbarte, wenn sie ihren Badeanzug wechselte und unfreiwillig – oder doch gewollt? – hinter dem Badetuch die eine oder andere Stelle ihres blanken Körpers seinen Blicken preisgab. Luise kam nicht einfach nur so aus dem Schwimmbecken heraus, nein, Luise entstieg den Fluten. Jeder Schritt auf der aus dem Schwimmbecken herausführenden Treppe eine Offenbarung. Das Wasser troff in langen Bahnen von ihren biegsamen Hüften hinunter, Rinnsale, die sich nur zögernd von ihrem Körper zu lösen schienen. Eine Nymphe schenkte sich der Welt.

Lange Zeit hatte er sich Gedanken darüber gemacht, wie er auf sich aufmerksam machen könnte. Manchmal, wenn sie sich anschickte, ins Wasser zu steigen, folgte er ihr, sprang, kaum dass sie im Wasser war, vom Beckenrand dicht neben ihr mit einem Anlaufköpper ins Wasser – was sie jedoch zu ignorieren schien. Nur einmal, als er nach seinem Sprung den Kopf zurückwandte, trafen seine Augen auf ihre Augen, und als er aus ihrem Blick ihr Missfallen, wenn nicht gar Verärgerung herauszulesen glaubte, tauchte er ab, schwamm unter Wasser fast bis ans andere Ende des Schwimmbeckens, und als er wieder auftauchte, war sie nicht mehr im Wasser. Mist, ich habe sie vergrault!, dachte er. Auch er hatte keine Lust mehr, weitere Bahnen zu schwimmen, er lupfte sich aus dem Wasser und lief dorthin, wo er seine Sachen hinterlegt hatte. Bäuchlings warf er sich auf den Rasen, legte seinen Kopf auf die Unterarme und blinzelte in die Richtung, wo sie sich niedergelassen hatte. Auch sie hatte sich bäuchlings auf ihr quietschbuntes, mit allerlei Getier verziertes Badetuch gelegt und strampelte mit ihren in die Luft gereckten Beinen. Zehn Meter, so schätzte er, galt es zu überwinden. Sein Frust stürzte ins Bodenlose, als er beobachtete, wie dieser junge Dunkelhaarige sich an ihrer Seite niederließ. Plötzlich war der ganz einfach da, wie aus den Wolken gefallen, ein stämmiger Bursche mit haariger Brust und haarigem Bauch. Doch er hatte sich nicht lange bei ihr aufgehalten, fünf Minuten, höchstens zehn. Hatte sie ihn weggescheucht? Ihre Stimme nahm an Lautstärke zu, das Letzte, was zu ihm herübertönte, war: »Verschwinde!«, und der Haarige trollte sich.

Eine Bö war über den Rasen gewirbelt und verwandelte Gegenstände zu Flugobjekten: Bälle kullerten herrenlos bis an den Rand des Schwimmbeckens, Teile von Badebekleidung flogen zu fremden Plätzen, eine Gummiente hatte sich erhoben, als wollte sie ihren lebenden Vettern nacheifern. Bei ihm war eine übergroße Plastikeinkauftasche mit dem Logo einer Ladenkette für jugendliche Bekleidung gelandet. Die Tasche war von Luises Platz aus gestartet, hatte sich in der Luft zu einem Ballon aufgebläht, vollzog zwei, drei Loopings, und als die Bö sich gelegt hatte, ließ sie sich wie ein schlaffer Sack neben ihm nieder. Er hatte überlegt: Entweder sie kommt zu mir, um sich ihre Tasche zu holen, oder ich bringe ihr die Tasche zurück, ganz große Geste, lächelnd, mit »aber das macht doch nichts« auf den Lippen, etwas in der Art. Ja, so war das, ohne Bö keine fliegende Tasche, ohne fliegende Tasche keine Luise, ohne Luise keine Lotte, eine Abfolge von Ereignissen, die sich ergaben, als seien sie von einer zwingenden Logik getragen.

Und jetzt?, dachte er. Als wäre eine Bö über das Haus hinweggefegt, die alles mit sich riss. Es gibt diese Stürme in der Karibik, die alles dem Erdboden gleichmachen. Stürme? Ach was, Stürme: Hurrikane. Mit Opfern, die in die Hunderte gehen. Wieso eigentlich *Opfer*? Wer opfert hier wem was? Der Hurrikan ist ein wesenloses Etwas, eine Wolkenmasse, die sich um die eigene Achse dreht und mit zunehmender Umdrehung an Fahrt gewinnt. Ein rasendes Ungeheuer. Aber auch das traf nicht ganz zu, weil wir mit *Ungeheuer* ein Wesen vor Augen haben, dem wir Züge verleihen, die wir dem menschlichen Wesen entliehen haben. Wir versehen Naturereignisse mit Namen, als wären sie die Frucht eines weiblichen Wesens. Hurrikan Maria, »die von Gott Bevorzugte« – welch ein verstörender Name für ein Geschehnis, das Tod und Verderben mit sich bringt. Wie mögen die Menschen dort mit dem Tod umgehen, mit dem Verlust ihrer Ehefrauen, Ehemänner, Söhne, Töchter, Väter, Mütter? Opfer? Zigfach, hundertfach. Weggewischt auf einen Streich. Waren Luise und Lotte *Opfer*, Opfer eines Verkehrsunfalls? Ich verrenne mich wieder, grübelte er. Sein Verstand sagte ihm, wie sinnlos es sei, sich auf solche Gedankengänge einzulassen.

»Die Welt steckt voller Ungereimtheiten«, fielen ihm Brunos Worte ein. Und er hatte damit die Unmöglichkeit, ihm wenigstens einen Teil seines Dunkels abzunehmen, bloßgelegt. Sei ganz einfach nur da, Bruno. Mehr kannst du nicht tun, und mehr sollst du auch nicht tun. Ich glaube, das hast du verstanden, Bruno, dachte Edgar.

In der zurückliegenden Nacht hatte er um zwei Uhr das Bett verlassen, war in die Küche gegangen, hatte sich ein Bier aus dem Kühlschrank geholt und sich im Halbdunkel auf das Sofa gesetzt. Der Mond stand hoch und vollrund am Himmel, er erhellte den

Garten hinterm Haus und warf sein kaltes Licht als breiten kalkweißen Streifen in das Wohnzimmer. Kein Laut. Eine Stille, die er, so empfand er es, hätte mit Händen greifen können. Auch über die Fenster drang von draußen kein einziger Laut ins Zimmer. Mit der Bierflasche in der Hand neigte er seinen Kopf mal nach links, mal nach rechts. Lauschte. Etwas müsse es doch geben, wenigstens einen, wenn auch noch so geringfügigen, Geräuscheverursacher: Eine knackende Diele, ein nachtaktives Tier – und sei es eine Mücke, ein verirrter Vogel. Wenigstens sein eigener Herzschlag könnte doch Poch-laute nach außen senden, dachte er. Aber den Gefallen tat ihm sein Herz nicht. Einzig seine Atemzüge drängten in die Stille, ein Blasebalg, der mal an-, mal abschwoll. Den Atem anhalten, dachte er. Anhalten wie eine Uhr, einfach so, klick und stopp und aus. Wie Kinder es tun. Wer kann am längsten den Atem anhalten?

Sie spielten Tod. Tod nur mal so, probeweise, zur Befriedigung der Neugier. Wie es denn wäre, mal für ein paar Sekunden tot zu sein, einen Blick hinter die Kulissen zu werfen, sich das Wissen aus der Welt, die so voller Geheimnisse steckte und über die die Erwachsenen soviel orakelten und munkelten, zu erfahren. Der ewige Schlaf, die ewige Ruh. Und doch gruselte es sie bei dem Gedanken, dass auch sie eines Tages in diesen zweifelhaften Genuss des ewigen Schlafes und der permanenten Ruhe kommen sollten. Bruno brachte es auf vierzig Sekunden, behauptete er. Doch hatte nicht auch er geschummelt? Alle taten es.

Nur ein ganz kleiner, unauffälliger Atemzug so zwischendurch, wer schon hatte kontrolliert, ob die Nasenlöcher nicht doch die eine oder andere undichte Stelle aufwiesen. »Wir sollten Wäscheklammern nehmen«, hatte Bruno vorgeschlagen, als Zweifel an der Gleichheit der Voraussetzungen für unseren Atemanhaltewettbewerb aufgekommen waren. Doch auch die Wäscheklammern hatten ihre Schwachstellen.

Das Bild, das ihn in seine Kindheit zurückgeführt hatte, verführte ihn jetzt mitten in der Nacht dazu, die Luft für ein paar Sekunden anzuhalten. Mit einem Pruster stieß er die verbrauchte Luft aus, der Pruster verwandelte sich in einen lauten Lacher. Bin ich jetzt an der Schwelle, den Verstand zu verlieren?, fragte er sich. Der kurze Lacher prallte in die Stille wie ein Hammerschlag. Sein Kopf begann zu dröhnen, entfaltete tausend Stimmen in allen Tonlagen. Die Töne, die ihn bestürmten, entsprangen keiner äußerlichen Quelle. Er fasste seinen Kopf mit beiden Händen, drückte mit großer Kraft bis an die Schmerzgrenze gegen die Schläfen, weil er meinte, somit einen Gegendruck zu erzeugen. Und tatsächlich zogen sich die sirrenden Töne zurück, verflogen wie ein Schwarm Insekten, der nur darauf gewartet hatte, dass jemand das Fester öffnete, um den Weg aus dem Gefängnis freizumachen. Die neuerlich einsetzende Stille bescherte ihm die Mattigkeit, die ihn taumelnd ins Schlafzimmer führte. Wie ein gefällter

Baum fiel er rücklings aufs Bett und schlief auf der Stelle ein.

6

Johanna erschien auch nicht am Freitag. Am Sonnabend klingelte sie, so als hätten sie sich zu diesem Tag verabredet. »Ich weiß doch, dass du immer im Hause bist«, sagte sie.

Von ihm kam keine Erwiderung.

»Ach, Edgar, alles wird sich einrenken. Muss ja.«

»Ja, wird wohl so sein.«

»Ich weiß nicht, wo mir der Kopf steht. Zwei Gaststätten, aus alt mach neu. Ich habe dir hier mal was mitgebracht, fast die ganze Nacht habe ich dran gesessen.« Mit diesen Worten rollte sie einen großen Bogen Papier auf dem Wohnzimmertisch aus, eine maßstabgerechte Skizze von dem, was ihr für die Neugestaltung des unteren Wohnbereichs vorschwebte. Das Blatt drohte vom Tisch herunterzurutschen, der Schwung, mit dem sie es auf dem Tisch ausbreitete, war wohl etwas heftig. Edgar stand, während sie sich mit dem Bogen auseinandersetzte, wortlos neben ihr. Er sah ihre fahrigen Handbewegungen, bemerkte, wie sie mit winzigen Trippelschrittchen von einem Bein aufs andere wechselte, so als peinige sie ein unterdrückter Urinierdrang. Er bot ihr Tee an. »Oder Kaffee?«

„Lieber Kaffee. Ich mag ihn stark.«

Er unterdrückte den doppelbödigen Gedanken, der ihm bei dieser Äußerung blitzartig in den Kopf schoss, ging in die Küche und setzte die Kaffeemaschine in Betrieb.

»So habe ich mir das vorgestellt«, erklärte sie und wies mit einem Zeigestöckchen auf das, was ihn erwartete: »Großzügig. Viel Raum, viel Luft. Das wird dir guttun. Wirst sehn.«

Er ging in die Küche und kam mit dem Kaffee ins Wohnzimmer zurück. Auf dem Weg zurück zum großen Tisch mit dem großen Papierbogen streifte sein Blick Johannas Gestalt, die tief gebeugt über den von ihr aufgezeichneten Linien, Schnittpunkten und Maßeintragungen verharrte. »Hier«, stellte sie fest, »das alles kommt weg. Kannst du dir das vorstellen?«

Er nickte. Sie deutete das als bejahendes Zeichen. »Dachte ich mir.« Sie schenkte sich Kaffee ein. »Ich lasse dir den Entwurf hier, das muss sich alles setzen. Über die Einzelheiten können wir später verhandeln.«

Verhandeln? Also doch Geschäftspartner, dachte er. Wer bist du, Johanna, was ist aus dir geworden? Immer nur Beruf, ist das nicht so ziemlich einseitig? Und weißt du überhaupt, Johanna, wie das ist, sich mit einem Mann im Bett zu balgen? Ich glaube, Johanna, du weißt es nicht. Vielleicht plagen dich Träume, vor denen du im Wachsein zurückschreckst – wie vor etwas Ekligem, Glitschigem, Widerwärtigem. Die Nächte in feuchten Träumen, tagsüber im taffen Kostüm. Es ist gut, dachte er, dass niemand die Gedanken des anderen lesen kann.

Jetzt, wieder allein, umrundete er den Tisch mit dem ausgebreiteten Plan in immer engeren Kreisen. Das alles hat Zeit, und von der habe ich jetzt mehr als genug, sinnierte er.

»Hier«, so hatte sie gesagt, »wo jetzt das kleine Zimmer ist, werden wir eine gemütliche Sitzecke einrichten.«

Überhaupt, überlegte er, sprach sie viel im *Wir*. Wie das Pflegepersonal im Krankenhaus: Haben wir denn heute Nacht gut geschlafen, hatten wir denn heute schon Stuhlgang, haben wir denn auch genug getrunken? Und der Appetit? Wir müssen mehr essen, wir wollen doch wieder zu Kräften kommen. Oder spricht man möglicherweise heute im Krankenhaus nicht mehr so? Die Zeiten ändern sich auch anderenorts, man passt sich an. Sie jedenfalls sprach von Sich-setzen-lassen, drückte aber dennoch auf die Tube, ihre Hibbeligkeit hatte sie verraten. Alle Hände voll zu tun, das hatte sie immer, das sagte sie immer, das trug sie wie ein Schild vor sich her. Auch die Firma, die sie mit dem Umbau in seinem Haus zu beauftragen gedenke, habe kaum noch Zeitfenster. Aber sie werde das schon regeln, schließlich kenne man sich. Und über den Kostenvoranschlag solle er sich keine Gedanken machen. Alles sehr moderat.

Früher war sie bei *Hager & Sohn* angestellt. Bis sie, wie sie sagte, die Stellung aufgab – beziehungsweise bis sie gefeuert wurde, was sie aber nicht sagte.

Ihr wurde nachgeredet, sie habe ein Techtelmechtel mit dem Juniorchef gehabt. Empört darüber, was für eine üble Nachrede das sei, hatte sie die Tür vom Personalbüro hinter sich zugeschlagen, um nie wieder deren Klinke in die Hand zu nehmen. Offenbar hatte sie nicht erkannt, dass dieses Gerücht der Anlass sein sollte, sie loszuwerden: zu eigenmächtig, rücksichtslos gegenüber den anderen Mitarbeitern, dominant. Sie hatte dann als Einzelunternehmerin sogar kleine Erfolge zu verzeichnen. Ihr größter Deal war die Neuausstattung der Bodega gewesen. Spanisches Flair, so lautete der Auftrag. Sie bekam den Zuschlag, *Hager & Co.* spuckte Gift und Galle. Sie hatte sich mächtig ins Zeug gelegt, war eigens hierfür für mehrere Tage nach Andalusien geflogen, hatte sich in einschlägigen Gaststätten umgeschaut, um dann feststellen zu müssen, dass das typisch Spanische dem typisch Allgemeineuropäischen gewichen war. Als richte man sich neuerdings auch in Südspanien nach den von Brüssel in quälend langen Verhandlungen vereinbarten EU-Richtlinien ein. Allerdings hatte sie die Idee von den Tapas-Theken aus Spanien mitgebracht und in ihren Umgestaltungsplan aufgenommen.

Alle waren mit ihrer Arbeit zufrieden: Der Bodega-Chef, die Gäste und sie selbst auch. Diesem Projekt folgten andere, bescheidenere Aufträge. Mit der Zeit verblasste ihr Nimbus. Die Aufträge plätscherten nur noch so vor sich hin, der Bedarf an Neugestaltung von Gaststätteninterieur ist in dieser Region nun mal nicht umwerfend groß.

Er faltete Johannas Entwurf zusammen, ohne sich zuvor in die Details vertieft zu haben. »Gemütliche Sitzecke, dass ich nicht lache«, schüttelte er den Kopf. »Und das aus deinem Munde, Johanna.« Er überlegte, wo er den Entwurf deponieren könne, ohne laufend auf ihn aufmerksam gemacht zu werden: Nichts würde er unternehmen, alles bliebe wie es ist. Ihm sei das hier Gemütlichkeit genug, und Lottes Zimmer bliebe ein für alle Male zu. Rational war das nicht, das hatte er verstanden. Und wer ihm mit Vernunftgründen kam, hatte *ihn* nicht verstanden.

»Mehr als ein Jahr«, sagte Bruno, »da solltest du doch ...« Weiter führten ihn seine Gedankensprünge nicht. Da solltest du doch ...?

Was sollte ich doch, Bruno? Ich hatte nicht auf die Vollendung seines angefangenen Satzes bestanden. Ich sah nur, wie Brunos Adamsapfel einen Hopser machte, als habe er sich an einem unverdaulichen Brocken verschluckt. Mag ja sein, dass du recht hattest, Bruno. Du musstest deinen Satz auch nicht vollenden, das habe ich gut allein tun können. Ich sollte ... Ja, doch. Ich begann zu sollen. Jeden Tag ein Stückchen, häppchenweise. Ich habe Luises Schrank ausgeräumt, ganze Säcke voll habe ich zur Altkleidersammlung gebracht. Nichts habe ich anderen angeboten, ich wollte keine Fledderei. Willst du dieses, willst du jenes? Das sieht doch alles noch ganz gut aus, das ist so gut wie nie getragen, das hier ist überhaupt noch nicht getragen, ladenneu. So viele Schuhe, ich habe die Paare nicht gezählt. Nur weg damit, einfach weg! Alles rein in eine große Kiste und ab zur Sammelstelle. Die haben sich dort sehr gewundert. Ob ich das denn nicht dem Second-Hand-Laden anbieten wolle. Ich wollte nicht. Aus Luises höchstpersönlichen Sachen Kapital schlagen – eine grauenhafte Vorstellung. Vom Shopping kam sie nie mit leeren Händen zurück. Mal ein Pulli, mal ein Tuch, und immer wieder auch mal Schuhe, die sie sofort anziehen musste. Manche zog sie nur einmal an. »Wie findest du sie?« Dabei drehte sie sich wie selbstverliebt vor dem großen Spiegel im Flur, raffte den Rock oder zog die Hosenbeine hoch, hob mal den rechten, mal den linken Fuß, um auch aus dieser Perspektive die Wirkung des Neuerwerbs zu begutachten. Sie hatte schlanke Beine, am besten standen ihr Schuhe mit halbhohen Absätzen. Meine unausgesprochenen Warum-Fragen parierte sie mit den Worten: »Der Schuh muss zu dem passen, was man trägt.«

Er wischte sich mit den Händen über sein Gesicht, ein Versuch, die Gedanken, die ihn bestürmten, wegzuwischen.

Wie ein Vorwurf sprang ihm ihr ausgeräumter Kleiderschrank ins Auge. Vielleicht hätte er auch den Schrank entfernen sollen. Doch er brachte es nicht fertig. Der Schrank, ihr kleines Reich, ihre intime Insel in der Geräumigkeit des Hauses stand noch immer an seinem angestammten Platz oben auf der Empore. Eine leere Hülle, die den Anschein erweckte, darauf zu warten, wieder befüllt zu werden. In einer Jackentasche hatte er beim Ausräumen einen Zettel –

ein Stück von einem größeren Bogen Papier abgerissenen – gefunden, eine hastig hingekritzelte Notiz: *K*, gefolgt von einer Handynummer und dem Zusatz: *Nicht vergessen!* Mehr nicht.

Den Zettel gab es noch. Anfangs war er drauf und dran, ihn wegzuwerfen, so wie er auch alle anderen Tascheninhalte – Bleistiftstummel, Tempotücher, Münzen, einen Einkaufswagenchip, einen Lippenstift – in den Müll getan hatte. Der Zettel war über Wochen und Monate in Vergessenheit geraten, er wusste nicht einmal mehr, wo er ihn dort hinterlegt hatte – bis er vor zwei, drei Wochen wieder darauf gestoßen war. Er hatte ihn in Luises Mappe mit den Rechnungen für hochwertigere Kleidungsstücke, die bei später entdeckten Mängeln Umtauschgarantie versprachen, mit ihrer schmalen Korrespondenz, die sie hin und wieder zu ihrer Freundin pflegte, an deren Namen er sich nur noch vage erinnern, gelegt. Ein Fach rechts oben in ihrem Kleiderschrank, wo er auch Johannas Entwurf deponieren wollte.

Erst jetzt, beim Wiederentdecken des Papierfetzens, machte ihn die Notiz stutzig. Er war versucht, die Telefonnummer zu wählen. Sie war ihm fremd, sein Speicher gab sie nicht her, und in seinem schludrig geführten Telefonbüchlein mit den eilig notierten Nummern fand er sie auch nicht. Doch was hätte er sagen sollen, wenn sich auf seinen Anruf jemand melden sollte? Er unterließ es. Seine Neugier kam ihm kindisch vor. Wütend zerknüllte er diesen Papierfetzen zu einer Kugel und warf sie hinter sich gegen die Wand, von der sie zurückprallte und unter den

Tisch kullerte. Er schubste sie mit dem Fuß unter das Sofa.

Johanna hatte mit ihm keine konkrete Zeit für den Fortlauf seines Umbauplans vereinbart, und so blieb denn alles in der Schwebe und im Unverbindlichen.

Er fuhr zu Bruno, um ihm mitzuteilen, dass er sich entschlossen habe, für ein paar Tage die gewohnte Umgebung zu verlassen. »Es können auch ein paar Wochen werden«, erklärte er. Er hätte ihn darüber auch per Telefon informieren können, doch das wollte er nicht. So von Angesicht zu Angesicht hielt er doch für richtiger.

Seit es Luise und Charlotte nicht mehr gab, erging er sich hin und wieder in theatralischen Gesten. Für jeden Dienst, der ihm erwiesen wurde, bedankte er sich überschwänglich: »Dass Sie das für mich tun, Frau Schrader, wie soll ich Ihnen nur danken.« Frau Schrader, die Frau vom Haus gegenüber, hatte weiter nichts getan, als in seiner Abwesenheit eine Paketsendung für ihn in Empfang zu nehmen. Er hatte sogar mit dem Gedanken gespielt, sich mit einer Blume aus seinem Garten erkenntlich zu zeigen, hatte dieses Ansinnen dann aber doch verworfen. Zu meinem Glück, dachte er im Nachhinein. Wie hätte sie es auslegen können? Entgegen seiner sonstigen Gepflogenheit sagte er diesmal Frau Schrader nichts von seinen Reiseabsichten.

Nach Süddeutschland werde er fahren, teilte er Bruno mit, um sich wieder aufzubauen, um Abstand zu finden. Vielleicht würde in der Zwischenzeit auch der Umbau erledigt sein, Johanna habe den Schlüssel. Eine Adresse werde er nicht hinterlassen. Er werde sich melden, sobald er angekommen sei.

»Warum diese Geheimnistuerei?«, wollte Bruno wissen. »Es ist doch sonst alles in Ordnung bei dir Edgar?«

»Ja, ja«, versicherte er.

Er sah, wie Bruno fahrig ein paar lose Blätter auf dem Tisch einsammelte und in die Schublade verbannte. »Das sind vorerst nur Manuskripte, von Kumpels aus zwei Dörfern weiter, soll ich mal durchsehen.«

»Kumpels, zwei Dörfer weiter?«

»Unser Netzwerk, Edgar. Aber davon später einmal. Fahr du mal erst in den Süden.«

»Vielleicht sollte ich dich fragen, ob bei *dir* alles in Ordnung ist.«

»Wo keine Ordnung ist, muss man Ordnung schaffen.«

Hatte Bruno sein Kinn gereckt, fragte sich Edgar, oder hatte er eine Halluzination?

»Ja, ich muss nur mal raus, kannst du doch verstehen.«

»Klar doch«, sagte Bruno. »Und dann, wenn du zurück bist, machen wir einen drauf. Nimm das hier mit, der neueste Amerikaner, ein Wälzer, dick und plautzig wie dieses Land. Aber sollte man gelesen haben. Wurde in den höchsten Tönen bejubelt, doch irgendwie müssen die ja zu ihren Verkaufsquoten kommen. Von einschlägigen Firmen gesponserte Rezensionen, muss nur hin und wieder eingestreut sein, mit welchem Wagen der Protagonist sich von A nach B bewegt – die arbeiten mit allen Hackentricks. Ist aber trotzdem eine ganz gute Story. Andere Länder, andere Befindlichkeiten. Kannst du mir zurückgeben, musst du aber nicht.« Und noch einmal fragte er: »Ansonsten alles o.k.?«

„Doch, doch«, beteuerte Edgar. »Ich mache mir nur Sorgen um die Katze.«

»Die Katze?«, fragte Bruno.

Edgar hatte nie eine Katze gehabt. Er mochte Katzen nicht, hatte er einmal gesagt. Dieses Unstete, Kriecherische gehe ihm auf den Geist. Dann schon lieber einen Hund, auf den sei Verlass.

»Seit wann hast du eine Katze?«

»Hatte ich vergessen, es dir zu sagen?«

Edgar hatte auch jetzt keine Katze. Jedenfalls keine, die zu seinem Haus gehörte. Von der Nachbarin gegenüber schlich sie sich hin und wieder in seinen Garten, legte sich auf dem Geräteschuppendach auf die Lauer oder blinzelte einfach nur so in die Sonne. Manchmal hatte er den Eindruck, sie verfolge sein Tun im Haus, beobachte jede seine Bewegungen, wolle ihn absichtlich verunsichern, sich gar über ihn lustig machen. Doch eine Katze? Vielleicht erhoffte sie sich auch nur einen kleinen Leckerbissen. Er erin-

45

nerte sich an seine Leichtsinnigkeit vor zwei, drei Wochen, als er auf der Terrasse die Reste eines Fischmals platzierte, nur um zu sehen, wie die Katze sich verhielte.

»Die Nachbarin wird schon für sie sorgen, ist doch ihre, hast du selbst gesagt. Dass ich das nicht kann, liegt ja wohl auf der Hand.«

Edgar schüttelte den Kopf.

»He, Edgar, was ist los? Bist du begriffsstutzig, ich kann die Katze nicht ...«

Edgar erweckte den Eindruck, als müsse er angestrengt über irgendetwas nachdenken. Vielleicht machte er sich wirklich ernsthafte Sorgen um die Katze. Bruno versuchte auf die Reihe zu kriegen, wie es sich mit diesem Tier wirklich verhielt, sein Gesicht war ein einziges Fragezeichen.

Vielleicht hat Bruno recht, dachte Edgar. Eigentlich gehört sie mir gar nicht, ich muss mir darum keine Sorgen machen. Und ansonsten hätte ich ja Glück, dann wäre ich sie doch los. Was schon ist eine Katze? Ein Lebewesen, etwas Lebendiges, so viel wert wie ein Wurm, eine Amöbe – mehr auch nicht.

»Wie heißt sie denn?«

»Die Katze?«

»Wovon reden wir?«, reagierte Bruno gereizt.

»Ach lass mich doch in Ruhe damit. In Ruhe, verstehst du?«

»Mein Gott, Edgar, wach auf!«

»An einem anderen Ort«, entgegnete Edgar.

7

Es war nicht alles im Lot bei ihm, auch wenn er das Gegenteil behauptete. Die Stiche an der linken Stirnseite waren in letzter Zeit in kürzeren Intervallen zurückgekehrt, sie überschatteten den Schmerz, den ihm der Verlust seiner Frau und seiner Tochter zugefügt hatte. Anfangs hatte er an einen ursächlichen Zusammenhang geglaubt, aber dann erinnerte er sich, dass dieser Schmerz auch aufgetreten war, als seine *beiden Frauen*, wie er sie nannte, noch bei ihm waren. Er hatte dem nie Bedeutung beigemessen: Schmerzen kommen, Schmerzen vergehen. Bedenklich schienen ihm nur die Begleiterscheinungen, wie sie sich neuerlich bemerkbar machten: kurze Attacken von Schwindel, die ihn nötigten, sich möglichst schnell auf das Sofa zu legen, oder auch ins Bett, denn dort fühlte er sich besser aufgehoben. So war das schon immer bei ihm gewesen, das hatte sich wie ein vererbtes Gen in ihn eingepflanzt.

»Dein Vater hatte das auch. Da hilft nur das Bett, das beste Mittel ist das Bett. Gegen das Bett kommt keine Medizin an«, so die Worte seiner Mutter. Seine Proteste hatte sie im Keime erstickt, entkleidete ihn rigoros, streifte ihm das Nachthemd über und steckte ihn unter die plustrige Federdecke – ohne Rücksicht auf die jeweilige Jahreszeit. Wenn ihn heute der Kopfschmerz plagte, schlüpfte er zwar nicht mehr ins

Nachthemd, - so etwas besaß er nur in der Kinderzeit -, zog sich jedoch bis auf die Unterhose aus und die Decke bis zum Hals über seinen ganzen Körper.

Der Kopfschmerz ließ nach, und möglicherweise hätte er auch ohne die Prozedur mit dem Bett nachgelassen, aber er wollte auf Nummer Sicher gehen. Als er es einmal nicht mehr bis zum Bett schaffte, fand er sich auf dem Fußboden liegend mit schmerzendem Arm wieder. Wie lange er dort gelegen haben mochte, konnte er sich nicht erinnern. Der Schmerz im Arm hatte sich rasch verflüchtigt, eine offen sichtbare Prellung oder gar ein Bruch waren nicht zu erkennen. Spätestens damals wurde ihm bewusst, dass die Stiche in der Stirn keine Bagatelle sein konnten. Bilder bedrängten ihn, die seinen Nächten immer weniger Schlaf spendeten. Attacken im Auto, Attacken im Gespräch mit einem Kunden, Attacken auf offener Straße, im Supermarkt, im Schwimmbad. Ein Graus. Er hatte sich vorgenommen, den Hausarzt zu konsultieren, doch dann folgte eine lange Periode ohne Beschwerden, und er handelte nach dem Motto, dass man schlafende Hunde nicht wecken sollte. Aber die Wachphasen der schlafenden Hunde wurden in letzter Zeit immer länger.

Edgar versenkte den Wälzer, schwer wie ein Ziegelstein, in seinem Rucksack.

8

Der andere Ort lag nicht im Süden, es war die dänische Küste, an der Edgar, Luise und Bruno vor einigen Jahren einen gemeinsamen Urlaub verbracht hatten. Luise hatte anfangs viele Gegenargumente, zusammen mit Bruno zu verreisen. Das werde nicht
gutgehen, hatte sie prophezeit. Bruno, ein erwachse-
ner Mann, warum sollte er sich darauf einlassen? Er
sei allein? Dann sei es ja langsam an der Zeit, diesen
Zustand zu ändern.

Je mehr Einwände ihr gegen Bruno als Drittper-
son in den Sinn kamen, desto heftiger gebärdete sich
Edgar. »Er ist mein Freund, seit Jahren, ach was, seit
Jahrzehnten«, hielt er dagegen. »Und außerdem habe
ich ihm das so gut wie versprochen. Wir werden das
schon auf die Reihe kriegen, wirst sehn.«

Es war dann doch alles recht harmonisch verlau-
fen. Bruno hatte sein Zimmer zu ebener Erde neben
dem Wohnzimmer und der Küche, Luise und Edgar
begaben sich zur Nachtzeit über die wacklige Treppe
nach oben in das Schlafzimmer mit dem überdimen-
sionierten Bett. Der Vorteil dieses Ferienhauses war
seine Alleinlage, die ihnen außer dem rhythmischen
Aufklatschen der Brandungswellen und dem Wind,
der in den Nächten mit den Dachziegeln klimperte,
keine weiteren Geräusche bescherte. Der Nachteil

des Hauses war seine Hellhörigkeit. Das Bett im Obergeschoss war eine Einladung zu sexuellen Ausschweifungen. Eins achtzig mal zwei Meter, eine schier grenzenlose Tummelwiese. Bruno im Erdgeschoss hatte unter den Exzessen zweieinhalb Meter über seinem Kopf gelitten. Ihre Orgasmen rollten heran wie die Brandungswellen vom Meer: gurgelnd, schäumend, mit Getöse. Er zog sich die Bettdecke über den Kopf, der Wärmestau hinderte ihn jedoch am Einschlafen. In einer Nacht wusste er sich nicht anders zu helfen, als sein Bett zu verlassen, sich notdürftig anzuziehen und sich hinaus in die Dunkelheit zu begeben.

Doch so dunkel war die Nacht nicht, der zunehmende Mond wies ihm den Weg zur Küste. Es war Flut, die See hatte den Strand weitgehend überspült. Er hatte sich die Hosenbeine hochgekrempelt und stapfte, die Schuhe mit den Senkeln zusammengeknotet über die Schulter geworfen, durch den vom Brandungswasser nassen Sand. Die im Mondlicht aufblitzenden Schaumkronen signalisierten ihm die Distanz zwischen Küstensaum und offener See. Er näherte sich dem nächstliegenden Küstenort, und er hatte gedacht, dass dort das eine oder andere Fenster noch erleuchtet wäre. Aber ich bin hier im Norden, kam ihm in den Sinn, durchgefeierte Nächte sind hier eher selten. Bis zur Mole, hatte er sich vorgenommen, dann werde er den Rückweg antreten.

Der Schreck, der ihm in die Glieder gefahren war, ließ ihn erstarren. Fast wäre er über den Körper, der ihm den Weg versperrte, gestolpert: Der ist tot!, war es ihm durch den Kopf geschossen. Welcher Mensch legt sich schon freiwillig nachts in diesen nassen Sand. Er war drauf und dran, schnellstmöglich das Weite zu suchen. Er spürte, wie sein Magen sich hob, und wäre es hell gewesen und hätte er in einen Spiegel sehen können, wäre er vor seinem bleichen Gesicht zurückgeschreckt. Er hatte sich zehn Schritte vom Fundort entfernt, war dann stehengeblieben. Er konnte sich von diesem Bild nicht losreißen. Und wenn er sich irrte, wenn es doch kein Mensch war? Vielleicht eine übergroße Stoffpuppe, oder ein gestrandetes Meerestier, oder ganz einfach nur ein über Bord gegangener Gegenstand von menschenähnlicher Gestalt? Aber welcher Gegenstand hat schon Ähnlichkeit mit einem Menschen, war ihm durch den Kopf gegangen. Er hielt ein paar Sekunden inne, irgendetwas zog ihn zurück zu dieser Gestalt. Kein schlechtes Gewissen, wie es zuweilen Menschen befällt, die sich wegen unterlassener Hilfeleistung von einem Unfallort entfernen, kein Anflug von Altruismus, was schon hätte er ausrichten können an jemandem, den das Leben verlassen hat. Der Sog, zu dieser Fundstelle zurückzugehen, war zu stark, als dass er sich weiter hätte wegbegeben können. Der Mond hatte sich hinter Wolken versteckt, die Dunkelheit gab nur dann Gegenstände zu erkennen, wenn man sich ihnen ganz dicht näherte. Wieder wäre er über die Gestalt fast gestolpert. Ratlos war er neben ihr stehengeblieben, hatte sich leicht über sie gebeugt, schaute sich nach allen Seiten um, was, das sah er ein, in der Dunkelheit keinen Sinn ergab. Die Wahrscheinlichkeit, dass ein weiterer Nachtwanderer zu diesem Zeitpunkt ebenfalls an dieser Stelle auftauchen sollte, war äußerst gering.

Was fange ich jetzt an?, überlegte er. Einfach liegenlassen und dann schleunigst weg von hier? Die Brandung verwischte alle Spuren. Mit der Schuhspitze stupste er gegen die am Boden liegende Gestalt, weil er meinte, hiermit feststellen zu können, ob es sich um eine Frau oder einen Mann handelte. Er rief verhalten: »Hallo!« Und noch einmal, dann etwas lauter: »Hallo! Hören sie mich?« Der Schubs mit der Schuhspitze war zu halbherzig ausgefallen, die Gestalt hatte sich keinen Zentimeter von der Stelle gerührt. Der folgende Stoß war energischer, der dritte Stoß glich schon mehr einem deftigen Tritt in die Leistengegend. Es war ein Mann. Wiederum beugte er sich über die Gestalt, suchte in ihrem Gesicht nach Anzeichen von irgendwas, wonach er sie näher hätte identifizieren können. Doch wie?, wie sollte das gehen? Er musste die Polizei verständigen, sofort, auch wenn es mitten in der Nacht war. Aber würden sie nicht als Ersten *ihn* verdächtigen, eine schlimme Tat begangen zu haben? Sie würden ihn festnehmen, verhören, in Haft nehmen, vorerst für vierundzwanzig Stunden, das durften sie ohne Haftbefehl, bis ein Haftrichter käme, der dann weiter über ihn entscheiden würde. Er war in Dänemark, wie mochten hier die Gesetze in solchen Angelegenheiten sein? Es würde zu Überschneidungen, wenn nicht gar Komplikationen mit der deutschen Rechtsprechung kommen. Wer schon begibt sich nach Mitternacht bei hoher Flut in harmloser Absicht an den Strand? Als trieben ihn solche Überlegungen zur Eile an, entfernte er sich mit schnellen Schritten von diesem Ort, aber nicht, ohne zuvor noch einen schnellen Blick auf das Gesicht des Mannes geworfen zu haben. Er prallte zurück. Im schummrigen Dunkel konnte er erkennen, dass sich die Augen des Mannes bewegten. Zunächst ein fast unmerkliches Zucken der Wimpern, dann sah er, wie die Lider sich hoben und senkten. Der Mund des Mannes öffnete sich. Eine übelriechende Wolke, ein Gemisch aus billigem Fusel und Tabak, schlug ihm entgegen. »Stehen sie auf!«, schrie er ihn wütend an. »Sie holen sich hier noch den Tod!«

Der Mann hatte sich auf die andere Seite gewälzt. »Forsvinder!«, stieß er hervor.

Bruno kickte eine leere Flasche ins Meer.

Irgendwie mussten Luise und Edgar mitbekommen haben, dass er mitten in der Nacht das Haus verlassen hatte. Am darauffolgenden Morgen begegnete Edgar ihm am Frühstückstisch mit einem maliziösen Lächeln, Luise klapperte mehr als nötig mit dem Geschirr. Von diesem Tag an gestalteten sich ihre nächtlichen Paarungen zurückhaltender.

Bruno hatte vorgeschlagen, einen gemeinsamen Strandspaziergang in die Richtung zu machen, wo er sich in der zurückliegenden Nacht hinbegeben hatte. Edgar und Luise willigten ein. Er war den beiden immer um ein, zwei Schritte vorausgeeilt, es trieb ihn an den Ort des nächtlichen Geschehens zurück, er musste unbedingt feststellen, ob dieser Mann noch immer an derselben Stelle lag. Aber auf halbem Wege war ihm in den Sinn gekommen, dass dies eher nicht möglich sei, es war mittlerweile früher Vormittag. Jogger und erste Badegäste bevölkerten bereits den Küstenabschnitt. Es kann nicht sein, ging es Bruno durch den Kopf, während Luise und Edgar hinter ihm herliefen, dass dieser Mann immer noch dort liegt. Es sei denn, er schläft weiterhin seinen Rausch aus, jemand, der hier nicht hingehört, der die sommerliche Strandidylle stört, alle machen einen großen Bogen um ihn, angewiderte Blicke schießen wie spitze Pfeile in seine Richtung. Kümmert sich denn niemand um so einen, wo bleibt eigentlich die Polizei?

An der Stelle, wo Bruno auf den Mann gestoßen war, hatte sich eine Familie niedergelassen. Zwei Jungen, offenbar deren Kinder, spielten mit einer Flasche, die sie am Küstensaum vorgefunden hatten. Sie füllten sie mit Wasser, eilten mit der Flasche zu der Sandkuhle, die sie zu einem Hafen erklärt hatten, schütteten das Wasser in das Hafenbecken, eilten zum Küstensaum zurück, und eilten mit der gefüllten Flasche wieder zu ihrem Hafen, um festzustellen, dass das Wasser, das sie vor kurzem ausgeschüttet hatten, nicht mehr vorhanden war, was sie nicht daran hindern sollte, die Flasche erneut mit Wasser zu befüllen. Bruno war stehengeblieben und hatte dem Treiben der Kinder für ein, zwei Minuten zugesehen. Die Eltern lächelten ihm aus ihrer Strandfestung versonnen zu.

Von seinem nächtlichen Abenteuer sollten Luise und Edgar nie erfahren.

Der andere Ort lag nicht im Süden, es war die dänische Küste, wohin Edgar sich zurückgezogen hatte. Er fand das erinnerungsträchtige Haus von einer kinderreichen Familie bewohnt vor. Ein Mädchen lief ihm entgegen, es jagte einem Ball nach. Edgar lächelte ihm zu, deutete mit der Rechten ein kurzes Winken an. Das Mädchen wurde von seinem Vater zurückgerufen. Edgar grüßte mit einem knappen Kopfnicken, der Vater des Mädchens schien diese Geste nicht wahrgenommen zu haben. Das Mädchen ergriff den Ball und eilte zu den anderen Kindern zurück. Die beiden Kinder, zwei Jungen, kämpften kreischend um die Schaukel. »Schluss jetzt, oder ich packe die Schaukel weg!«, rief der Vater die Kinder zur Ordnung.

Edgar nahm sich vor, von nun an den Weg zum Strand an diesem Haus entlang zu meiden. Es war, wie sollte es auch anders sein, noch dasselbe Haus, aber es war nicht mehr das gleiche. Vielleicht hatte der Sand vom Garten mehr Besitz ergriffen, die einzige äußerliche Veränderung. Bei den meisten Häusern so dicht an der Küste war das so. Was der Wind vom Küstensaum wegnahm, trug er ins Landesinnere. Vielleicht, dachte Edgar, wäre es klüger gewesen, sich einen anderen Ort auszusuchen. Er wollte die Erinnerungen kappen, wollte den stechenden Schmerz mit Seeluft besänftigen, wollte eine Zeit lang nichts sehen und hören. Der Ort entpuppte sich jedoch als ein Wespennest: jeder Schritt ein Wespenstich. Lotte war zurzeit ihres gemeinsamen Ferienaufenthalts noch nicht auf der Welt. Aber sie beide, Luise und er, waren sich sicher, dass Lotte hier ihren Anfang genommen hatte. Ein verschwindend kleines Fädchen, eine Unscheinbarkeit aus seinem Leib hatte sich an diesem Ort in Dänemark seinen Weg in Luises Leib gebahnt, hatte alle Energie aufgebracht, um zu dieser ebenfalls winzig kleinen Eizelle zu gelangen, um an diese Zelle anzukoppeln, in sie einzudringen, sich mit ihr zu vereinen, so wie Luise und er sich vereint hatten. Er hätte es voraussehen müssen, dass sein erneuter Aufenthalt hier in einem Desaster enden würde. Heute war dieser Ort ein Fluch, es gibt keine Wiederholbarkeit vergangenen Glücks. Ich werde die Zelte hier abbrechen, nahm er sich vor.

Er lief den Strand entlang in die Richtung, die seinerzeit Bruno in der Nacht eingeschlagen hatte. Der Strand hatte sich bevölkert. Die Badegäste offenbarten ihre Leiber jedem neugierigen, auch jedem lüsternen Auge. Hin und wieder blanke Brüste, hin und wieder blanke Schwänze. Bruno bevorzugte die Blankheit. Es machte ihm offenbar auch nichts aus, sich nackt im Außenbereich des Hauses zu bewegen.

Luise hatte darauf anfangs leicht pikiert reagiert, sie wusste nicht, was sie von seinem Gebaren halten sollte. »Will er mich provozieren?«, hatte sie Edgar gefragt – nicht Bruno. Bruno hatte so getan, als bemerke er ihre Irritationen nicht. Nach ein paar Tagen hatte sie sich an Brunos eingezogenen Bauch und an das, was sich unterhalb des Bauches offenbarte, gewöhnt: »Du kannst tausend solcher Brunos vor mir aufstellen, es interessiert mich ganz einfach nicht«, hatte sie gesagt. »Von mir aus soll er doch rumlaufen, wie er will. Aber trotzdem, sag du ihm das, denn das muss ja wohl nicht sein. Wenn wir mal unerwartet Gäste kriegen ...« Doch sie bekamen keine unerwarteten Gäste, wer auch hätte es sein sollen, wen schon kannten sie hier?

Edgar war bis zu der weit ins Meer hinausführenden Mole gelangt, von der aus Hobbyfischer ihre Angeln ausgelegt hatten. Er hielt Ausschau nach einer Stelle, wo er sich hätte niederlassen können, ohne die Fischer in ihrem stillen Tun zu stören.

Nein, versicherte der Mann in der speckigen Hose und dem ausgefransten Pullover, er störe ihn nicht. Er lebe hier seit vielen Jahren, als Einwanderer oder Auswanderer, wie man's nehme. Der Mann redete mit gedämpfter Stimme, sein Sprechen glich mehr einem monotonen Murmeln, und Edgar hatte Mühe, seiner mit dänischem Wortgut eingefärbten Rede zu folgen:

»Zehn Jahre, i lang tid. Oder waren es elf? Egal.« Von da an habe er die Zeit nicht mehr gezählt. *Von da an*, das war der Tag seines Ankommens an diesem Ort. Alles habe er hingeschmissen, alles habe er aufgegeben. Nichts mehr sehen, nichts mehr hören. Von seinem Sohn schon gar nicht: »Du lässt dich gehen,

Papa, du ruinierst deine Gesundheit, Papa, du verlierst deinen Job, Papa. Papa, du går tabt. Kann man sich das auf Dauer anhören? Kann man nicht.«

Es kam, wie der Sohn es prophezeit hatte, der Job fiel weg, sie brauchten jemand, auf den hundertprozentig Verlass war. Hundertprozentig.

»Hundertprozentig war ich hundert Jahre lang. Ein, zwei Ausrutscher, und futsch ist futsch, und hin ist hin. Das Haus in Flensburg ist auch weg, von irgendwas muss man ja schließlich leben. Hier reicht es für 'ne Bude, achtundzwanzig Quadratmeter, ich kannte den Hausbesitzer von vorher. Vorher, das war die Zeit, als ich hier mit der Familie immer im Urlaub war. Eine schöne Zeit. Aber sentimentales Zeug. Sie wundern sich, warum ich das heute alles so sehe? Ohne diesen ganzen Gefühlskram kommt man leichter durchs Leben. Nichts und niemand kann einen erschüttern. Hat man erstmal alles abgeschüttelt, geht das bisschen Leben seinen Gang, der uns letztendlich alle an das eine Ziel führt. Haben Sie von den Managern gehört? Die die Taschen nicht voll genug kriegen können? Klar, haben Sie, je feiner die Firma, desto fetter die Geier. Sie sind doch auf dem Laufenden, Journalist oder so, schätze ich, sagt mir mein sechster Sinn. Nein? Na, ist ja auch egal. Also, diese Manager. Haben die Taschen so voll, dass sie vor lauter Knete kaum laufen können. Denken, sie können sich damit ein schönes Leben machen. Aber was ist das, ein schönes Leben? Wie stellen die sich das vor? Vielleicht wie Hänschen klein? Da besinnt sich das Kind, läuft nach Haus geschwind. Doch dieses

Haus gibt es nicht mehr, hat es nie gegeben, oder es sind andere Leute eingezogen. Was macht jetzt unser Hänschen klein? Trinkt geschwind. Und ob man nun mit Champagner oder mit billigem Fusel abdreht, was macht das für einen Unterschied? Sehn'se, wissen Sie auch nicht. Die Frau vom Chef, also meinem ehemaligen, die war so eine Champagnerdrossel. Dachte, es merke keiner. War immer piekfein, wie aus dem Ei gepellt. Bestellungen liefen bei ihr übers Internet, weil das nicht so auffällt, meinte sie. Moët. Kenn'se nicht? Doch, kennen Sie, habe ich mir doch gedacht. Die war manchmal blau wie 'ne Haubitze. Und nur nichts anmerken lassen. Ich war da mal auf einem sogenannten Empfang, fragen Sie mich nicht, was für eine Veranstaltung das war. Sie war früher mal ein Star. Na ja, mehr so ein Sternchen. Star, das wäre sie gern gewesen. Hatte zwei, drei Platten aufgenommen. Damals gab es noch Platten. Trällerliedchen, mehr auch nicht. Eigentlich tat sie mir leid.«

Er rollte die Schnur ein. »Nichts dran, hat sich verheddert«, brummelte er. »Dass Sie noch da sind, wundert mich.« Er kniff die Augen zusammen und blinzelte seitlich hinüber zu Edgar. »So ist das mit den einsamen Menschen, wenn die erst mal einen Zuhörer gefunden haben, sind die nicht zu stoppen.«

Kichert er, grinst er, lacht er mich aus?, fragte sich Edgar. Freut er sich, dass er ein Zuhöropfer gefunden hat?

»Der Mensch ist ein kommunikatives Wesen«, entgegnete Edgar.

»Kommunikativ? Wie meinen Sie das? Meinen Sie: Der eine sagt etwas, der andere hält dagegen? Nein, nein, so ist das nicht. Jeder hält seinen eigenen Monolog. Was nicht unbedingt heißen soll, dass jeder recht behalten will. Jeder plaudert halt das, was sich im Laufe seines Lebens in seinem Kopf zusammengebraut hat. Schlimm sind die Missionare. Die kann man gleich dort stehen lassen, wo sie gerade stehen, die sind unverrückbar. Auch so eine Art Nichtkommunikation.«

Er lüftete seine Mütze, wischte sich den Schweiß von der Stirn, fuhr fort: »Kommt nicht oft vor, dass es hier so warm ist. Im Sitzen schwitzen, und das in Dänemark. Fragen Sie sich nicht, weshalb ich bei Ihnen so geschwätzig bin?«

Edgar verzog seine Mundwinkel zu einem gequetschten Lächeln: »Ich fahre morgen zurück, nach Flensburg.«

»Flensburg«, echote der Angler. »Eigentlich ein Katzensprung. Es gibt viele Kurzurlauber hier.«

Edgar überlegte, wie er sich, ohne ihn zu brüskieren, von diesem Lebenskünstler entfernen könnte. Der Angler hatte sich seine Mütze wieder aufgesetzt, kratze sich zum wiederholten Male sein Brusthaar, und es schien, als wolle er von nun an schweigen. Edgar fand die Redepause erholsam, und er dachte, dass er jetzt auch noch ein paar Minuten hier ruhig sitzen bleiben könne. Es ist anders, wenn zwei Menschen Seite an Seite aufs Wasser blicken, als wenn man es allein tut. Allein mit dem Meer schafft ein

Gefühl des Ausgesetztseins. Es ist, als sei man allein in einem Boot auf hoher See. Ist man zu zweit, ist immer der eine der Anker des anderen.

Es vergingen zehn Minuten – oder ein paar mehr – des Schweigens, niemand fragte nach der Zeit, die schräg stehende Sonne war Aussage genug. Hinter ihren Rücken veranstalteten Kinder eine Art Wettlauf, ein Junge gab das Kommando zum Start, mehrere Beinpaare setzten sich pfeilschnell in Bewegung, die Beplankung schepperte, die Mole schien zu wanken, tat es aber nicht, die flitzenden Beine erweckten eine akustische und optische Täuschung.

»Die beißen heute nicht, ist zu wellig. Ich werde meinen Kram einpacken. Und überhaupt: Immerzu Fisch ist vielleicht auch nicht so gesund. Man sagt ja, die Japaner werden alle hundert Jahre alt, weil sie den Fisch roh essen. Roh, stellen Sie sich das mal vor. Dann lieber ein paar Jahre weniger. Fleisch kann ich mir nur selten leisten, obwohl, das soll ja auch nicht gesund sein. Überall ist Chemie, ob Schwein oder Huhn. Wo habe ich übrigens meinen Schlüssel? Ach ja, hier. Hatte ich einmal zu Hause liegenlassen und kam dann nicht mehr rein ins Haus, mitten in der Nacht. Mein Gott, ist das lange her. Was macht man in solchen Situationen? Kein Schlüssel, kein Geld, kein nichts. Nur ich und die Flasche. Glauben Sie mir, am Strand zu nächtigen ist kein Vergnügen. Das macht krank, so richtig. Reißen, überall, das wird man nicht mehr los.«

Der deutsch-dänische Philosoph holte seine Angel ein.

»Herbert«, sagte der Angler.

»Edgar«, sagte Edgar.

Die Angel in der Rechten, den leeren Eimer in der Linken lief Herbert im Schaukelgang in Richtung Küstensaum. Edgar verharrte noch ein paar Minuten an der Brüstung. Sollte so meine Zukunft aussehen?, sinnierte er. Er sah den Möwen nach, die kreischend mal aufs Meer hinausstürzten, mal flattrige Kreise zogen, um dann aus großer Höhe in die bewegte See herabzuschießen. Edgar überfiel ein leichtes Frösteln, obwohl der Tag sich warm und jetzt fast windstill verabschiedete. Er schlang seine Arme ineinander, seine Hände strichen seitlich über seinen Brustkorb, wärmten aber nicht. Kinder tobten am Strand, liefen den Wellen entgegen, rannten, kurz bevor die Wellen sich überschlugen, laut kreischend, als wären sie einer bedrohlichen Gefahr entronnen, zum rettenden Strand zurück. Das hier ist der falsche Ort, um den stechenden Schmerz loszuwerden, sah Edgar ein. Jedes Möwenkreischen, jeder Kinderschrei ein Nadelstich. Er eilte am Küstensaum zurück zum Hotel. Das Verlangen, sich im abgedunkelten Zimmer auf dem Bett auszustrecken, beschleunigte seinen Schritt. Die Wellenzungen spülten das kalte Wasser in seine Schuhe – es berührte ihn nicht.

9

Länger als vier Tage hatte er es im dänischen Küstenhotel nicht ausgehalten. Können allein Erinnerungen derart heftige Kopfschmerzen verursachen? Konnte noch etwas anderes dahinterstecken? Einen ganzen Tag lang hatte er mit Schreckensbildern gekämpft, sah sich mit aufgemeißeltem und rundum in Weiß verpacktem Schädel in einem Krankenhausbett liegen, ausgeliefert, hilflos – ein Bild, das ihm den Atem einengte.

In der letzten Nacht an jenem Ort hatte ihn blanke Angst befallen. Er glaubte, er sei an einem Tropf angeschlossen. Durch die Kanüle tropfte in immer kürzeren Abständen Gift. Als das Tropfen nachließ, lag er mit zitterndem Körper und weit aufgerissenen Augen im Bett. Die Luft wurde ihm knapp, er atmete röchelnd wie ein Asthmatiker. Als seine Atemfrequenz sich zu beruhigen begann, erhob er sich und vergewisserte sich, ob nicht möglicherweise ein fremder Mensch sein Zimmer betreten hatte. Er zog an den Fenstervorhängen, warf einen Blick in den Schrank, öffnete spaltbreit die Tür zum Bad, wagte nicht, das Licht anzuknipsen, weil ihn der Gedanke peinigte, er selbst könnte somit für den Unbekannten sichtbar werden. Er vergewisserte sich, ob er die Eingangstür abgesperrt hatte. Er drückte die Klinke. Die Tür gab nach. Er hatte es also vergessen, die Tür von innen abzuschließen. Jedermann hätte ihn des Nachts mir nichts dir nichts überfallen können. Doch dann wiederum fiel ihm ein, dass die Tür von außen keine Klinke hat, dass man sie folglich nur mit einem Zweitschlüssel hätte öffnen können, und den hatte das Hotelpersonal. Hatten die wirklich nichts anderes zu tun, als zu nachtschlafener Zeit ihre Gäste zu überfallen? Dennoch schloss er ab. Er überlegte sogar, ob er nicht einen Stuhl mit der Lehne unter der Klinke platzieren sollte. Doch dann verwarf er diesen Gedanken. Für kurze Zeit beruhigte er sich. Was ist Angst? Ein Gefühl, ein Zustand? Oder beides? Das Zittern hatte nachgelassen. Wie irrational das alles ist, dachte er. Edgar, du gehst vor die Hunde. Und: Edgar, du musst schnellstmöglich Hilfe suchen. Ich werde den Hausarzt anrufen, entschied er. Heute ist Dienstag, spätestens am Donnerstag werde ich bei dir sein, Doktor.

Doch ein Tag später ginge auch, überlegte er, als er wieder zu Hause war. Was schon ist ein Tag. Die Kopfschmerzen hatten sich verflüchtigt, die Angstattacken hatten sich verzogen. Ich sollte mich nicht so anstellen, auch die nächste Woche bietet für einen Arztbesuch noch Zeit genug, dachte er.

Er rief den Arzt nicht an.

Von den zig E-Mails, die in seiner Abwesenheit eingegangen waren, drückte er mehr als zwei Drittel weg. Auch das verbliebene Drittel enthielt noch mehr als genug Redundanz, weckte aber auch seine Neugier. Vor seinem Ausflug nach Dänemark hatte er sich durch die Portale diverser Kliniken geklickt, die in beschaulicher Umgebung sofortige Wirkung ihrer Behandlungsmethoden versprachen. Gleich mehrere Einrichtungen warben mit dem Attribut *führend*. Für ihn in Frage käme nichts Plautziges, nur nicht so ein aufgedonnertes Objekt, das mehr Wellnessbereich als gezielte Behandlung zu bieten hat. Burn-out-Syndrom, Traumata, Migräne, Depressionen in allen Abstufungen. »Begeben Sie sich in unsere Hände. Unserem geschulten Team können Sie vertrauen!,« verhießen die beschwörenden Appelle jener Häuser, deren blumengeschmückte Balkone sämtlich auf einen Garten hinausgingen. Er surfte nach überschaubaren Einrichtungen ohne, wie er es nannte, Brimborium. Was sich als gar nicht so einfach erwies. Brauche ich das überhaupt?, fragte er sich wiederholt. Mir geht es gut – jedenfalls heute. Er fasste nach seinem Kopf, drückte fest auf die Schläfenbeine, wackelte mit dem Kopf, als wollte er Wasser aus den Ohren schütteln. Da war nichts, alles wie weggeblasen. Die Abwesenheit von Kopfschmerz ließ ihn alle Besserung versprechenden Vorhaben über den Haufen werfen: Einen Besuch beim Hausarzt hielt er jetzt endgültig für überflüssig.

In der Folgenacht entschied er sich für eine sogenannte Präventionsklinik.

10

Als er aus dem Taxi stieg, wollte er am liebsten sofort wieder umkehren. Alles stieß ihn ab: Die Kiefern in ihrem verwaschenen Grün, die mickrigen Birken, vor allem aber der mit Kies ausgelegte Weg, dessen Geknirsche bei jedem Schritt kleine Explosionen in seinen Trommelfellen auszulösen schien. Er wich auf den Rasen aus, was, so dachte er, beim Hausgärtner, wenn der es sähe, gewiss Stirnrunzeln hervorrufen würde. Aber das war ihm egal. Sein Rollkoffer holperte hinter ihm her. Er hätte sich von der Klinikleitung vom Bahnhof abholen lassen können, doch dagegen hatte er sich gesträubt. So bedürftig, hatte er argumentiert, sei er denn auch wieder nicht. Das Wort *krank* vermied er, er wollte den Eindruck erwecken, ein leichter Fall, wenn überhaupt ein Fall zu sein. Der Aufenthalt hier sei für ihn eine mehr oder weniger vorbeugende Maßnahme.

»Sie sind also der Herr Peineke, Edgar. Wir haben Sie schon erwartet.«

Mit dem Zimmerschlüssel überreichte ihm die rundliche Frau hinter dem Tresen einen Wust von Papieren: Anmeldeformulare, Prospekte, Fragebögen, die er sich doch bitte in aller Ruhe durchlesen und möglichst umfangreich beantworten möge. Freiwillig, verstehe sich. Aber irgendwie müsse man sich ja ein

Bild von ihm machen. Was Edgar einsah. Der Koffer wurde ihm abgenommen, ein junger Mann, aus dessen mürrischen Gesicht unschwer abzulesen war, wie unlieb ihm dieser Job war, begleitete ihn in den dritten Stock. Edgar überlegte, ob er ihm ein Trinkgeld geben sollte, hatte aber keine Vorstellung von der Höhe eines solchen Obolus. Er ließ es. Bei anderer Gelegenheit, nahm er sich vor, spätestens bei der Abreise, wenn es denn derselbe Bedienstete sein sollte.

Kaum in seinem Zimmer, tat er etwas, was er bei sich zu Hause nie und nimmer getan hätte: Er warf sich voll bekleidet, selbst noch in Straßenschuhen, aufs Bett. Seine Augen hielt er starr auf die Decke gerichtet. Es wird vergehen, dachte er. Ruhe, nichts als Ruhe brauche ich. Bin ich noch jung, bin ich schon alt? Vierzig, was ist das schon? Momentan fühlte er sich schlaff und schwach und irgendwie willenlos. Nichts um ihn hier herum konnte sein Interesse wecken. Nicht mal einen Blick ins Badezimmer hatte er getan. Er hatte sich auch nicht vergewissert, zu welcher Seite hin die Fenster ausgerichtet waren: War es der vielversprochene Garten mit den blühenden Sträuchern, den Rondells, der Blutbuche? Als hätten sich Krümel von dem Kies, dem er auf den Zuweg ausgewichen war, vom Ohr in die rechte Schädelhälfte hineingearbeitet, spürte er einen zermalmenden Schmerz, und er überlegte, wie er sich verhalten sollte. War er nicht an Ort und Stelle, wo er rasche Hilfe erwarten kann? Dort stand das Haustelefon mit dem Notruf. Wann ist die Not groß genug, die einen Notruf rechtfertigte? Er warf sich auf die linke Seite, der stechende Schmerz verebbte in kleinen Wellen, sein Puls fiel auf eine halbwegs erträgliche Frequenz. So, wie er aufs Bett gefallen war, verfiel er in einen kurzen, aber tiefen und erholsamen Schlaf.

Sie werden mich ausfragen, bis sie mich nackt vor sich sehen. Sich ein Bild von mir machen. Welches Bild soll ich ihnen bieten? Das wahre – aber welches ist das? Ich kenne mein wahres Bild nicht. Die tausend Gedanken, die mir durch den Kopf schießen, ergeben kein einheitliches Bild, alles ist Flickwerk, eine Stückelung aus Geschehenem und Gedanklichem, endlos viele Bilder, die sich jagen, auflösen, neu formen, ein Puzzle, das sich zu keinem Ganzen fügen will. Soll ich ihnen *das* sagen? Sie werden lächeln, weil das letztlich bei jedem Menschen so ist. Alter, Gewicht, Größe, das sind die Eckwerte, an denen sie sich festhalten. Sie werden mich einem Raster zuordnen. Die Physiognomie ist ihr erster Anhaltspunkt. Und vielleicht ist es für das Befinden eines Menschen in der Tat nicht egal, ob er groß oder klein, oder mittelgroß gewachsen ist. Ob dick oder dünn, rundlich, kompakt, breitschultrig, breithüftig, schmalhüftig, blond, brünett, dunkelhaarig, rothaarig. Ich bin mittelgroß bis groß, eins neunundsiebzig, mit Augenzwinkern eins achtzig, meine Haarfarbe changiert zwischen blond und brünett, ich wiege knapp achtzig Kilo, vielleicht ein paar Gramm zu viel, meine Ohren sind leicht abstehend – ein guter Huthalter, aber ich trage keine Hüte. Von einem leichten O-

Einschlag abgesehen, halte ich meine Beine für ganz passabel. Was ich von meinem *Klein-Edgarchen* halten soll, weiß ich nicht so genau. *Klein-Edgarchen* hatte Luise ihn genannt. Wollte sie mich damit aufziehen? Schwang da, wenn sie es sagte, eine kleine Stichelei mit? Klein. Erwartete sie mehr? Oder war es doch weiter nichts als eine liebe Neckerei? Und überhaupt, den Frauen gehe es nicht um irgendwelchen Umfang oder Länge, das seien Fragen, die die Männer unter sich beantworten sollten.

Mit diesen Gedanken besann er sich auf die Situation, in der er sich befand. Er streifte, ohne sich zu erheben, die Schuhe von den Füßen und ließ sie polternd auf den Fußboden plumpsen. Und wunderte sich über die Stille, die ihn umfing, aber wenn er sein Gehör auf hundert Prozent Empfang stellte, war doch so ein verhaltenes Rumoren zu vernehmen, das er nicht orten konnte: ein Geräusch dunkel und dumpf wie von weit entlegenen Bauarbeiten, oder vom Fahrstuhl, oder ganz einfach vom Auf und Ab in so einem großen Haus, gerade noch verhalten genug, um es ignorieren zu können.

Das Haus war dann doch einen Tick größer, als er erwartet hatte. Er erhob sich vom Bett und warf einen Blick aus dem Fenster. Also doch das Blumenrondell und ein blühender Strauch. Wenigstens einer. Jasmin? Ist eigentlich egal, Hauptsache, es blüht etwas. Die Blutbuche hatte er noch nicht entdeckt, oder er konnte den Baum im Hintergrund mit den herabhängenden Zweigen nicht als Blutbuche identifizieren.

Wo waren die Menschen, die sich hier aufhalten? – Nichts und niemand, geisterhafte Leere. *Patienten.* Auch so ein Wort, das er für sich als unpassend fand. Er leerte seinen Koffer und stellte fest, dass er zu wenig warme Sachen eingepackt hatte. Zwar war Sommer, aber es konnte hier abends empfindlich kühl werden, hatte man ihm vorsorglich mitgeteilt. Brunos Wälzer platzierte er auf das Tischchen neben dem Bett.

Er trug die Bad-Utensilien ins Badezimmer und zeigte sich zufrieden mit der Ausstattung, die keine Wünsche an eine moderne Badezimmereinrichtung offenließ. Der Spiegel hätte kleiner sein können, wer wollte sich schon ständig in einem anderthalb Meter hohen und einen Meter breiten Spiegel betrachtet wissen. Aber schließlich, was ging ihn der Spiegel an? Dennoch konnte er der Versuchung nicht widerstehen, sich von oben bis unten zu mustern. Der Mann, der ihm entgegenblickte, befremdete ihn: Wiederum fragte er sich: Edgar Peineke, wer bist du, was willst du hier, woher kommst du, wohin gehst du, und überhaupt, was für ein Mensch bist du? Wie sehen dich andere? Eine Frage, die ihn verwirrte. Sehe ich andere, sinnierte er, ordnet mein Gehirn sie ein, ob ich will oder nicht. Wie sehen andere sich selbst? Verfügt der Mensch über die Fähigkeit, über sich selbst ein Urteil abzugeben, das auch von anderen akzeptiert wird? Eine neutrale Betrachtung gibt es nicht. Meine Mutter war eine schöne Frau. So sagten es andere, mein Vater sagte es nicht. Und ich nahm das so hin, denn wenn andere es feststellten, musste es wohl stimmen, meine Urteilsfähigkeit als Kind war noch nicht so ausgeformt, doch mein Urteil über das Aussehen meiner Mutter hat sich bis auf den heutigen Tag erhalten. Sie hatte große braune Augen, die von einem gewissen Schimmer überzogen schienen, sie dominierten ihr Gesicht mehr als alle anderen Gesichtspartien. Über ihren Mund kann ich keine Aussage treffen, weil meine Augen nie an ihm hängenblieben. Ihre Wangen waren glatt und erinnerten mich zuweilen an das feine, zerbrechliche Porzellan jener Tassen, die nur an Feiertagen auf den Tisch kamen. Als Kind glaubte ich, wenn ich sie auf die Wangen küsste, sie dufteten, aber vielleicht war das auch nur ein Hauch von dem Puder, den sie sich zuweilen auf die Nase tat, von der sie meinte, dass sie glänze. Überhaupt, ihre Nase. Sie haderte mit ihr, sie schien ihr zu groß. »Ein Zinken!«, verwünschte sie sie. »Großer Giebel ziert das Haus«, konterte ihre Schwester. Wegen dieser Nase hielt sie sich zwar nicht für hässlich, aber auch nicht für attraktiv genug, wie sie es gern gehabt hätte. »Diese Nase wird mich ein Leben lang begleiten«, konstatierte sie. „Ich werde viel Puder brauchen.« Andere hielten sie für schön, doch schmeichelnde Worte konnten an ihrem Hader mit der Giebelzier nichts ändern.

Er wischte mit einem Handtuch über den Spiegel, wo es nichts fortzuwischen gab, doch er hatte dabei das Gefühl, somit gleichsam die Gedanken fortzuwischen, die ihn beim Blick in den Spiegel bestürmt hatten. Er ordnete die übrigen Sachen, bei deren Anblick er jetzt erst recht überzeugt war, davon zu wenig mitgenommen zu haben, in den Schrank ein und begab sich in den Klinikbereich, wo die Behandlungsräume ihn erwarteten.

»Das geht den meisten so«, empfing ihn Frau Doktor Hildebrand, eine dralle und auf den ersten Blick resolute Frau. Auf dem unaufhaltsamen Weg zur Matrone, urteilte Edgar. »Viele möchten am liebsten gleich wieder abreisen. Wir können sie nicht daran hindern. Aber wir wissen auch, dass niemand ohne Grund zu uns kommt. Nach zwei, drei Tagen sieht dann die Welt schon ganz anders aus. Weshalb sind Sie hier?« Beiläufigkeit vortäuschend, blätterte sie in einem Dossier, das zu voluminös schien, als dass es sich um Unterlagen über Edgar handeln konnte. Entschlossen schlug sie die Mappe zu. »Nun? Wir müssen miteinander reden.«

Sie sollte es wissen, weshalb ich hier bin, dachte Edgar, sagte jedoch: »Ein Schädel, der auseinanderzufliegen droht. Wenn er nicht auseinanderfliegt, muss ich aufpassen, dass ich mich auf den Beinen halte. Mehr kann ich jetzt dazu nicht sagen.«

»Wir müssen das abklären, natürlich, physisch und psychisch. In den meisten Fällen kommt beides zusammen. Alkohol, Medikamente, wie sieht es damit aus?«

Edgar verneinte.

»Sie sind verheiratet?«

Edgar zögerte mit der Antwort. »Nein«, sagte er.

Sie setzte ihre Brille auf. Durch die Brillengläser gewannen ihre Augen eine gewisse Starre, was bei Edgar den Eindruck hinterließ, als spieße sie ihn mit ihren Pupillen gleichermaßen auf. Wir werden nicht zusammenkommen, dachte er. Zu sperrig, nicht mein Fall. Als hätte sie seine Gedankengänge erraten, sagte sie: »Es gibt keinen anderen Weg. Wir sind dazu da, Ihnen aus Ihrer Krise zu helfen. Das gelingt nur, wenn wir uns die Umstände genau ansehen. Also nicht verheiratet?«

»Wie man's nimmt«, entgegnete Edgar.

»Das heißt?«

»Meine Frau lebt nicht mehr. Da war ein Unfall.«

Sie setzte ihre Brille ab und legte sie mit langsamen Bewegungen, nahezu bedächtig, vor sich auf den Tisch. »Oh, das tut mir wirklich leid, Ihren Unterlagen konnte ich das nicht entnehmen.« Nach einigen Sekunden der Stille fügte sie hinzu: »Auch wir hier können Geschehenes nicht ungeschehen machen. Aber wir können den Menschen helfen, mit dem, was ihnen widerfahren ist, so umzugehen, dass sie die Welt nicht immerzu wie ein schwarzes Tuch vor sich sehen. Morgen erwarte ich sie zur gleichen Zeit. Nehmen Sie inzwischen die Angebote wahr, die Ihnen unsere Fitnesseinrichtungen bieten.« Mit diesen Worten entließ sie Edgar.

Wieder in seinem Zimmer, blätterte er unlustig in dem Buch, das Bruno ihm aufgenötigt hatte. *Aufgenötigt*, ja doch, so sah er das. Er würde nun gezwungen sein, diesen Wälzer zu lesen, denn Bruno würde ihn fragen, ob es ihm gefallen habe, würde womöglich mit ihm über Inhalt und Schreibstil diskutieren wollen: Obwohl du, Bruno, doch wissen solltest, wie sperrig mein Verhältnis zur Literatur geworden ist. Die Schreiberlinge reflektieren die Welt, wie sie sie sehen, tun dabei so, als hätten sie den großen Durchblick. Sehen ihre eigene Kurzsichtigkeit nicht. Epigonen, die sich obendrein untereinander beharken, dass die Fetzen nur so fliegen. Ich, für meinen Teil, habe mich sattgelesen, ganz einfach satt. So satt wie man sich satt essen kann, satt trinken, satt sehen, satt hören, von allem viel, und von dem Vielen viel zu viel. Überdruss gebiert Langeweile, Desinteresse, lässt Löcher groß wie Krater entstehen, gähnende Leere. Unentwegt arbeiten wir daran, diese Löcher zu stopfen und reißen dabei doch immer wieder nur neue Löcher auf. Verwundert über den Gedankengang, zu dem er über Brunos Buch gelangt war, schlug er das Buch zu. Und begab sich dorthin, was Frau Doktor Hildebrand Fitnessstudio genannt hatte. Piktogramme wiesen ihm den Weg.

Die folgende Nacht bescherte ihm einen langen traumlosen Schlaf, der nur einmal unterbrochen wurde. Auf dem Gang wurde eine Tür heftig ins Schloss geschlagen, eine erregte Stimme rief: »Passt doch auf!« Eine andere zischte: »Pscht!« Er hörte Schritte den Gang entlangeilen, irgendeine Vorrichtung auf Rädern wurde zum Lastenaufzug geschoben, ein Rad quietschte, der Aufzug schnappte zu. Er vernahm, wie der Lift mit leichtem Heulton anzog und in der Versenkung entschwand. Dann war urplötzlich wieder Stille eingekehrt. Er hatte überlegt, ob er Licht machen sollte, entschied sich aber, in der Dunkelheit liegen zu bleiben, und wartete darauf, wieder einschlafen zu können.

Er erinnerte sich, dass er, als kleiner Junge, wenn er mitten in der Nacht aus dem Schlaf gerissen wurde, oft Zuflucht im Bett seiner Eltern gefunden hatte. Seine Mutter war stets sofort hellwach, wortlos lüftete sie die Bettdecke, der einzige Laut, den sie von sich gab, war ein »Pscht!« Was so viel hieß, dass er sich, so schlaftrunken er auch war, ohne Umschweife und Erklärungen und möglichst geräuscharm auf die Besucherritze zwischen sie und seinen Vater legen sollte. Es ist doch eigenartig, dachte er, dass ich mich an das Gesicht meines Vaters kaum erinnern kann. Für mich war er immer so etwas wie ein Nachtmensch, der zittrige Schnarchtöne von sich gab, die ab und zu von hohen Pfeiftönen unterbrochen wurden. Irgendwie kam ihm alles an ihm spitz vor, insbesondere das Kinn und die Nase, wodurch ihm sein Gesicht wie mit einer Starre überzogen schien, gleichsam wie eine Maske, hinter die er keine Einsicht gewährte. Er hatte ihn auch niemals lachen sehen. Im Gegensatz zu seiner Mutter, die gern lachte und viel, was ihm manchmal vor anderen schon etwas peinlich schien. Irgendwann einmal hörte er seinen Vater sagen: »Ich kann mit diesem Kinde nichts anfangen.« Worte, die ihn wie ein Verdammungsurteil trafen und das ihn sein ganzes Leben lang begleiten sollte. Von der Besucherritze kullerte er mal auf die rechte, mal auf die linke Seite. Instinktiv bevorzugte er die linke Seite, wo seine Mutter lag. Ihre üppigen Brüste und ihre drallen Schenkel und die Wärme, die ihr molliger Leib ausstrahlte, trugen ihn hinüber in eine Welt der Geborgenheit und des Vergessens. Wenn seine Mutter schlief, entflohen ihrem Mund hin und wieder verhaltene Seufzer, manchmal in ganzen Intervallen. Er stellte sich vor, es seien Schmetterlinge, die aus ihrem Körper herausflatterten, Falter der Nacht, die sich irgendwo im Raum geräuschlos niederließen, um dann im Morgengrauen zu verschwinden, denn bei Tageslicht waren die Falter fort. Nichts und niemand konnte ihn an der Seite dieses wohligen Körpers anfechten, und in jeder dieser Nächte hatte er sich gewünscht, dass sie niemals enden mochten.

Es kam vor, dass er im Halbschlaf ihre warme Hand auf seinem Leib fühlte. Wenn sie spürte, dass er erwachte, rutschte die Hand auch schon mal in seinen Schritt. »Du musst bestimmt mal pullern«, flüsterte sie in solchen Momenten und streifte dabei wie unabsichtlich sein kleines steifes Glied. Dass sie so etwas spürte, hatte ihn nicht gewundert, dafür war sie ja schließlich die Mutter. Mütter sehen alles, Mütter spüren alles, Mütter haben Ahnungen, Mütter irren nie. Sie hatte recht, er musste. Danach kroch er entspannt und befreit vom Druck in der Blase und noch immer schlaftrunken unter die Bettdecke an ihre Seite und schlief sofort wieder ein.

Bisweilen erwachte er ein zweites Mal, weil ihn die ruschelnde Bettdecke auf der Seite seines Vaters aufgeweckt hatte. Er fand sich allein in der Betthälfte seiner Mutter. Sie hatte die Schlafstatt nicht verlassen, das spürte er, und wenn er seine Bettdecke, die er sich über den Kopf gezogen hatte, fortzog, vernahm er das Geflüster seiner Eltern, konnte aber die Worte nicht unterscheiden, so sehr er seine Ohren auch aufsperrte. Irgendetwas hielt ihn davon ab, seine Augen zu öffnen. Er stellte sich weiterhin schlafend, simulierte sogar leichte Schnarchgeräusche, die ihn dann wieder in den Schlaf hinüberführten.

Seit jener Zeit hatte sich irgendetwas verändert im Verhältnis zu seiner Mutter. Ihre Liebkosungen, nach denen er sich früher so sehr sehnte, wehrte er mehr und mehr ab. Er verspürte ein leichtes Unbehagen, wenn sie ihn mit ihren Küsschen überschüttete und ihn noch immer »mein kleiner Liebling« nannte. Sie schien sein Unbehagen nicht zu spüren, deutete seine zunehmende Verlegenheit als Schüchternheit, aus der sie glaubte, ihm heraushelfen zu müssen. Mehr und mehr hatte er Dinge an ihr wahrgenommen, die ihn unangenehm berührten: Die immer dicker werdende Puderschicht auf ihrer Nase, ihr zippelnder Rock, unter dem der Unterrock hervorlugte, ihre zu wurstigen Ringen aufgeribbelten Strümpfe, in denen sie durchs Haus schlurfte, ohne sich noch daran erinnern zu können, wo sie ihre ausgetretenen Hausschuhe hinterlassen hatte. Am meisten widerte ihn der Anblick ihrer Brüste an, die ohne BH unter den viel zu engen Pullis hin und her baumelten wie zwei willenlose Flaschenkürbisse. Am liebsten hätte er zu ihr gesagt: »Mutter, doch nicht so!« Aber das wagte er nicht. Mutter blieb Mutter, er hatte keinerlei Recht, sie wegen ihres Aufzugs zu tadeln, war sie im Umgang mit ihm ansonsten doch zärtlich und liebevoll, briet nur allein für ihn Kalbsleber, bügelte sogar seine Unterwäsche.

Ihn wunderte jedoch, dass sein Vater ihr Sichgehen-Lassen nicht wahrzunehmen schien. Doch knochig wie dessen ganze Gestalt war auch sein Charakter. Die Wahrnehmungen aus seiner nächsten Nähe prallten nicht von ihm ab, sie splitterten von ihm weg. Ein ausgedörrter Baum, von dem trockene Rindenstücke abblätterten. Wenigsten er hätte sie doch auf ihre schleichend zunehmende Schlampigkeit aufmerksam machen können.

Wenn es an der Tür läutete, rief sie: »Machst du mal auf!« und verschwand für wenige Minuten in einem der weiter hinten gelegenen Zimmer, um dann wie aus dem Ei gepellt mit breitem Lächeln hervorzutreten: Eine Diva bei ihrem Auftritt. Seine Sorge war nur, dass sie sich irgendwann einmal in ihrem schlampigen Aufzug auf der Straße präsentieren würde. Er wäre vor Scham in die Erde versunken.

Wieder vernahm er, wie der Lift ruckelte, hörte, wie sich die Lifttür zischend öffnete. Er unterschied auf dem Gang zwei erregte Stimmen, es hörte sich an, als stritten sie. Eine Tür wurde zugeschlagen.

Edgar machte Licht, griff nach dem dicken Buch, setzte sich halbliegend auf und blätterte auf der Suche nach der Seite, bis zu welcher er gelesen hatte, voller Unlust vor und zurück. Das Buch war unhandlich und das Gewicht drückte kiloschwer auf seine Brust. Mit einem lauten Klaps schlug er das Buch zu und legte es, ohne eine einzige Zeile gelesen zu haben, auf das Tischchen neben seinem Bett zurück. Er knipste das Licht aus. Ein paar Minuten lag er starr mit seitlich angelegten Armen auf dem Bett und spielte mit der Vorstellung, er sei tot. So wird dann mein Anblick sein, dachte er. Steif wie ein Brett. Man wird mir die Augen zugedrückt haben. Die Hinterbliebenen fürchten sich vor den offenen Augen der Toten. Sie haben das Empfinden, der Blick des Verstorbenen sei wie ein großes Fragezeichen auf sie gerichtet, und ihre Hilflosigkeit, keine Antwort auf die an sie gerichtete Frage des Verstorbenen finden zu können, verunsichert sie, lässt sogar Zweifel aufkommen, ob der Körper, der dort liegt, denn auch wirklich richtig tot sei. Geöffnete Totenaugen verfolgen sie bis weit über den Tag der Beisetzung hinaus. Ein Toter hat die Augen geschlossen zu halten, ansonsten ist er kein Toter.

Er erhob sich, ging zur Toilette, schlug, ohne erneut Licht zu machen, sein Wasser ab, tapste barfuß zu seinem Bett zurück, und weil er mittlerweile hellwach war, überlegte er, was er anstellen könne, um die zweite Nachthälfte bis zum Morgengrauen zu überbrücken. Er saß auf der Bettkante, blickte auf einen imaginären Punkt in das ihn umgebende graue Dunkel.

Wie ein Alptraum bestürmte ihn in dieser Stille die Erinnerung an eine Nacht, die er wohl niemals aus seinem Gedächtnis würde auslöschen können. Es mag vier, fünf Monate zurückliegen – es war noch nicht so richtig Frühjahr, es war auch nicht mehr so richtig Winter, in den letzten zwei, drei Nächten hatte der Frost noch einmal heftig zugeschlagen – da war er inmitten der Nacht in seine Kleider geschlüpft, und weil er gemeint hatte, ohnehin nur ein paar Schritte vor die Tür zu gehen, hatte er den Schlafanzug darunter anbehalten. Gegen den neuerlichen Frost hatte er sich mit Schal und Pudelmütze bewaffnet. Als er aus der Tür heraustrat, empfing ihn tiefe Stille. Der Himmel zeigte ein makelloses Schwarz, an dem die Sterne wie aufgestickte Pailletten auf samtenem Tuch glitzerten. Sämtliche Straßenbeleuchtung war abgeschaltet, das hatte der Gemeinderat so eingerichtet, um am Strom zu sparen. Ein Relais sorgte dafür, dass kurz vor Mitternacht die Lichter ausgingen, um in der Morgendämmerung wieder aufzuflammen. Nur an einzelnen markanten Stellen, etwa an der Straßenbahnendhaltestelle oder vor dem Feuerwehrhaus, blieben ein oder zwei Laternen an. Wenngleich er die Straßen aus dem Effeff zu kennen glaubte und meinte, sich mit verbundenen Augen in seinem Viertel bewegen zu können, geriet er in jener Nacht doch hin und wieder ins Straucheln und wäre in diesem Schwarzdunkel mit der Stirn fast gegen einen Laternenpfahl geprallt, sein schlenkernder Arm hinderte ihn an einem Zusammenstoß. Doch nach einer gewissen Zeit hatten sich seine Augen an die Dunkelheit gewöhnt, und er konnte jetzt sehr wohl ausmachen, wo er sich gerade befand. Er war auf das am Horizont leuchtende Licht zugegangen, das den Platz mit der Straßenbahnendhaltestelle ausleuchtete. Dieses Licht war nicht sein ausgemachtes Ziel, und was er dort nachts um zwei Uhr hätte tun sollen, darüber hatte er sich keine Gedanken gemacht. Doch ein Licht ist immer ein Ziel, ganz gleich, wo wir uns gerade aufhalten.

Der *Nachtbummler* rumpelte seinem letzten Haltepunkt entgegen, eine einzige Gestalt war der Bahn entstiegen. Ein Mann. Er schien ihm hünenhaft groß, obendrein trug er einen Hut, der ihn noch größer erscheinen ließ. Der Mann hatte es nicht eilig, blickte sich am Bahnhofsvorplatz nach allen Seiten um. Edgar konnte er nicht wahrnehmen, der hatte sich in eine abgedunkelte Ecke zurückgezogen, um nicht erkannt zu werden. Was auch hätte er antworten können, hätte ihn irgendein Mensch, womöglich ein Bekannter, mit der Frage konfrontiert, was er denn zu dieser Zeit allein, in der Kälte, in dieser Dunkelheit hier zu tun gedenke. Und man *hätte* ihn gefragt, daran hegte er keinen Zweifel. Was also hätte er antworten sollen? »Ich kann nicht schlafen«?

Der Mann mit dem Hut kramte umständlich in seiner Manteltasche, holte eine Zigarettenschachtel hervor und zündete sich eine Zigarette an. Wenn er doch endlich weiterginge, dachte Edgar. Ihm waren die Füße kalt geworden.

Edgar war kein Angsthase, dennoch hatte ihn ein dumpfes Gefühl beschlichen, das ihn gemahnte, auf der Hut zu sein. Der Mann schritt jetzt rasch voraus, ab und zu ließ er das Licht einer Taschenlampe aufflammen, um seinen Weg zu erhellen. Edgar war ihm in gebührendem Abstand gefolgt. Warum er das tat? Die Gestalt vor ihm hatte seine Neugier geweckt, er lief ihr hinterher, als sei er in einen Sog geraten. Um mit ihm Schritt zu halten, musste Edgar sich ganz schön ins Zeug legen. Wenn der Mann mit Hut zwei Schritte tat, tat Edgar drei. Das wurde ihm mit der Zeit etwas anstrengend, ihm wurde so warm, dass er die nächtliche Kälte nicht mehr spürte. Am Dohlenweg bog der Mann in die Straße ein, die aus dem Viertel hinausführte. Hier hatten sich kleine Gewerbebetriebe angesiedelt. Ein Betrieb für Heizung und Sanitär, ein Gebrauchtwagenhandel, ein Großmarkt für Autozubehör, eine Autolackiererei, eine freie Tankstelle, eine Baugrube, wo ein Supermarkt errichtet werden sollte, sogar eine Imbissbude hatte sich dort etabliert. Der Mann mit Hut blieb stehen. Dort muss die Baugrube sein, dachte Edgar. Was will ein Mann mitten in der Nacht allein an dieser Baugrube? Vor einer Woche hatte es viel geregnet, der Regen war in heftigen matschigen Schneefall übergegangen. Deshalb kamen die Aushubarbeiten nicht voran. Am Boden der Grube hatte sich viel Wasser angesammelt, ein kleiner See war entstanden. In den beiden frostkalten Nächten hatte sich auf diesem Baugrubensee eine geschlossene Eisdecke gebildet.

Plötzlich verlor Edgar den Mann aus den Augen. Nach dem heftigen Lauf kroch die Kälte jetzt heftiger über seine Beine den Körper hinauf, er hatte das Gefühl, sein Brustkorb würde von einem Ring aus Eis eingeschnürt. Ich muss mich bewegen, sagte er sich, und er begab sich weg von der Stelle, wo er den Mann mit dem Hut aus zum letzten Mal gesehen hatte. Die Furcht, nicht rechtzeitig in sein Haus zu gelangen, überlagerte die Neugier, zu erfahren, was dieser Mann dort an der Baugrube in dieser schwarzen Nacht anstellen würde.

Zu Hause angekommen stellte er fest, dass seine Schlafanzughose um mindestens fünf Zentimeter unter dem Saum der Cordhose, die er darüber im Dunkeln übergestreift hatte, hervorlugte. Verständnislos schüttelte er den Kopf, schlüpfte ins Bett und schlief bis in den späten Vormittag hinein.

Zwei Tage später erfuhr er aus der Zeitung, dass in der Baugrube im Gewerbegebiet Dohlenweg der Leichnam eines Mannes gesichtet wurde. Auf den Toten aufmerksam geworden waren herumstromernde Halbwüchsige, die sich zunächst damit vergnügt hatten, einen auf dem Baugrubenwasser treibenden Hut an Land zu ziehen.

Nie gab Edgar jemandem preis, was er in jener dubiosen Nacht beobachtet hatte.

Es war nie so richtig ans Tageslicht herausgekommen, was diesem Mann mit Hut in jener Nacht widerfahren war. *Freitod.* Und damit wurde unter diesem Fall ein Schlussstrich gezogen.

Dass Grete, die Ehefrau des Mannes mit Hut, mit dem Bauunternehmer ins Bett gestiegen war, pfiffen längst die Spatzen von den Dächern. Nur ihr Mann schien nichts geahnt zu haben. Er war der Gehörnte. Die Schwester seiner Frau hatte versucht, die Gunst der gehörnten Stunde zu nutzen, um mit ihm anzubandeln. Er hatte sie zurückgewiesen. »Ach Max«, hatte sie spitz gesagt, »meine Schwester, die hat sich nicht so. Pass nur auf, dass du mit den Hörnern noch durch die Tür kommst.«

Grete war die Sekretärin des Bauunternehmers Helm. Ob es sich um ein klassisches Abhängigkeitsverhältnis gehandelt hatte, sei dahingestellt. »Auch dazu gehören zwei«, so Gretes Schwester.

Die beschwörenden Worte seiner Frau waren: »Da ist nichts, rein gar nichts, Mäxchen«. Aber der vergiftete Pfeil ihrer Schwester hatte seine Wirkung getan. Max belauerte seine Grete, wann immer sich Gelegenheit dazu bot. Er beschnüffelte ihre Garderobe vom Vortage, fand einmal in ihrer Rocktasche ein Streichholzbriefchen mit dem Logo von »Fährmanns Eck«. Was hatte sie dort zu suchen, und wann war sie dort? Und mit wem? Auf der Suche nach Beweisen intimer körperlicher Kontakte mit einem Mann roch er an ihrer Unterwäsche, selbst ein paar angetrocknete Urinflecken hinderten ihn nicht daran, seine Nase in den nicht immer blütenreinen Zwickel zu stecken. Er ertappte sich dabei, dass ihm das nicht einmal unangenehm berührte. Die dezente Duftwolke aus Urinresten und Körperschweiß weckte in ihm sogar so etwas wie ein Lustgefühl, und je tiefer er diese Wolke inhalierte, desto stärker verspürte er ein leichtes Schwindelgefühl, das ihm manchmal sogar eine halbherzige Erektion bescherte.

Seine Libido hatte sich von ihm so gut wie verabschiedet, worüber er wenig nachsann. Seiner Frau schien das nichts auszumachen, ihre Teilnahmslosigkeit im Bett hatte ihn anfangs verstört, später nahm er sie ein für alle Male als gegeben hin, ja sie war ihm geradezu willkommen, ersparte es ihm doch jegliche Rechtfertigung für seine libidinöse Inaktivität. Aber Gretes Schwester hatte in ihm einen Detektivinstinkt geweckt, der mehr und mehr Besitz von ihm ergriff. Angetrocknetes Sperma, das er so vehement zu entdecken hoffte, fand er nicht. Da er auf der Suche nach Beweisen für eine Affäre seiner Frau nicht fündig werden konnte, ging er auf andere Recherchemethoden über. Er dehnte seine Beobachtungen auf Gebiete außerhalb des Hauses aus. Sie schien von seinen Nachforschungen nicht die geringste Ahnung zu haben, wunderte sich nur, dass er an manchen Tagen später als sie das Haus betrat. Doch sie fragte ihn nicht, wo er denn gewesen sei.

»Es geht dir doch hoffentlich gut?«, hatte sie ihn eines Tages gefragt, so wie man einen alten Bekannten fragt, den man längere Zeit nicht gesehen hat.

»Doch, doch«, erwiderte er, »warum fragst du?«

»Ach«, sagte sie, »nur so«. Sie bemerkte seine Zerstreutheit, die sie mit einer Milde belächelte, die ihn verletzte. Sie aber schien seine neuerliche Verletzbarkeit nicht wahrzunehmen. Im Schlepptau des mit vollen Segeln dahinschießenden Schiffes namens Verliebtheit segeln Achtlosigkeit und Gleichgültigkeit mit. Der andere wird in die Ahnungslosigkeit entlassen. Doch Max war von nun an keineswegs ahnungslos. Er hatte sich in ein Bündel hoher Sensibilität verwandelt, so groß und stämmig er auch gewesen sein mag. Ein Ehedrama bahnte sich an, das in ihrem maliziösen Lächeln keinen Platz fand. Sann Max auf Rache? Er sah das Schiff davonsegeln, und ihn grauste vor der Vorstellung, es in nicht mehr allzu ferner Zeit ein für alle Male am Horizont entschwinden zu sehen.

Sein Tod in der Baugrube war mehr als ein Fingerzeig. Der Unternehmer, Chef seiner Frau, Schürzenjäger und Bauhai, Sponsor und Trickser, der es verstand, die Arbeitsplatzkeule zur rechten Zeit am rechten Ort zu schwingen, im Stadtteil gefürchtet und willkommen zugleich, weil schließlich er es war, der, wie er sagte: »Leben in die Bude bringt«, soll ausgerechnet er es gewesen sein, der sich als kleinen Zeitvertreib zwischen Baustellenaufsicht und Besprechungen mit dem Stadtrat unter dem Rock der Frau des Mannes mit dem Hut tummelte?

Seine Dominanz brechen, ein Drama inszenieren, einen Skandal. Dich kriege ich, schwor sich Max. Lange hatte er darüber nachgesonnen. Dir verpasse ich ein Ding! Was ihm fehlte, waren handfeste Beweise. Wie überführe ich ihn? Diese Frage trieb ihn um. In seinem Kopf wälzte er Pläne hin und her. Er hatte ausgekundschaftet, wo das Haus ihres Chefs stand, er kannte das Auto, mit dem der die Baustellen abklapperte, ein Jeep, er wird ihn als Dienstwagen deklariert haben. Die andere Karre wird für seine Lustfahrten vorgesehen sein, schloss er. Cabrio, bei Sonnenschein, mit offenem Verdeck. Die Vorstellung, seine Frau säße an der Seite ihres Chefs in diesem Auto, der Fahrwind verwirbelt ihr Haar, an ihrem Hals flattert ein langes weißes Seidentuch – in welchem Film hatte er diese Szene gesehen? -, diese Vorstellung hatte von ihm Besitz ergriffen.

An den Film erinnerte er sich nicht, doch je länger er auf der obsessiven Jagd nach Beweisen war und nichts Handfestes finden konnte, desto mehr wurde ihm die Affäre seiner Frau zur Gewissheit. An jenem verhängnisvollen Abend war sie später als sonst nach Hause zurückgekehrt. Er stellte keine Fragen, sie erklärte sich nicht für ihre Verspätung. Am Abendbrottisch saßen sie sich stumm gegenüber. Sie aß mit gutem Appetit, stürzte ihr Bier in einem Zug hinunter, wischte sich mit dem Handrücken den Schaum vom Mund, unterdrückte einen Rülpser. Er fand ihr Benehmen ordinär. Sie bemerkte, dass er sie beobachtete, doch das schien ihr nichts auszumachen. Er trommelte mit den Fingern auf den Tisch, fing damit aber nur einen blitzschnellen abstrafenden Blick ein. Es würde morgen auch wieder später, äußerte sie nach langen Minuten des Schweigens: »Der Wirtschaftsprüfer«.

Wie oft kommt ein Wirtschaftsprüfer? Von solchen Dingen hatte er nicht die leiseste Ahnung. Er überlegte: War die letzte Wirtschaftsprüfung nicht erst vor drei Monaten gewesen? Tu, was du willst, aber lüge nicht!, hatte er sie lautlos beschworen.

Sie räumte den Tisch ab und sagte: »Ich gehe nach oben«. Nach oben, das hieß ins Schlafzimmer.

»Ich sehe mir noch einen Film an«, hatte er erwidert. Aber er sah sich keinen Film an. Mittlerweile war die Nacht hereingebrochen. Er suchte nach den Zigaretten, die er vor einem Jahr irgendwo im Wohnzimmer hinterlegt hatte. In der Kommode, in der Kredenz? Oder doch nicht im Wohnzimmer? Vielleicht im Küchenschrank? Er hatte das Rauchen eingestellt, wegen seiner kränklichen Lunge. Er steckte die Schachtel in die Manteltasche. Im Haus würde er nicht rauchen, vor allem, weil sie sofort darauf reagierte: »Fängst du wieder an?« Allein *wie* sie fragte: spitz, drohend. Er zog seinen Mantel an, griff nach dem Hut, knipste das Licht aus, zog die Haustür von außen zu, ging zur Straßenbahnhaltestelle, die letzte Nachtbahn würde in zwei Minuten kommen.

Er war der einzige Fahrgast. Welche Haltestelle er denn nehme, fragte der Straßenbahnfahrer, während er Max' Aufzug mit Hut und Mantel musterte. Zu so später Stunde sollte man schon zweimal hinsehen, wen man sich da eingeladen hat.

»Die letzte«, gab Max zur Antwort. Er hatte sich nicht hingesetzt, stand an der Ausgangstür und stierte nach draußen in die Finsternis. Er fingerte in der Manteltasche nach der Zigarettenschachtel, entnahm ihr das Feuerzeug und eine Zigarette, zündete sie aber nicht an. Rauchen war natürlich verboten, öffentliches Verkehrsmittel. An den drei vorletzten Haltestellen war die Straßenbahn ohne Halt vorbeigefahren.

»Also, denn«, sagte der Straßenbahnfahrer, als Max die Straßenbahn verließ. Zur Erwiderung tippte Max an die Hutkrempe. Später hatte der Straßenbahnfahrer zu Protokoll gegeben, dass dieser Mann sein letzter Fahrgast gewesen sei, mehr könne er nicht sagen.

Das Geschehen an der Baugrube stand Edgar nachts in den Wachphasen, und selbst hier in der Klinik, manchmal wie ein Alb vor Augen. Hätte ich den Mann ansprechen sollen?, überlegte er. Doch was hätte er mir sagen sollen?

Jetzt war er sich sicher, wer es war: Max Klausner. Max von der Steuerprüfung. Dass ihm das nicht gleich in jener Nacht bewusst geworden war. Und hätte er ihn angesprochen, wäre er dann heute noch am Leben? Niemand würde diese Frage beantworten können. Vielleicht war da auch noch eine andere Person im Spiel, ein Dritter – wenn er selbst denn der Zweite gewesen sein sollte. Wie viele Varianten sich hier auftaten. War Klausners Frau ihrem Mann möglicherweise gefolgt, hatte sie mitbekommen, wie er nachts das Haus verließ, hatte sie eine Gelegenheit genutzt, ihn loszuwerden? Und vor allem: Wie sollte sie zu der Baugrube hingekommen sein. Mit dem Auto? Das hätte er gehört. Eine Nacht mit solch greifbarer Stille. Kein streunendes Tier, kein aufgeschreckter Vogel, eine dünne Schicht Matschschnee. Nur seine Schritte, gedämpft, als träten sie in Watte. Die Straßenbahn war zum Depot zurückgefahren, es war die letzte, die musste er unbedingt kriegen. Doch woher sollte Klausners Frau wissen, dass er sich dorthin begeben würde? Bliebe als einzig in Frage kommende Figur ihr Boss und Liebhaber. Aber auch der hätte sich zur gleichen Zeit dort aufhalten müssen, so mitten in der Nacht. Das hätte Edgar doch gesehen. Ein verabredetes Treffen mit ihrem Mann hielt er für absurd. Weshalb hätte Klausner auf eine solche Einladung, ja Forderung eingehen sollen? Und weshalb sollte er sich die Hände schmutzig machen, er, der Macher, der schlaue Fuchs, der Saubermann. Tötung auf Bestellung, also ein Auftragsmord? Doch nicht hier, in diesem Umfeld, so bieder wie das hier alles war. Und überhaupt: Hätte er einen Grund dafür gehabt? Es gibt andere Methoden, einen Gegner zum Schweigen zu bringen. Ein Mann wie der macht sich die Hände nicht schmutzig. Nein, nein, verwarf er seine wirren Einfälle. Einfach lächerlich, was einem zu nachtschlafender Zeit so alles durch den Kopf gehen konnte. Dennoch ließ ihn die Frage nicht los, wie die Umstände jenes Todes wohl gewesen sein mögen. War er nicht doch so etwas wie ein Zeuge? Aber was hatte er schon gesehen? War das Wasser in diesem Baugrubensee überhaupt tief genug, um darin ertrinken zu können, und das dann auch noch von eigener Hand? Wie sollte das gehen?

Dessen Frau schloss er endgültig aus. Körperlich unterlegen, und nicht denkbar, warum sie es soweit hätte kommen lassen sollen. Eine Frau in solcher Situation lässt sich scheiden, ganz amtlich. Edgar erfand Konstellationen, die ihm mal absurd, mal realistisch erschienen. Ein Unfall, ein Ausrutscher? Der Mantel, der sich mit Wasser vollsog und ihn ins nasse Verderben zog? Eine der Varianten, die er als absurd abtat. Wieviel Klatsch und Tratsch? Um Max Klausners Tod rankten sich Geschichten, ganze Romane. Dann doch schon eher Vorsatz, oder vielleicht doch ein Anfall geistiger Umnachtung, das Aussetzen jeglicher Ratio, eine Kurzschlusshandlung, räsonierte Edgar. Oder vielleicht gar eine politisch motivierte Tat? Unkenstimmen, dachte er. Helm soll Größeres vorgehabt haben, wurde am Stammtisch gemunkelt. Die neue Partei rief.

Aufwühlende Gedanken, die ihn bis in den Schlaf hinein verfolgten. Der Traum, der ihn in dieser Nacht heimsuchen sollte, bescherte ihm eine absurde Konstellation: Max Klausner und Luise auf einer Reise in ein fremdes Land.

11

Edgar hasste das Fitness-Studio, aber er überwand sich. Wenigstens zwei, drei Tage würde er das hier durchstehen. Das gehöre zum Behandlungsprogramm, wurde er vom Betreuungspersonal freundlich, aber sehr bestimmt ermahnt. Alle machten das dort, ob Alt oder Jung. »Das baut Sie auf, physisch. Für Ihren psychischen Aufbau ist unsere Frau Doktor Hildebrand zuständig. Doktor Hildchen, das sagen viele hier nach ein, zwei Wochen. Sie hört das ganz gern.«

Er würde sie nicht Doktor Hildchen nennen, da war Edgar sich sicher.

Laufband, Rudergerät, Hantelbank, Crosstrainer, Curlpult. Wenn das schon alles wäre. Der Neuerungswahn des Menschen ist unerschöpflich. Blitzendes Chrom: höhenverstellbar, seitenverstellbar, gewichtsreduzierbar, gewichtsmaximierbar, je nach Körpergröße, Körpergewicht, Alter, Kondition. Ergonomisch.

Das Curlpult scheute er störrisch wie der Esel den Berg. Die erste Trainingsstunde war ihm eine Pein, er kam sich albern vor, lachte seine Verlegenheit weg wie ein kleines Kind, dem eine Ungeschicklichkeit unterlaufen war.

»Es gibt hier keinen Leistungsdruck«, versuchte der Trainingsleiter Edgars Unwillen zu mildern. »Jeder so gut er kann.«

Edgar sah das anders: Jeder so gut wie der Nebenmann, und der konnte es immer einen Tick besser. Seine Glieder schmerzten, und er fragte sich, ob auch die Glieder der anderen Kursteilnehmer schmerzten.

»Das Kreuz durchdrücken«, kommandierte der Trainingsleiter und führte vor, wie er es meinte. Edgar drückte durch. »So sieht das doch schon ganz gut aus.« Dem Leiter sah man seine eisern eingehaltenen Trainingseinheiten an: Seine Bizepse zeichneten sich unterm T-Shirt ab wie dicke Kartoffeln, und wenn er heftig Luft einsog – und er sog oft die Luft heftig ein – dehnten seine Brustmuskeln sein Trainingsshirt bis an die Grenze des Zerberstens. Er mäanderte zwischen den Geräten hin und her, gab einen Tipp hier, tadelte mit neckisch erhobenem Zeigefinger da, lobte dort, ermunterte, sagte , wie sehr er sich über die Fortschritte, die festzustellen er meinte, freue.

Das werde ich nicht bis zum bitteren Ende durchstehen, mutmaßte Edgar. Ich werde auch nicht zum Wassertraining gehen, ich werde nicht die alberne Fitnessdiät durchhalten, und ich werde auch dabeibleiben, Frau Doktor Hildebrand nicht Doktor Hildchen zu nennen. Ich hasse Deminutiva, ich heiße Edgar. Und doch nannten manche ihn Eddi. Sein Onkel hieß Heinrich, und alle nannten ihn Heini. Er ließ es über sich ergehen. »Das kriegste nicht weg«, hatte Onkel Heinrich gesagt. »Wenn man so etwas erstmal mit sich machen lässt, sitzt das wie ein Widerhaken.« Heinrich blieb Heini. Und Heini verfolgte ihn bis hin zur Kranzschleife: *Heini, Du wirst uns fehlen.*

»Sie waren noch nicht bei der Hantelbank«, stellte der Trainingsleiter mit leicht mahnender Stimme fest.

»Heute nicht«, reagierte Edgar gereizt.

»Wie Sie meinen. Aber morgen. Morgen ganz bestimmt.«

Edgar versuchte ein überlegenes Lächeln zu mimen. Der Trainingsleiter schien irritiert. Es kam selten vor, dass einer seiner Betreuten mitten in der Übungsstunde das Handtuch warf.

»Ja«, lenkte Edgar ein, »morgen ist auch noch ein Tag. Und dann noch ein Tag und noch einer. Und so weiter. Waren Sie mal in Timbuktu?«

»Timbuktu?«

»Afrika., mittendrin. Wie gesund die dort alle sind. Und das ganz ohne Hantelbank.« Edgar war nie in Timbuktu gewesen, und er hatte auch keine Vorstellung vom physischem Zustand der dortigen Bevölkerung, er konnte nur ahnen, dass es dort mit deren körperlicher Beschaffenheit nicht zum Besten bestellt sein konnte. Das hatte andere Ursachen, da war er sich sicher, und im Nu bereute er, dem Trainingsleiter diesen Vergleich vor die Füße geworfen zu haben: »Nichts für Ungut. Also bis morgen.«

Die zurückliegende Nacht war eine von jenen, die er als *nicht gehabt* zu bezeichnen pflegte. Etwa gegen Mitternacht vernahm er einen dumpfen Plumps, einen Aufprall, als fiele ein nasser Sack aus dem Fenster. Oder von irgendwoher über ihm auf den Erdboden. Vor seinem Fenster? Sekundenlang danach rührte sich nichts. Er wagte nicht, die Vorhänge zurückzuziehen. Die plötzliche Stille beschleunigte seine Herzfrequenz. Er legte sich auf die rechte Seite, weil er meinte, somit das Rauschen des Pulses unterdrücken zu können. Er versuchte es mit der linken Seite, vielleicht federte der rechte Brustkorb das Rattern der Herzstöße auf ein erträgliches Maß herunter. Er streifte die Bettdecke fort, wechselte von der Seitenlage auf den Rücken. Manchmal half ihm das, um einzuschlafen. Ganz still liegen, die Arme dicht am Körper angelegt, die Nase steil nach oben gerichtet, die Füße leicht nach außen angewinkelt. Sarglage. Und tatsächlich hatte er das Gefühl, in einem Sarg zu liegen. Er brauchte nur die Augen zu öffnen, dann läge er nicht mehr im Sarg. Aber er wollte die Augen nicht öffnen. Er wollte in dieser wie zur Starre inszenierten Lage verweilen. Bis sich draußen, vor seinem Fenster, etwas tat. Irgendetwas musste doch passiert sein, dachte er, das konnten doch nicht alle Insassen des Hauses überhört haben?

Doch weitere lange Sekunden geschah nichts. Dann, endlich, *endlich!*, vernahm er von draußen Stimmen. Zwei, drei Personen eilten hin und her, fuchtelten mit Taschenlampen, deren Lichtkegel über die Vorhänge vor seinem Fenster hin und her irrten. Die Stimmen schwollen an, ebbten ab, jemand schien zu telefonieren. Dann wieder Stille. Was ihm den Eindruck vermittelte, die kleine Menschengruppe habe sich zurückgezogen. Ein Auto fuhr vor, die Autotüren wurden aufgerissen. Das Auto hatte es eilig, sich wieder davonzumachen. Wie erschöpft von harter Arbeit fiel Edgar in einen tiefen, traumlosen, doch kurzen Schlaf. Die Geräusche des erwachenden Klinikbetriebs weckten ihn.

12

Für das Geschehnis in jener Unfallnacht fand man keine griffige Erklärung: »… hatte offenbar die Kontrolle über das Fahrzeug verloren…«

Und damit wurde die Akte geschlossen. Luise, eine routinierte Fahrerin? Doch konnte das nicht schließlich jedem passieren, wer schon kann von sich sagen, jederzeit jede Situation beherrschen zu können. Ihre Freundin hatte sich nach dem Geschehen nicht gemeldet. Edgar hatte gedacht, *er* hätte es tun müssen, doch er wusste nicht einmal, wo in der Stadt sie ihre Wohnung hat. Oder lebte sie nicht doch auf dem Lande? Geschweige denn, dass er ihre Telefonnummer kannte. Freundin, kein Name. So gut wie nichts. Sie erschien nie in ihrem Haus, sie kam zu keinem Geburtstag, keiner Gartenparty, zu keinem Feiertag und spontan schon gar nicht. Für Luises Freundin war dieses Haus tabu. Er hatte Luise auch nie nach ihr gefragt.

»Ach ja, die«, hatte sie mal wie beiläufig erwähnt und sich dabei mit einer fahrigen Handbewegung das Haar aus der Stirn gestrichen. »Sie hat sonst niemanden. Sie hat so ihre Eigenheiten.«

Er hat auch später nicht nach ihr gefragt, was gingen ihn die Eigenheiten der Freundin seiner Frau an.

Eines Abends, an einem trübfeuchten November-bertag, war Luise in sein Arbeitszimmer getreten, sie hatte sich ihm zögernd genähert, umfing ihn von hinten, ihre Arme glitten herab auf seine Brust, verharrten dort regungslos, sie schwieg. Er hatte nach ihren Händen gegriffen, löste sie leicht unwirsch aus deren Lage. Er war dabei, die Unterlagen eines widerborstigen Kunden zu sichten. Sie störte, doch das würde er ihr nicht sagen, jedenfalls nicht so direkt, für solche Situationen hatten sie ihre eigene Sprache. »Alle wollen verdienen, aber nicht zahlen«, sagte er. Sie hatte auf dem Besucherstuhl Platz genommen. Er hatte sich nach ihr umgedreht. Ihre zusammengesunkene Haltung irritierte ihn, sie erschien ihm hilflos, verschüchtert, verschlossen, wie eine Spätpubertierende. »Was ist?«

»Ich werde zahlen müssen«, gab sie so leise von sich, dass er ihre Worte nur halb wahrnahm.

»Ich verstehe nicht«, reagierte er etwas unwirsch

Ihre Lippen begannen zu zucken, als kämpfe sie gegen die aufsteigenden Tränen.

»Lass uns später reden, ich mache das hier noch fertig, ich will die Unterlagen morgen an das Finanzamt weiterleiten. Der vom *Cosmos*, du weißt schon. Ist doch in jedem Jahr dasselbe.«

Doch sie redeten nicht später. Wann auch hätte das sein sollen? Als er aus seinem Arbeitszimmer kam, lag sie bereits im Bett. Er hatte einen kurzen Blick auf ihre Gestalt geworfen. Sie lag eingerollt wie ein

Embryo: Ihre Einschlafstellung, die ihm so vertraut war wie ihre Stimme, ihr Lachen, ihr Gang. In dieser embryonalen Lage fiel sie übergangslos in einen dumpfen, bewusstlosen Schlaf.

Am folgenden Morgen war die kurze Szene vom gestrigen Abend wie fortgewischt, keiner von beiden schien sich mehr daran zu erinnern.

Die kleinen Veränderungen in ihrem Verhalten ihm gegenüber schien er kaum wahrgenommen zu haben. Wenn sie das Badezimmer von innen verschloss, hielt er das für eine Marotte, akzeptierte es aber, ohne sie nach dem Grund zu fragen. Es galt zwischen ihnen als unabgesprochene und ungeschriebene Verhaltensregel, dass man das Bad auch dann betreten durfte, wenn der andere sich darin aufhielt. Aber abschließen?

»Ist alles in Ordnung?«, hatte er durch die verschlossene Tür gefragt.

»Ja, ja.«

Neuerdings trug sie ihr Haar kürzer, was ihm nicht so gut gefiel, aber er äußerte sein Missfallen nicht. Eine stufenweise Veränderung, zunächst kaum auffallend, doch dann wurde sie rigoroser. »Ist praktischer«, sagte sie und fuhr sich mit gespreizten Fingern durch ihre Igelfrisur.

»Praktischer« hatte sie in letzter Zeit auch Schuhe mit flachem Absatz gefunden, das sei besser für die Füße. Zuweilen hatte er den Eindruck, sie weiche ihm aus, meide seine Nähe, werde ihm gegenüber immer wortkarger. Dafür sprudelten ihre Worte am Telefon ungehemmt aus ihr heraus. Sie redete unsortiert und laut und lachte an Stellen, wo es nichts zum Lachen gab – ein Druckkessel, der sich Luft verschaffte. Sie redete, um nicht mit *ihm* reden zu müssen.

Eines Tages hatte sie ihm offenbart, dass sie sich für einen Aktionskreis angemeldet habe: Opferhilfe, eine NGO oder etwas Ähnliches, die sich um junge Frauen und Mädchen in Afrika kümmere, die, wie sie sagte, unsägliches Leid erfahren mussten. Als Beleg dafür, dass sie dort auch wirklich aktiv mitmache, kam sie spät am Abend mit einer Tasche voller Flyer, Broschüren, Postkarten, von denen dem Betrachter tieftraurige Mädchenaugen entgegenblickten, nach Hause zurück und fiel nahezu zeitgleich ins Bett.

Sie lade sich zu viel auf, dachte er. Warum dieser Aktionismus? Schule am Vormittag, die Fortsetzung nachmittags am Schreibtisch mit Bergen von Heften: Korrekturen, die sie hasste, wie sie auch den einen oder anderen Schüler hasste, diese Rotznasen, wie sie sie zuweilen nannte, die sich herausnehmen, was ihnen gerade so passte. Sie hatte sich darauf konditioniert, Wörter zu meiden, die ihre Halbstarken zu zotigen Zwischenrufen animieren könnten. Dann zweimal in der Woche am Nachmittag zum Körpertraining, was in ihrem Fall Ausdauerschwimmen hieß, viermal fünfzehn Minuten am Stück. Nicht zu vergessen ihre fordernde und somit anstrengende Mutter.

Alle zwei Wochen schuldete Luise ihr einen Besuch. »Das«, so ihre Mutter, »habe ich verdient.«

Und dann war da ja auch noch Charlotte, der Sonnenschein, das Wunschkind. Edgar hatte eine Tochter gewollt. Luise hatte geäußert, ihr sei das egal, ob Junge oder Mädchen, aber wenn er mit einer Tochter glücklicher wäre, warum nicht, das ließe sich sogar steuern, kurz vor dem Eisprung sei die Wahrscheinlichkeit, dass aus dem befruchteten Ei ein Mädchen entstehe, sehr groß. Das sei sogar medizinisch erwiesen.

Auf Bestellung könne er nicht, hatte Edgar gesagt.

»Ach was«, gab sie zurück, »das werden wir schon hinkriegen«. Sie drückte und knetete, beide wurden ungeduldig.

Edgar reagierte unwirsch: »Lass gut sein«, kicherte er verschämt, sollte nicht sein, und schließlich sei das heute ja nicht die letzte Möglichkeit.

»Mach das doch jetzt nicht kaputt«, hatte sie gesagt und er sah, wie ihre Augen feucht schimmerten. Die Nacht war dann doch noch sehr heftig geworden, sie umschlang ihn wie eine Ertrinkende, flüsterte seinen Namen in sein Ohr, bis sie rief: »Edgar, Edgar!«, als greife sie nach einem Rettungsring. Ermattet schlief Edgar in den frühen Morgenstunden ein – mit einem Lächeln auf den Lippen und in der Gewissheit, in dieser Nacht eine Tochter gezeugt zu haben.

Er werde sich damit abfinden müssen, dass es sie, Luise und Lotte, nicht mehr gab. Wer nicht alles hatte ihm das, die einen verschlüsselt, die anderen direkt, zu verstehen gegeben. Doch musste es dieses gruselige, düstere Ende sein? Manchmal stellte er sich vor, sie wären eines normalen Todes gestorben, was immer auch am Sterben normal sein sollte. An einer namenlosen unheilbaren Krankheit vielleicht, er hätte ihnen Kraft geben können am Krankenbett, er hätte sich aufgeopfert, hätte ihnen Trost gegeben, Trost, den er wohl genauso nötig gehabt hätte. Abschied nehmen können, sie ins Unvermeidliche begleiten. Wäre das ein normaler Tod gewesen? Was überhaupt ist an einem Tod normal, obendrein an einem Tod von zwei so jungen Menschen: eine junge Frau, ein Kind? Und wie sähe die Welt aus, wäre *eine* von beiden am Leben geblieben? Doch wer von beiden hätte es sein sollen, sein können, sein dürfen? Eine böse Frage, er wagte es nicht, darauf eine Antwort zu geben. Und dennoch, stellte man ihn vor die Wahl: Nein, besser nicht. Er mit Charlotte allein, auf der zwanghaften Suche nach einer Ersatzmutter. Oder: Er mit Luise allein, nun wieder.

Die Zeugungsnacht fiel ihm ein. Luises Lustschreie, eine Ertrinkende, als riefe sie nach Hilfe. Ein Urschrei, Lottes Anfang. Sie fühle sich wie zerschlagen, hatte Luise gesagt. Was es denn sei, wollte er wissen. Etwas Vorübergehendes, versuchte sie zu erklären. Die Menschen sind halt manchmal so. So komisch. Sie blinzelte in die Dunkelheit, tastete nach seinem Gesicht. »Du bist ein lieber Mensch.« Ja, das waren ihre Worte. Ein lieber Mensch, und dabei beließ sie es.

Noch im nächtlichen Dunkel war sie ins Bad gegangen und ließ minutenlang das Duschwasser über sich laufen. Im Bademantel war sie hinaus auf die Terrasse getreten und hatte auf den rötlichen Streifen am Himmel geblickt. Sie rieb ihre kalt gewordenen Füße aneinander, konnte sich aber nicht entschließen, ins warme Bett zurückzukehren. Die Sonne, ein dicker Blutstropfen, kletterte aus dem Horizont hervor. Luise gab sich diesem Schauspiel hin, bis die Sonne mit zunehmender Höhe den Garten hell ausleuchtete. Luise warf einen Blick ins Schlafzimmer. Edgar schlief.

Und dann doch wieder die Frage: Was wäre geworden, hätte nur sie allein, Luise, ihr Leben verloren, hätte Charlotte nicht mitgerissen? Oder man hätte sie beide am Leben erhalten können, versehrt, mit einem Gebrechen als Unfallfolge. Oder man hätte sich entscheiden müssen: Luise oder Charlotte? Wäre die Überlebende für immer gezeichnet mit einem Gebrechen, einer Behinderung, querschnittsgelähmt, Rollstuhl, ein ganzes langes Leben lang? Er konnte die Vorstellung über ein Weiterleben mit solch einem Menschen nicht zu Ende denken, so oft er darauf auch zurückkam.

Das seien müßige Fragen, würde Bruno ihm entgegenhalten. Was geschehen sei, sei geschehen. Unausweichlich, unabdingbar, daran ließe sich nichts ändern. Ursache und Wirkung. Nach der Ursache zu forschen ist, wie mit dem Sieb Wasser aus einem Brunnen schöpfen. Edgar weigerte sich, Brunos Lebensweisheiten so platt hinzunehmen.

Die Nacht war hell. Die Frau am Eingangstresen blickte verschlafen und irritiert auf: »Nach zehn ist hier alles abgeschlossen, bis früh um sechs.«, sagte sie mürrisch. »Sie können nicht einfach so das Haus verlassen, mitten in der Nacht. Ich darf Ihnen nicht die Tür öffnen«.

»Doch, dürfen Sie.«

»Nein, ich kriege Scherereien.«

»Aber nicht mit mir.«

Auf dem Weg zur Straße umfing ihn tiefes Dunkel. Er hielt sich die Hand vor die Augen, als müsse er sich vor blendendem Licht schützen. Auf der Zufahrt zur Klinik huschte ein LKW vorüber, wie ein riesiges Insekt mit grell aufgeblendeten Stielaugen. Edgar blieb an der Klinikeinfahrt stehen und wusste nicht so recht, was er hier verloren hatte. Es war eine Eselei, um zwei Uhr nachts das Haus zu verlassen, sah er ein. Er lief zum Haupteingang zurück. Der Gedanke, nach der brummigen Nachtdienstfrau klingeln zu müssen, widerstrebte ihm. Vor dem Haupteingang bog er nach rechts ab, über diesen Weg gelangte man auf das Gelände des hinteren Gebäudekomplexes. Der Weg wurde von wenigen Laternen erhellt. Hinter einigen Fenstern brannte Licht, oder es flackerten in wechselnden Farben Fernsehmonitore, vor denen die Zuschauer auf den Stühlen oder im Bett halb liegend, halb sitzend eingeschlafen waren. Es gab einige, die ganz einfach vergaßen, abends das Licht abzuschalten. Anderen mochte es so gehen wie ihm, sie fanden keinen Schlaf und tigerten auf den ihnen zugestandenen zwölf Quadratmetern zwischen Fenster und Tür hin und her.

Als er vorhin seine Tür geöffnet hatte, hatte er zwei andere Personen erblickt, angetan mit gestreiften Bademänteln und schrillbunten Latschen, mit denen sie über den Gang schlurften. Die Befürchtung, von einem oder gar von beiden angesprochen zu werden, hatte ihn davon abgehalten, sein Zimmer zu verlassen Erst als er annahm, niemand befände sich mehr auf dem Korridor, war er aus seinem Zimmer herausgetreten. Er war ein paar Schritte gelaufen, als er plötzlich einen feuchtwarmen Atem in seinem Nacken verspürte.

»Können Sie auch nicht schlafen?«

Dümmlicher konnte die Frage nicht sein. Er drehte sich um, und vor ihm stand ein Mann unbestimmten Alters im schlottrigen, nur halbherzig verzurrten Bademantel, mit nichts darunter angetan. War der offenbarende Bademantel nun Absicht oder pure Nachlässigkeit, in die Menschen fallen, wenn sie zu Unzeiten in fremden Gemäuern umhergeisterten, als befänden sie sich in ihrem eigenen Zuhause? Diese Frage wollte Edgar nicht vertiefen, er ließ diesen Bademantelmann ganz einfach stehen. Nur nicht in ein Gespräch verwickeln lassen, und zu dieser Unzeit schon gar nicht. Bin ich in einer Klinik oder in einem Irrenhaus?, fragte er sich. Er konnte in diesem Moment nicht ahnen, dass derselbe Mann am folgenden Morgen adrett und offenbar gut gelaunt am Frühstückstisch sitzen und mit dem Personal scherzen würde, dass er an Edgars Tisch vorbeikäme, knapp und kühl zu Edgar herübernickte und so täte, als hätte es diese nächtliche Begegnung nie gegeben. Mit diesem kurzen Intermezzo im Kopf hatte Edgar sich in der Dunkelheit hinausgewagt, immer weiter vom Klinikgelände fort.

Unversehens befand er sich auf der Landstraße, lief ein paar Schritte, blieb stehen und hielt sein Gesicht in die Finsternis – vielleicht, um wenigsten ein paar Umrisse erkennen zu können, oder einen Laut, eine huschende Maus, einen verschlafenen Vogelruf. Doch die Welt kam ihm wie stehengeblieben vor. Als hätte jemand auf den Halteknopf gedrückt und alles dem Stillstand überlassen. Auch Edgar hatte das Empfinden, angehalten und in eine Art Stillstand gebracht worden zu sein. Er empfand in diesem Zustand jedoch nichts Beunruhigendes, geschweige denn Unheimliches. Er fühlte sich weder wohl noch unwohl, in seinem Kopf verspürte er eine gewisse Leere, auch alle Gedanken schienen angehalten und stillzustehen, wenigstens für ein paar Sekunden, wenn nicht gar ein, zwei Minuten. Wer schon hat in solchen Momenten Sinn für die Zeit?

Ein Auto näherte sich von Ferne mit voll aufgeblendeten Scheinwerfern. Edgar trat zur Seite, das Auto raste an ihm vorbei, bis der Wald es aufnahm.

Das Licht sendete noch ein paar zuckende Blitze durch die Bäume, wurde schwächer, verschwand. War es so, als sie in der Dunkelheit mit dem Auto auf dem Heimweg waren? Der Stillstand in seinem Kopf war aufgehoben, seine Gedanken begannen zu kreisen: Sie hatte es eilig, sie wollte schnellstmöglich nach Hause kommen, auf dem Rücksitz quengelte Charlotte, müde vom Spielen, mit der gebetsmühlenartigen Frage: »Mama, wie lange dauert das denn noch?« Und sie, die sonst so umsichtige und alles andere als aggressiv fahrende Mama war genervt und gab Gas, zu viel für die kurvenreiche Straßenlage. Vielleicht gab es nicht einmal einen Aufschrei. War es so? …

»Auf der Stelle tot«, stand im Unfallbericht. Und *auf der Stelle* heißt auf der Stelle, ohne Mucks und ohne Schrei, mit weit aufgerissenen Augen und weit aufgerissenen Mündern – eventuell. Doch so steht es nicht im Bericht. Woher sollte der Berichtende wissen, was sich in solchen Situationen in Wirklichkeit abspielt. Hauptsache keine Schmerzen. Das hatten sie ihm versichert, denn das konnte ja nicht sein, so schnell wie das ging. Und alles, was im Augenblick des Todes schnell gehe, verursache keine Schmerzen. Sein einziger und zweifelhafter Trost.

Edgar lief zurück, klingelte neben der Glastür, der Zerberus brummelte ein paar unverständliche Worte. Nur so viel war ihrem Gegrummel zu entnehmen: »Dahinten im Teich rufen wieder die Unken, dann schlafen die Patienten schlechter. Das tut nicht gut.« Und: »Ausnahmsweise.« Ihr Ausnahmsweise

107

öffnete ihm die Pforten. Am nächsten Morgen packte er seine Sachen.

13

Luise war ein braves kleines Mädchen. Alles, was sie tat, tat sie brav. Sie machte brav ihre Hausaufgaben, sie ging abends brav ins Bett, sie aß sogar immer alles brav auf, was auf ihrem Teller landete.

»Das, was auf den Teller kommt, wird gegessen. Nimm dir nur so viel, dass dein Teller nach dem Essen immer schön leer ist. Tu dir lieber weniger auf, nachnehmen kann man sich immer noch.«

»Du hast ein braves Kind«, bemerkte ihre Tante. In Luises Kinderohren klang das wie honigsüße Musik. Zwar mochte sie die Tante nicht, und sie war sich auch nicht sicher, ob die Tante sie mochte, denn die Tochter der Tante, Betty, also Luises Cousine, ging als wildes Kind durch, das ganze Gegenteil von Luise. Nichts und niemand war vor Betty sicher. Betty kratzte, zog an den Haaren, trat gegen das Schienbein – Betty wehrte sich. Nichts gefallen lassen! Dieser Spruch schwebte wie ein Programm unsichtbar und allgegenwärtig über Bettys Kindertage. Nein, Luise mochte ihre Tante, samt Betty, nicht. Luises Mutter bestand darauf, dass Luise keinen von Bettys Geburtstagen ausließ. »Das gehört sich so, auch wenn sie *nicht so* ist.« Luise war sich nicht sicher, wie sie die Bemerkung der Tante über ihre Bravheit auslegen sollte. Sie entschied sich für die gute Seite und sah darin ein leises Bedauern ihrer Tante darüber, dass deren Tochter Betty nicht ganz so ausgeschlagen war, wie sie nun einmal in den Vorstellungen von deren Mutter hätte ausschlagen sollen. Ein stiller Triumph für Luise, der ihr glühende Ohren bereitete, auch noch, als die Tante längst außer Sichtweite war. Luises Bravheit bröckelte nach dem ersten blutigen Rinnsal zwischen ihren Beinen ab. Sie hatte versucht, das nächtliche Geschehnis vor ihrer Mutter zu verheimlichen.

»Wenn du zwölf oder dreizehn bist oder so, dann!«

Ja, was dann?

Dann müsse man damit rechnen, hatte ihre Mutter gesagt.

»Womit?«

»Na, du weißt schon, was man euch so im Biologieunterricht beibringt, da ist man heute ja sehr offen. Und irgendwann ist jedes Mädchen mal eine Frau. Hach, wie schnell das manchmal geht!«

Luise war nicht einmal zwölf, als es ihr zum ersten Male widerfuhr. Hatte ihre Mutter nicht gesagt, *ab* zwölf müsse man damit rechnen? Luises Bravheit bröckelte von Stund an ab. Sie erlaubte sich kleine Lügen, kleine Diebereien, versteckte ihren Widerspruch hinter Zustimmungen, die sie aber nur sehr reduziert einhielt. Und Luise warf verstohlene Blicke auf das andere Geschlecht. Sie verglich körperliche Beschaffenheiten, taumelte zwischen den Haarfarben hin und her. Blond, braun, schwarz, rot, rotblond. Ihr schwirrte der Kopf. Sie inszenierte Berührungen mit männlichen Körperteilen, die wie unabsichtlich aussehen sollten. *Sorry* war ihr erstes englisches Wort. Das ihr häufig über ihre Lippen kam. Mal ein Arm, eine Hand, eine Bein-zu-Bein-Berührung, ein vermeintlich versehentliches Streifen über einen Haarschopf. *Sorry, sorry, sorry.*

Luise streifte durch Kaufhäuser, probierte unter den skeptischen Blicken des Verkaufspersonals Kleider an, legte sich bunte Halsketten um, lächelte sich im Spiegel zu, hatte dabei aber stets ein ungutes Gefühl – wie eine Gelegenheitsdiebin, die jederzeit von der Angst begleitet wird, ertappt zu werden. In der Damenabteilung vom Kaufhaus ließ sie nie einen Artikel mitgehen. Beim Discounter war ihre Hemmschwelle niedriger. Ein Talmiring, ein Ansteckschmetterling, eine rote Haarschleife, die sie manchmal nach dem Verlassen des Verkaufsraums sofort in den erstbesten Mülleimer warf.

Luise verfiel der Musik, die bei den Mädchen gleichen Alters angesagt war. Nur die ganz knallharten Sachen mochte sie nicht. Eher neigte sie zu Schmachtfetzen, die bei anderen ein blasiertes, schlimmer noch, *nachsichtiges* Lächeln hervorriefen. Ihre Musik hörte sie sich zu Hause in ihrem Zimmer über Kopfhörer an.

Es gab Abende, an denen sie in eine Traurigkeit verfiel, die ihr Tränen in die Augen trieb. Sie spürte dann eine bleierne Müdigkeit, konnte aber nicht einschlafen. Ihr Elternhaus schien ihr in der Dunkelheit erstarrt zu einem Block, aus dem sie kein Entrinnen fand. Längst hatten ihre Eltern in ihrem Schlafzimmer das Licht gelöscht, Luise lauschte in die Stille hinein und sie verspürte eine tiefe Einsamkeit, die sie nur noch tiefer in ihren Weltschmerz und ihre Traurigkeit hinabzog.

Ihre Tischnachbarin im Klassenzimmer war Astrid. Gewesen. Astrid war lebhaft, ein wenig hibbelig, trug sommers wie winters Ballerinas, die zu ihren stämmigen Beinen nicht so recht passen wollten, was sie selbst nicht wahrzunehmen schien oder was sie nicht anfocht. Und Astrid hatte das, was ihre Mitschüler eine *große Klappe* nannten. Luise fand Astrids Direktheit anstrengend, was Astrid von ihr hielt, interessierte sie nicht. Bis ihr Astrid eines Tages ein gefaltetes Papierblättchen über den Tisch zuschob. Luise schielte zu Astrid hinüber, meinte, dass sie heute noch hibbeliger war als sonst. Astrid tat so, als wäre das Blättchen nicht von ihr gekommen. Noch hatte Luise es nicht entfaltet, ließ es erst einmal liegen, wenngleich es ihr nicht leichtfiel, ihre Neugier zu unterdrücken, aber sie beherrschte sich. Sie zog einen Schmollmund, blickte stur geradeaus, tat so, als hätte sie das Papierstück nicht wahrgenommen. Irgendeine kleine Boshaftigkeit, eine Spitzfindigkeit, eine Intrige gar, ging ihr durch den Kopf.

»Gib mir das zurück!«, zischelte Astrid sie an.

Doch Luise schüttelte den Kopf und steckte das Papier in ihre Hosentasche. Mit einem Seitenblick hatte sie bemerkt, wie Astrids Wangen sich röteten, so hatte sie sie noch nie gesehen. Astrid, in Verlegenheit, rutschte mehr denn je auf ihrem Sitz hin und her, stieß mit ihrem Ellenbogen gegen Luises Ellenbogen, zuckte zurück. Luise rückte bis an das Ende der Tischkante von ihr ab. Ein Kugelschreiber kullerte auf den Fußboden, sie hob ihn auf und legte ihn ostentativ und wie mit dem Lineal ausgerichtet vor sich auf den Tisch. Am Ende der Unterrichtsstunde war Astrid aus dem Klassenraum geeilt und erschien nicht wieder zur anschließenden Stunde.

Die Botschaft auf diesem Papier war auf den ersten Blick harmlos. Die plumpen Umrisse eines Herzens, links der Großbuchstabe L, rechts ein A. Astrid passte Luise nach dem Unterricht auf dem Gang zum Treppenhaus ab.

»Das war nur so ein Spaß«, rechtfertigte sich Astrid. »Kannst es mir ja zurückgeben.«

Aber Luise gab es nicht zurück. Sie bemerkte Astrids Verlegenheit und überlegte, wie sie beide aus dieser Situation ohne Gesichtsverlust herauskommen könnten. »Wir können ja zusammen nach Hause gehen, über den Bürgerwall.« Am Bürgerwall waren sie wie verabredet stehengeblieben. Was das denn soll, hatte sie Astrid zum Reden aufgefordert.

»Ach, nur so. Ich mag dich halt.« Keine Spur mehr von ihrer Burschikosität. Sie waren stumm ein paar Schritte nebeneinander hergelaufen, und während sie wieder stehenblieben, versuchte Luise, ihre Herzschläge durch tiefes Ein- und Ausatmen wieder in den Griff zu bekommen. Ohne hinzusehen hatte sie wahrgenommen, wie Astrids Hand die Nähe ihrer

Hand suchte. Luise zuckte zurück. Astrid wendete sich brüsk von ihr weg und bog mit schnellen Schritten in Richtung Bockshof ab.

In der Nacht nach Astrids verrutschtem Annäherungsversuch hatte Luise einen Traum, den sie wie einen Überfall empfand: Eine Person, die sie nach dem Erwachen nicht einzuordnen wusste – war es ein Mädchen, war es ein Junge? – hatte sich über sie geworfen, hatte sie an Körperstellen zu berühren versucht, die sie selbst an sich noch nicht entdeckt hatte. Sie wollte sich gegen diesen Überfall wehren, ließ es aber dann doch über sich ergehen, weil die anfängliche Abwehr in ein sanftes Empfinden hinüberglitt, in das sie sich widerstandslos fallen ließ.

Astrid hatte sich von ihrem angestammten Platz verabschiedet, sie saß von nun an in der hintersten Tischreihe, immer auf der Suche nach einem Einzelplatz. Ihre Hibbeligkeit hatte nachgelassen, um ihren Mund spielte ein gewisser verächtlicher Zug, und es war nicht so klar auszumachen, wem ihre zur Schau gestellte Verachtung gelten sollte: ihren Mitschülern? Und wieso allen? Oder den Lehrern? Wer hatte ihr etwas angetan? Es lag kein offensichtlicher Grund dafür vor. Astrid schloss sich aus. Unbeabsichtigt, die Folge ihres neuerlichen Wesenszugs: Astrid, die Einzelgängerin. Sie glänzte im Sport, eine starke Hochspringerin, niemand konnte ihre Sprunghöhe überbieten, eine wendige Handballspielerin, niemand fing den Ball so sicher wie sie, ihre Würfe aufs gegnerische Tor waren gefürchtet. Blitzschnell fixierte sie die gegnerische Torsteherin, spießte sie geradezu auf mit ihrem Blick, verbannte sie in die Torecke, in die sie den Ball *nicht* werfen würde. Sie glich mit dem Sport aus, was sich in ihren geistigen Leistungen eher im Mittelmaß bewegte. Wenn irgend möglich, ging sie Luise aus dem Wege. Und Luise mied Astrid. Dennoch ließ sich räumliche Nähe im Klassenverband nicht vermeiden. Wenn Astrid aufgefordert wurde, nach vorn an die Tafel zu kommen, führte ihr Weg zwangsläufig an Luises Platz vorbei. An Luises Platz hatte sie für den Bruchteil einer Sekunde im Gehen innegehalten, hielt die Augen stur geradeaus gerichtet, als gelte es, einen abstoßenden Anblick zu vermeiden.

Erst nach einiger Zeit war Luise aufgefallen, dass man Astrid häufiger in der Nähe des dicken Thomas sah, in den Pausen schienen sie einander geradewegs zu suchen, sie machte den Anschein, als umgarne sie ihn. Thomas blühte auf, seine Ohren glühten, er gab sich alle Mühe, seine hüpfenden Augäpfel im Zaume zu halten, seinen Bauch engte er mit einem von Applikationen gezierten Gürtel, wie Cowboys in einschlägigen Filmen ihn zu tragen pflegten, ein. Der Gürtel tat nicht den Dienst, den seine Zweckbestimmung verhieß. Nichtsdestotrotz rutschte ihm die Hose unablässig unter die Linie, wo sein Bauchnabel die Rundung seines Leibes in Oben und Unten markierte. Astrid schien das nichts auszumachen, oder sie bemerkte sein unablässiges Hosehochziehen nicht. Thomas bewunderte an Astrid, woran seine körperliche Fülle ihn hinderte: ihre hohen Sprünge, ihr flinkes Ballspiel. Er war sich auch nicht sicher, wie er Astrids Getue bewerten sollte. Und je öfter sie beieinanderstanden, desto heftiger erwuchs bei ihm aus einem harmlosen Geplänkel eine zehrende Leidenschaft, aus der er keinen Ausweg sah. Seine Gefühlswelt schlug Purzelbäume. Astrid gab sich cool, spielte die Huldvolle, neckte, wies ab, schlug gemeinsame Nachhausewege vor. Anderentags wieder schmollte sie, änderte den Nachhauseweg. Dann wieder schlug sie vor, ob sie nicht gemeinsam die Hausaufgaben machen sollten, doch wenn er mit Glühohren auf ihren Vorschlag eingehen wollte, fiel ihr plötzlich ein, dass daraus wohl nichts würde – jedenfalls diesmal nicht. »Ein Andermal«, versprach sie. Doch es gab kein Andermal.

Einmal sogar hatte sie Thomas ganz unverblümt nach seinem Sexualleben befragt, wie er das denn regele. *Regele*, so, als handle es sich um eine Angelegenheit, die einem Regelwerk unterliege, Abläufe mit Stellschrauben, an denen sich drehen ließe, je nach Bedarf und Tageszeit. Thomas' Ohren hatten sich dunkelrot verfärbt. »Hätte ich mir denken können«, konstatierte Astrid und verzog mitleidig die Mundwinkel. »Aber besser als die ganzen anderen Angeber.« Die anderen? Vor Thomas' Augen entstanden Bilder mit exzessiven Handlungen, die er bei zwei, drei seiner Mitschüler ansiedelte, denen er das durchaus zutraute. Malte, Max, Mike, die drei Ms, die für ihre Machoauftritte bekannt waren. Immer als Trio. Immer zu allem bereit, so die von ihnen selbst kolportierte Mär, die sie pflegten wie ihre Haarschnitte, deren neuester Clou kein Schnitt mehr war, sondern ein Nichts. Bläulich schimmernde Kopfhaut, auf der die letzten Pubertätspickel sprossen.

Eines Tages nahm Thomas so viel Mut zusammen, wie er nur aufzubieten vermochte. Er versperrte Astrid den Weg, trat dicht an sie heran, näherte seinen leicht gespitzten Mund ihrem Gesicht, war kurz davor, den ersten Kuss seines Lebens auf ihre Lippen zu platzieren, doch da trat Astrid einen halben Schritt zurück, sagte, »so eine« sei sie nicht, und überhaupt, sie seien doch Freunde, nicht wahr. Also? Ein Also, das zwei Alternativen offenlegte: Weiter wie bisher oder Schluss. Wer sich zum Schluss durchgerungen hatte, blieb unausgesprochen. Thomas litt wie ein geprügelter Hund, Astrid ließ ihn mit schnippischen Blicken ziehen.

Luise atmete auf und durch, so als hätte sie auf diesen Trennungsaugenblick gewartet. Sie spürte, wie ihr Atem in Astrids Nähe zu flattern begann, eine Empfindung, gegen die sie anzukämpfen versuchte. In ihrer Gegenwart befiel sie ein trockenes Schlucken. Astrid tat, als bemerkte sie es nicht. Dann war der Tag gekommen, an dem Luise sich heimlich ins Kino stahl. Ins Programmkino, wo auch Filme vorgeführt wurden, die nicht mehr ganz tagesaktuell waren. Zuvor aber hatte sie ausgekundschaftet, dass Astrid ohne Begleitung ins Kino gehen würde. Als sie ihr Haus verließ, war sie ihr in gebührendem Abstand gefolgt.

Die Plätze waren nicht nummeriert. Luise schlich sich, nachdem das Licht im Saal erloschen war, zum freien Platz neben Astrid. Astrid tat so, als rücke sie ein Stück von ihr weg oder als biete sie ihr mehr Platz, eine Geste, die Luise wie ein leichter elektrischer Schlag traf: Sie zuckte zusammen, schlug die Beine übereinander, um das Zittern in den Knien zu unterdrücken, legte die ineinander verschlungenen Hände in den Schoß. Astrid schien von der Handlung auf der Leinwand gefesselt zu sein. Inmitten des Filmgeschehens glitt ihre Rechte zu Luises Arm hinüber. Luise legte ihre Hand auf Astrids Rechte.

So hatte ihre Affäre, die sie vor anderen Augen verheimlichten, ihren kurzen Lauf genommen. Verschwiegene Treffen, Ausflüge ins Nirgendwo, Hauptsache weit weg von zu Hause, unsichtbar für den Rest der Welt. Kein bloßes Händchenhalten mehr, die Gefühle füreinander gipfelten in körperlichem Verlangen. Nach jeder Umarmung kehrte Luise mit nagenden Gewissensbissen, die immer häufiger in Übelkeit umschlugen, ins Elternhaus zurück. Sie hatte beschlossen, dem Ganzen ein Ende zu setzen. Sie mied Astrid, erfand Gründe, weshalb sie sich an dem und dem Tage zu der und der Stunde nicht mit ihr treffen könne. Sie litt, doch vor allem war es Astrid, die unter der Trennung litt. In ihrer Trennungsnot nannte sie Luise eine Intrigantin. Um welches Intrigenspiel es sich handeln sollte, konnte sie nicht klar definieren. »Mein Gott!«, hob Luise beschwichtigend die Hände.

Die Verleumdungen, mit denen Astrid um sich warf, griffen nicht. Sie verzog sich in ein Schneckenhaus, das ihrem Naturell zuwiderlief. Ihre sportlichen Spitzenleistungen erreichten keine Spitzen mehr, den Schulabschluss schaffte sie mit Ach und Krach. Um ein Studium bemühte sie sich erst gar nicht, beim Stadtrat hatte sie eine Anstellung in der Behörde für Soziales gefunden. Eingepackt zwischen Mietern neben, über und unter ihr lebte sie in einer Zweizimmerwohnung ein zurückgezogenes Leben. Den Balkon, der nicht auf die Straße, sondern nach hinten rausging, benutzte sie zum Trocknen ihrer Kleinwäsche. Sie hatte sich in ihrer Eingangstür einen Spion einbauen lassen. »Die Zeiten sind unsicher«, befand sie, nahm aber nicht wahr, dass die Unsicherheit sie selbst war. Sie wollte sich einen Hund anschaffen, sah aber ein, dass sie so ein Tier nicht acht Stunden lang allein in der Wohnung lassen konnte, und das fünf Tage in der Woche. Ein weiterer Verzicht, der sie immer tiefer in die Einsamkeit trieb.

Luise hatte sich mittlerweile Edgar zugewandt.

14

Das Verlassen der Klinik nach so kurzem Aufenthalt empfand Edgar als kleine Heldentat. Viele wollten das tun, nur wenige wagten es, noch weniger schafften es. Sein Koffer blieb vorerst unausgepackt. Zwei, drei Tage, vielleicht sogar vier, verharrte er in seinem Haus in einer Art Starre, erledigte nur die allernotwendigsten Besorgungen: Brot, Milch, Butter, Möhren, Äpfel, Zwieback., Haferflocken, Bier – möglichst früh als Erster im Supermarkt. Fleisch widerte ihn an. Als sei ihm seine vorzeitige Rückkunft peinlich, vermied er jede Art Kontakt mit anderen Menschen. Ob der Nachbar ihn wahrgenommen hatte, spielte hierbei keine Rolle. Wenn die Nacht hereinbrach, lag er lange Zeit angekleidet rücklings auf dem Bett, ein Tun, das ihn mehr und mehr kaum noch irritierte.

In der dritten Nacht war er überrascht darüber, so einfach liegengeblieben zu sein, bis zum anbrechenden Morgen. Er dachte: Ziehe ich für den bevorstehenden Tag nicht ohnehin wieder dieselbe Hose an, vielleicht auch dasselbe Hemd, zweimal könne man es schon tragen, dieselben Socken, die so oder so tagsüber keinen Schmutz angenommen hatten. Woher sollte der auch kommen? Der Gedanke amüsierte ihn. Er erhob sich, betrachtete die zerknitterte Hose, das zerknitterte Hemd, und dachte: Wie zerknittert mein *Gesicht* wohl sein mag? Nichts konnte ihn bewegen, sich für den Rest der Nacht zu entkleiden, er saß, starr vor sich hinblickend, die Arme vor den Beinen verschränkt, minutenlang unbeweglich im Bett.

»Einen neuen Anfang wagen, Edgar, du hast doch noch ein so langes Leben vor dir!«

Ach Bruno, du Neunmalkluger. Wieder warf er sich rücklings aufs Bett und verharrte in dieser Position – bis zum nächsten Tag. Die Vormittagssonne malte Kringel auf die Fenstervorhänge. Er dachte daran, die Vorhänge aufzuziehen, um das helle Tageslicht hereinzulassen, konnte sich aber nicht entschließen, sich zu erheben. Wozu? Was brächte der angebrochene Tag Neues? Einfach nur so liegenbleiben, wie lange hält ein Mensch das aus? Nichtstun. Die Gedanken Däumchen drehen lassen. Vielleicht entspringt daraus die eine, die zündende Idee, die alles veränderte. Das Nachsinnen hierüber machte ihn noch wacher. Der Schlaf, den er sich für den entbehrten Nachtschlaf so sehr herbeigesehnt hatte, hatte sich nicht eingestellt. Schleppend erhob er sich aus dem Bett und begann, seinen Koffer auszupacken.

Er rief Johanna an. Wo er denn gewesen sei? Er antwortete ausweichend. Mehrmals habe sie versucht, ihn zu erreichen. Alles sei perfekt: Zeichnungen, Statik; und um den Kostenvoranschlag müsse er sich keine Sorgen machen. »Sind wir nicht alte Freunde?«

Johanna betrat sein Haus wie ein Überfall. Ohne langes Zeremoniell stürmte sie in das umzubauende Objekt, rollte die Endfassung das Umbauplans über den Tisch aus, strich die Papierdellen mit der Handkante glatt und sagte: »So! Nächste Woche könnte es losgehen von mir aus.« Das alles mache der Schirmer, den kenne sie schon seit langem, mit dem arbeite sie zusammen, auf den sei Verlass. Sie fragte Edgar nicht, ob er damit einverstanden sei, fragte nicht nach seinem Befinden, oder wie es dort war, wo er sich aufgehalten hatte. Sie handelte. Wollte sie ihn überrumpeln? Sie blickte in seine zusammengekniffenen, wie nach innen gerichteten Augen, schüttelte verständnislos den Kopf und fuhr fort: »Hatten wir das alles nicht so besprochen?«

»Doch, doch«, entgegnete er. Für Minuten standen sie sich schweigend am Tisch mit dem ausgerollten Umbauplan gegenüber.

»Das wird schon«, sagte sie. »Und dann noch die neue Sitzecke.«

»Davon war nicht die Rede.«

»So? Solltest du dir aber mal durch den Kopf gehen lassen. Könnte ich mir jedenfalls vorstellen. Ein schickes Sofa in Leder, rotbraun – oder besser: rehbraun. Hinten links, und gegenüber rechts die Flimmerkiste.«

»Du machst dich über mich lustig.«

»Nicht die schlechteste Idee. Wer sonst sollte das tun?«

In diesem Moment hätte er sie am liebsten unverzüglich vor die Tür gesetzt, spitze Bemerkungen konnte er am allerwenigsten wegstecken.

Sie lenkte ein: »Hast recht, muss ja auch nicht sein.« Und nach kurzem Schweigen: »Wie lange ist das jetzt her, die Sache mit Luise und Lotte?«

»Ich zähle die Zeit nicht.«

»Ein Jahr, oder mehr?«

Will sie damit sagen, dass es genug sei, dass ich einen Schlussstrich ziehen sollte, loslassen, mich womöglich nach einer anderen Frau umsehen? Redet wie Bruno. Alle reden so.

Zum ersten Mal tastete er Johannas Körper mit seinen Augen ab. Wie mag es bei ihr unter dem engen Rock, dem etwas zu knapp geratenen Pulli aussehen? Als hätte sie seine Gedanken erraten, kreuzte Johanna wie in Abwehr ihre Arme über der Brust. »Also nächste Woche«, bestimmte sie.

Beim Hinausgehen behinderten sie sich gegenseitig an der Haustür, eine Slapstick-Situation wie in einem alten Stummfilm. »Sorry«, sagte Edgar, und »sorry« so auch Johanna. Sie brachen in albernes Gegacker aus, und Johanna sagte: »Dass du nun doch auch wieder lachen kannst, und weißt du überhaupt, wie die Mädchen hinter dir her waren, damals, und alles nur, weil dein Lachen so ansteckend war? Und weißt du übrigens auch, wer die Astrid war? So will sie jetzt jedenfalls nicht mehr genannt werden. Hatte ja schon immer ihre Marotten. Wohnt am anderen Stadtende, fast im Dorf. Lebt dort wie in einem

Schneckenhaus. War sie nicht auch auf der Beerdigung?«

Warum sagt sie mir das jetzt, an dieser Stelle, in dieser Situation?, fragte er sich. Er hatte bei der Beisetzung den Blick nicht frei für die vielen Menschen, die erschienen waren. Es wurde fotografiert, Blitzlichter zuckten auf, er hatte es als schamlos und pietätlos empfunden. Er musste gegen die aufsteigende Wut ankämpfen, an sich halten, um nicht ausfallend zu werden, nicht fortzubrüllen jene, die diesen Abschied zu einem Event verkommen ließen. Nein, an Astrids Anwesenheit auf der Beisetzung konnte er sich nicht erinnern, ganz abgesehen davon, dass er sie wohl nur einmal zu Gesicht bekommen hatte und ihre Gesichtszüge in seinem Gedächtnis nicht haften geblieben waren. Vielleicht war sie eine von den wenigen Personen, die ihm am Ende der Beerdigungszeremonie nicht die Hand schüttelten. Luise erzählte, wenn sie, oft auch zusammen mit Lotte, bei Astrid war, wenig von ihren Treffen. »Meine Freunde sind meine Freunde, und deine sind deine. Ich halte nichts davon, wenn andere sagen: Meine Freunde sind auch deine, und deine sind auch meine. Das ist doch kein Automatismus.«

Warum wirft mir Johanna so miteins den Namen Astrid vor die Füße, wie dem Hund den Knochen?

Alles war wieder präsent, als wäre inzwischen kein Jahr vergangen. Luises Abstecher in die Stadt, ihre Aufgeregtheit, bevor sie losfuhr, ihre fürsorglichen Worte: »Du kommst doch auch mal gut ohne mich zurecht. Musst dir das Essen nur warmmachen. Ich rufe dich an, wenn ich zurückfahre.« Nicht immer rief sie an. Wenn sie dann in der gleichen Aufgeregtheit, mit der sie das Haus verlassen hatte, das Haus wieder betrat, erklärte sie: »Tschuldigung, wir haben uns verplaudert.« Zuweilen blitzte in ihm der Verdacht auf, dass sie gar nicht zu ihrer Freundin, sondern zu einem Freund fahre. Doch dagegen sprach, dass selbst Charlotte nie auch nur die leiseste Andeutung von einem anderen Mann hatte fallenlassen. Immer war nur von dieser Frau, Mamas Freundin, die Rede, die sie ansonsten öde und langweilig fand und die sie manchmal mit Leonie, der Tochter ihrer Nachbarin auf den Spielplatz schickte. Die Gedanken an die zurückliegenden, sich ständig wiederholenden Rituale – Luises Ausflüge zur Freundin, ihr aufgekratztes Gebaren, wenn sie spät abends, manchmal auch erst am nächsten Morgen (»Tschuldigung, wir haben uns verplaudert« – immer hatten sie sich verplaudert – »Und dann ich und in der Dunkelheit Auto fahren, du weißt ja ...«) nach Hause kam, hatte ihn in Unruhe versetzt.

Warum hatte er bis zum heutigen Tage nur ein einziges Mal die Unfallstelle aufgesucht? Er suchte nach dem Papierschnipsel, konnte ihn aber nicht finden. Er wurde wütend, im Arbeitszimmer durchwühlte er das Kästchen mit den schnellen Notizen, flüchtig aufgegriffenen Sprichwörtern, aufgeschnappten Anekdötchen und Witzchen, Gedankensplittern,

Häppchen, die er irgendwann einmal zu einem Ganzen zusammenfügen wollte, später, wenn er zur inneren Ruhe gekommen wäre. Er riss Schubladen auf, kramte in Hosentaschen, Jackentaschen, schaute sogar in die ihrer Funktion enthobene Keksdose im Küchenschrank, riss den Wäscheschrank auf und wühlte zwischen Bettlaken und Bettbezügen. Das Suchen wurde zur Obsession. Schließlich gab er die Suche auf und fiel wie nach schwerer körperlicher Arbeit erschöpft in einen Sessel. *Nicht vergessen!* Doch wie lautete die Initiale?

Die Unfallstelle kam ihm in den Sinn.

Ja, sagte er sich, ich war dort nur ein einziges Mal, flüchtig nur, meine Augen waren verschwommen, ein Vorhang, kein klarer Blick.

Irgendetwas in ihm hatte sich gesträubt, genauer hinzusehen. Was hatte ihn davon abgehalten, ein zweites Mal an den Ort des Geschehens zu fahren? Eine Wunde inmitten der Natur. Der Baum mit der abgeschürften Rinde. Die herabhängenden Fetzen hatten sie, wer auch immer, entfernt. Die Schürfstelle war mit einem Schutzmittel, einer braungrünen Paste, überstrichen, wie mit einer Wundsalbe. Akribisch war jeder auch noch so kleine Splitter entfernt worden, nichts, was er als Corpus Memoriae hätte auflesen können. Keine Reliquie. Nichts, nichts, nichts. Zertretenes Gras, eine achtlos weggeworfene Cola-Dose. Den Gedanken, an dieser Stelle ein schlichtes Holzkreuz zu installieren, hatte er verworfen. So wenig Pathos wie möglich. Andere zeigten für seinen Entschluss, an dieser Unfallstelle nichts zu hinterlassen, was an das Geschehene erinnern könnte, wenig Verständnis. „Edgar, wie sollst du jemals davon loskommen." Nur keine Spurenmarkierung, keine Kultstätte, lass Gras darüber wachsen, in jeglichem Sinne des Wortes. So, als wäre an diesem Ort nichts geschehen. Doch er wusste, dass dies nicht ginge, dass dies ein frommer Wunsch bleiben sollte.

Ich werde die Stelle aufsuchen, heute noch, sofort, beschloss er.

Hektisch, wie er nach dem Papierschnipsel gesucht hatte, verließ er das Haus, griff, nachdem er die Haustür von außen zugeschlagen hatte, in die Hosentasche, um sich zu vergewissern, dass er auch den Schlüssel für die Eingangstür bei sich hatte. Er warf sich ins Auto, brauste davon, als gelte es, einen kurzfristig anberaumten Termin nicht zu verpassen. War es wirklich allein die Dunkelheit, die regennasse Fahrbahn, die vorgerückte Stunde, die sie zur Eile getrieben hatte? Ihre Füße wie festgeklebt am Gaspedal. Soll ich mich vom Regen aufhalten lassen? – War es so?

Heute war es sonnig, die Fahrbahn trocken, es gab so gut wie keinen Gegenverkehr. Er musste sich nur darauf konzentrieren, den Ort des Geschehens ausfindig zu machen.

Edgar hielt, stieg aus, sah sich nach allen Seiten um, umrundete einen Baum, der annähernd das Aussehen und den Umfang hatte, gegen den sie mit dem Kind geprallt war. Die immer wiederkehrende Frage:

Wie mag er ablaufen, dieser Bruchteil einer Sekunde? Aufgerissene Münder, aufgerissene Augen? Er erkannte, dass es der falsche Baum war. Er ließ sein Auto am Straßenrand stehen und lief vierzig, fünfzig Meter in Fahrtrichtung bis zur Abbiegung, einer leichten Kurve, die aber bei Dunkelheit und nasstrübem Wetter nur schwer überschaubar ist. Dort blieb er stehen, und jetzt erkannte er den nämlichen Baum, der vor ihm stand wie die Ruhe selbst, als sei nichts geschehen, ein Stück unschuldige Natur. Die braungrüne Paste hatte sich dunkelgrau verfärbt, das Gras war nicht mehr zertreten. Dort lag eine verwelkte Blume. Eine Margerite, eine Gerbera? Da kannte er sich nicht aus. Wer hatte sie dorthin gelegt? Im näheren Umkreis entdeckte er weitere Überreste verwelkter Blumen, scheinbar achtlos weggeworfen. Er musterte den Baum von der Wurzel bis zum Wipfel. Nichts rührte sich, keine Vogelstimme, keine huschende Maus, eine Stille zum Anfassen. Trotz der sommerlichen Wärme lief ihm ein kalter Schauer über die Schulter. Sekundenlang verharrte er auf einem Fleck, lauschte. Ein Bus fuhr vorüber, das Motorengeräusch verebbte nach der Biegung, verflüchtigte sich nach wenigen Metern. Unverwandt starrte er auf die Narbe am Baumstamm.

Was war getan? Und was alles wollten wir noch tun? Wir glaubten an eine Zweisamkeit ohne Ende, es sollte immer weitergehen, nach vorn, nur keine nostalgischen Rückblicke. Wer immer nur zurückblickt auf das, was getan und erlebt wurde, der bleibt zurück, der lebt aus der Summe des Erlebten, verharrt in einem Brei, der von Jahr zu Jahr zäher wird, aus dem man kaum noch die Füße heben kann, eine klebrige Masse, aus der heraus man das Leben vorüberziehen sieht. Deine Worte, Luise, ging es ihm durch den Kopf. Du hattest dir viele solcher Weisheiten zurechtgelegt, und du hattest mich mitgenommen in deiner Art zu leben. »Kein Tag darf vergeudet sein«, hattest du gesagt. Und du hast auch gewusst, wie hoch dieser Anspruch ist und wie schwer es fällt, diesem Anspruch gerecht zu werden. Aber versuchen sollte man es schon, das ist man dem Leben schuldig. Auch so ein großes Wort. Doch für dich waren solche Worte nicht groß, für dich waren sie Lebenselixier. Und immer wolltest du weg aus dieser kleinbürgerlichen Enge. Doch wohin? »Wir werden schon etwas finden. Hauptsache, weg von diesem Muff.« Auch so ein Wort, das mir heimlich Unbehagen bereitete. Wie kleinbürgerlich geht es erst woanders zu, hast du darüber nachgedacht?

Wieder und wieder versuchte er sich vorzustellen, wie die letzten Sekunden abgelaufen sein mochten. Dieser eine narbige Fleck am Baum war heute alles, was vom Unfall geblieben war. In einigen Jahren würde sich dieser Fleck zu einer dicken Wulst ausgewachsen haben, die mitwachsen wird mit dem erinnerungslosen Baum, ausgelöscht erst dann, wenn auch der Baum sein Leben würde lassen müssen. Er drückte seine Stirn gegen die schartige Rinde. Er drückte so fest, bis der Schmerz ihn nötigte, davon abzulassen. Er hob den Kopf, als lausche er in die Stille hinein, als erwarte er, wenigstens den Hauch eines Echos von jenem Aufprall, den dieser verursacht haben muss, zu erfassen. Selbstverständlich war da nichts mehr, und selbstverständlich war auch der Schall in Sekundenschnelle verpufft, und die Natur existierte nach wie vor weiter ungerührt, seelenlos, ein Etwas, an dem die menschlichen Befindlichkeiten abprallen, ohne auch nur die leiseste Spur zu hinterlassen.

Einmal hatte er sich sogar bei dem Gedanken ertappt, bei diesem Unfall könnte jemand nachgeholfen haben, doch dann verwarf er diesen Einfall und tat ihn als absurd ab. Andererseits, die Obduktion hatte keinerlei Anzeichen eines körperlichen Versagens ergeben, keine Herzattacke, keine sekundenschnelle Lähmung oder was es dergleichen noch hätte sein können.

»Ein Augenblick der Unachtsamkeit genügt. Ein Sekundenschlaf, die Leute telefonieren, spielen mit ihrem Handy, hören überlaute Musik, essen, trinken, blättern in Zeitungen, alles am Steuer während der Fahrt. Wie oft so etwas vorkommt, öfter als man meinen möchte«, so die vom Gutachter auf den Punkt gebrachte Unfallursache. Alles das schloss Edgar bei Luise aus. Wenn es da nicht auch noch Charlotte, seine kleine Prinzessin gegeben hätte.

Luise und Lotte, seine zwei L. Luise hatte sich bei der Namensfindung zunächst dagegen gesträubt, ihrer Tochter den Namen Charlotte zu geben. Der

Name sei altbacken und bieder, und niemand würde das Kind je beim richtigen Namen nennen, alle würden sie Lotte, wenn nicht gar Lotti rufen. Und so war es denn auch gekommen.

Der Name Charlotte war für Edgar eine Reminiszenz an seine Großmutter Charlotte, die er über alles geliebt und verehrt hatte. Oma Lotte ließ sich kein X für ein U vormachen. »Egal, was du tust, Junge, schau genau hin. Der Weggucker ist immer der Dumme.« Konnte er als Kind ahnen, dass ihr Nomen auch Omen war? Unwahrscheinlich. Mehr beeindruckt als von allen Nomen dieser Welt war er von Oma Lottes fünf, sechs legefreudigen Hühnern. Immer, wenn sie die Eier aus dem Nest holte, suchte sie sich von der Ernte das frischeste Ei aus, hielt es prüfend gen Himmel, stach mit der Küchenmesserspitze ein Loch in das dickere Ei-Ende, setzte das angeschlagene Ei an ihren von tausend Fältchen umrahmten Mund und schlürfte den noch nestwarmen Inhalt mit zu Sehschlitzen verengten Augen genüsslich aus. »Davon wird man hundert Jahre alt«, prophezeite sie.

Edgar liebte Oma Lotte nicht wegen ihrer Eierschlürferei, das war für ihn eher ein Anlass zu Bewunderung. Er hatte sie wegen des Geruchs, den sie verbreitete, wo immer sie ging und stand, geliebt. Oma Lotte war kein übermäßig eitler Mensch, doch was die Seifen anging, mit denen sie sich wusch, da ließ sie sich nicht reinreden. Immer in gutem Geruche stehen. Das war ihre einzige Schwäche, bei der sie keinerlei Kompromisse einging. Sie kaufte keine Seife, sie ließ sie sich schenken. Kein Besuch ohne ein

Stück Seifenüberraschung. Die ist aus Italien, die aus Spanien, die aus Monaco. Monaco? Seit wann gab es dort eine Seifenfabrik? Na ja, jedenfalls in Monaco *gekauft.* »Wo ihr so überall hinkommt«, hatte sie verwundert ihre Kunstlockenfrisur geschüttelt. »Mir genügt es, wenn ihr mir den Geruch von dort mitbringt.« Sie hielt ihre steil abfallende Nase an die Verpackung und beroch sie wie ein nach Drogen schnüffelnder Hund. Der Schenkende harrte ihres Urteils. Sie ließ sich Zeit. Dann stellte sie treffsicher fest: »Zitrone!« Oder: »Mandel!« Oder: »Lavendel!« Oder: »Sandel!« Mit Sandel konnte man bei ihr nie etwas verkehrt machen.

Abgesehen von den Wohlgerüchen, mit denen sich Oma Lotte umgab, waren es ihre mit Lebenserfahrung gespickten Worte, denen man nur schwer etwas entgegenhalten konnte. »Edgarchen, trau keiner Frau!« Hätte er dann nicht auch ihren Worten gegenüber misstrauisch sein müssen, ihr, einer Frau? Doch als Schuljunge konnte er den Inhalt ihrer Worte nicht nachvollziehen, und Oma Lotte ahnte das, ließ sich aber nicht davon abhalten, ihn weiterhin mit Allerweltsweisheitssprüchen zu konfrontieren: »Kein Mann ist treu.« Und, mit Seitenhieb auf seinen Vater: »Wer einer Partei angehört, gehört nicht mehr sich selbst.« Das hatte er am allerwenigsten verstanden, dennoch hatte sich dieser Spruch nachhaltig in sein Gedächtnis eingegraben.

Mit derlei Omaweisheiten versehen, trat er in die Welt der Erwachsenen hinaus. Oma Lottes Axiome saßen so tief, wie auch andere Axiome unausrottbar tief zu sitzen pflegten. Nur: Oma Lottes Weisheiten verbreiteten eine Aura der Unfehlbarkeit, die sein unschuldiges Kindergemüt wie ein flauschiges Tuch einhüllte.

»Na ja«, hatte Luise etwas resigniert gesagt, »das Kind wird schon was aus seinem Namen machen.« Als käme es darauf an, Luise. Alle Namen der Welt gäbe ich ihr heute, alle, welchen auch immer du willst. Wenn sie nur da wäre.

Es waren die Kleinigkeiten, an denen sie sich zuweilen rieben. Und war es in letzter Zeit nicht so, dass die Kleinigkeiten sich zu häufen schienen? Einer gab immer nach, mal sie, mal er, ein Wechselspiel. Doch war es nicht mehr als nur ein Nachgeben, war es nicht auch ein Resignieren? An diesem Ort hierüber nachzusinnen, empfand er als pietätlos, ja peinlich. Verbot nicht der Tod derartige Gedankengänge? Hilflos ließ er die Arme sinken. Es gab keinen Dialog mehr, jede Klage und jede Selbstanklage blieb unerhört, verpuffte im Nichts. Ihr habt mich zurückgelassen, sieh also zu, wie du weiterkommst. »Bist unabhängig, Edgar.« Auch das hatte sie einmal gesagt, nach drei, vier Jahren Ehe: »Edgar, kannst du dir vorstellen, wieder frei zu sein?«

»Frei wovon?«

»Von uns, von mir«

»Das sieht ja so aus, als wärst du für mich eine Freiheitsberaubung«, hatte er mit bemüht ironischem Tonfall reagiert.

»Man muss ja nicht gleich von Raub sprechen.«

Ein absurder Gedanke, empfand er damals. Was aber, wenn dieser Gedanke nicht bloß ein Spiel war? – Nein, das war kein Spiel. Nur mal so auf den Busch klopfen, das war nicht ihr Ding. Viele stellen sich solche Fragen, sprechen sie aber nicht aus, schleppen sie ein Leben lang mit sich herum wie einen Stein in einem unsichtbaren Rucksack, dessen Schwere sie mit den Jahren kaum noch spüren, dessen Verlust sie möglicherweise nicht einmal wahrnähmen oder ihn sogar vermissten wie eine Behinderung, an die man sich gewöhnt, mit der man sich eingerichtet hat, die Teil der eigenen Existenz geworden ist. Aber Luise war so frei, hielt damit nicht zurück. »Wozu auch?«, hätte sie geantwortet, hätte er sie gefragt, wie sie darauf gekommen sei. Vielleicht hätte sie gesagt: »Nur mal so« – wie sie das so oft tat. Was sie in der Stadt vorhabe? »Nur mal so.« War sie nicht erst vor wenigen Tagen bei ihrer Freundin? »Nur mal so, Edgar.« Aus ihren nichtssagenden Antworten wurde er nicht schlau, hakte aber auch nicht nach, sondern ließ es damit bewenden, schon allein um einem weiteren »Nur mal so« aus dem Wege zu gehen.

Trotz der Sonne fröstelte ihm. Ich habe hier nichts mehr zu suchen, dachte er: Es ist sinnlos, sich die Unfallsituation ausmalen zu wollen. Das Auto war ein Trümmerhaufen, haben sie gesagt, ich sollte es nicht sehen. Und ich wollte es auch nicht sehen. Niemand wollte das verstehen. Ob es mich nicht interessiere? Was hätte es da zu interessieren geben sollen.

Dieses Allerweltswort: interessieren. Blass und nichtssagend.

Er nahm sich vor, diesen Ort nie wieder aufzusuchen.

15

Edgar hatte das Haus von seinen Eltern übernommen. »Sieh zu, dass du nie alleine bleibst. Nimm dir eine Frau«, hatte ihm seine Mutter als Leitsatz von ihrem Sterbebett aus mit auf den Lebensweg gegeben, eine theatralische Geste, wie er es damals empfand. Sich eine Frau nehmen, das war so, als sagte sie: »Geh hinaus in die Welt und bediene dich.« Als stünden die Frauen überall nur so rum, zum Aussuchen und Zugreifen. Solche Worte hatte ihm sein Vater nie vorgelegt. Überhaupt hatte er sich gegenüber Edgar hinsichtlich Frauen nie geäußert, so als handelte es sich um eine inzestuöse Peinlichkeit. Da verhielt er sich nicht anders als andere Väter auch. Ein Vater diskutiert mit seinen Söhnen nicht über Mädchen und Frauen, und über die Liebe schon gar nicht. Wenngleich Frauen für ihn alles andere als ein Tabu waren.

Edgars Vater tat das, was seine Frau nicht wusste oder nicht wissen wollte oder vielleicht doch duldend in Kauf nahm. Er bediente sich. Sie wusch seine Hemden und bügelte sie, er streifte sie über und eilte, ebenfalls frisch gewaschen und in dem Gefühl, als sei auch er frisch gebügelt, zu Ella. Er habe da etwas zu erledigen. Mit Ellas Mann, setzte er nach. Aber Ellas Mann, das war bekannt, hatte sich von Ella losgesagt und Unterschlupf auf einem Gutshof im benachbarten Dorf gefunden. Was er dort wirklich tat, sollte im

Verborgenen bleiben. Er habe es mit der Schubak, wurde gemunkelt. Wo viel gemunkelt wird, ist viel Raum für Ausschmückungen. Tatsache war, dass er sich von Ella für immer trennen wollte. Ella hatte Ersatz in Edgars Vater gefunden, eine wacklige Angelegenheit, denn rauskommen sollte es auf Biegen und Brechen nicht, die Partei hatte so ihre Moral. Doch sein Vater im frischen Hemd wurde immer dreister, Partei hin oder Partei her. Um zu Ella zu gelangen, bediente er sich schon lange keiner Täuschungsmanöver mehr, die vor allem darin bestanden hatten, nicht den direkten Weg zu Ella einzuschlagen. Er hatte zunächst den Weg in die Gegenrichtung genommen, schlug Haken, vollzog große Bögen und näherte sich Ellas Wohnung in konzentrischen Kreisen. Ein gepflegter Herr, der das schöne Wetter genoss. Heiter, beschwingt. Er grüßte nach rechts und nach links, lüftete seinen Hut, lächelte. Man lächelte zurück, sehr gepflegt halt. Doch man wusste Bescheid. Nur seine Frau sollte keine Ahnung haben? Sie sorgte für Frischhemdennachschub. Unter der Woche war er viel unterwegs, manchmal tagelang, er betreute die Außenstellen der Firma *Kobel und Sohn*, Hochleistungsmessgeräte, sehr gefragt in jener Zeit, fanden auch im militärischen Sektor Einsatz, ein prosperierendes Unternehmen. Und nie rief er von unterwegs an, das störe das Geschäftsklima. Seine Mutter wollte das Geschäftsklima ihres Mannes nicht stören, und somit rief sie ihn auch nicht an. Die Frauen, die er nebenher noch betreute, wählte er nach immer dem gleichen Muster: verheiratet, frustriert, drall, Typ Ella.

Mit dem Haus hatte Edgar nicht allein das materielle Gut, sondern auch die ethischen Grundsätze seiner Eltern übernommen, die sich in jeden Winkel des Hauses eingenistet hatten wie Spinnweben, die die Zeiten überdauerten, weil niemand daran rührte, vielleicht auch nicht zu rühren wagte. In denen sich Staub ablagerte. Sedimente nicht hinterfragter Grundsätze: Tu dies nicht, tu jenes nicht. Zieh die Schuhe aus, bevor du das Wohnzimmer betrittst. Die Füße gehören nicht *auf*, sondern unter den Tisch. Es müssten ja nicht immer alle Lampen brennen, reine Verschwendung. Die Heizung stellt man nicht vor dem zehnten Oktober an. Stoßlüften, täglich zweimal, jeweils fünf Minuten. Und: Ein Messer leckt man nicht ab. Jetzt leckte er das Messer ab. Er ertappte sich nicht einmal selbst bei dieser Unsitte, er tat es, als hätte er es schon immer getan, mehr aus Gedankenlosigkeit. Und dass er sich dabei die Lippen aufschneiden könnte, wie es seine Mutter ihm prophezeit hatte, kam ihm erst gar nicht in den Sinn. Das Messer geriet wie von fremder Hand gesteuert nach dem Essen zwischen seine Lippen, er genoss es, Reste von Leberwurst, Käse, Marmelade abzuschlecken wie der Hund seinen Knochen. Beibehalten hatte er das Stoßlüften. Einmal Frischluftfanatiker, immer Frischluftfanatiker. Selbst die Heizung setzte er erst am zehnten Oktober in Gang. Für frische Abende gab es Strickjacken, und davon hatte er mehr als genug, dafür hatte auch sie, seine Mutter vorgesorgt. Einmal hatte er versucht, ihr vorzurechnen, wieviel es koste, wenn die Heizung schon ein paar Tage früher liefe, und er hatte gegengerechnet, wieviel Geld sie für Strickjacken ausgebe. Seine Argumente zogen nicht. Das sei etwas anderes, hatte sie reagiert. Man kann Strickjacken nicht mit Heizung aufrechnen. Wenn sie da nur an ihre Cousine denke, die selbst im Hochsommer bei abendlicher Kühle die Heizung anmache. »Aber mit dünnen Fähnchen rumlaufen!«, entrüstete sie sich, als handle es sich um die eigene Heizungsanlage.

Das Wort seiner Mutter, sich eine Frau zu nehmen, gewann nach ihrem Ableben mehr an Aktualität, als er sich selbst glauben machen wollte. Er hatte keine Vorstellung, wie er es anstellen sollte, sich eine Frau, wie seine Mutter es nannte, *zu nehmen*. Wie wohl andere das machten? Das ging bei den meisten wie nach einem Punktekatalog: Ausbildung, Braut, Hochzeit, Kinder, Haus. Warum war es bei ihm nicht so gelaufen? Eine Freundin für Freizeit und Bett, das war etwas anderes, das war die variable Seite des Lebens, nichts Starres, alles im Fluss belassen. Die Vorstellung von einem Punktekatalog fand er frivol, und er stellte sich vor, wie er darin blätterte, zu welchem Ergebnis er käme. Der Gedanke belustigte ihn, eine Zeit lang spielte er mit solchen Ideen. Ob die Ehe seiner Eltern auf diesem Wege zustande gekommen war? Wenn zwischen beiden, Vater und Mutter, jemals so etwas wie Liebe gewesen sein sollte, dann musste das Jahrzehnte zurückliegen. Eine Eiswaffel, die man aufschleckt, von der als Erinnerung ein Geschmack auf der Zunge haften bleibt, der sich im Laufe der Zeit mehr und mehr verflüchtigt. Erinnerung als Ehekitt. Was blieb, war blanke Ratio. Ihm grauste davor.

Bevor er Luise kennenlernte, lebte für kurze Zeit Bettina in seinem Haus. Das heißt, Bettina hatte sich ganz einfach eingenistet. Sie stand eines Tages, bewaffnet mit einem Rollköfferchen und einer Umhängetasche, auf der ein gutmütig blickender Löwe mit üppiger Mähne prangte, in seiner Tür, so als gehöre sie in dieses Haus, als käme sie gerade von einer Kurzreise zurück. Sie habe es nicht mehr ausgehalten, hatte sie gesagt. Was sie nicht mehr ausgehalten hatte, darüber schwieg sie sich aus. Mit dem wenigen, was dieses Köfferchen und die Löwentasche enthielten, hatte sie sich im Wohnzimmer und Schlafzimmer ausgebreitet. Sie platzierte ihre Dessous dorthin, wo es ihr gerade passte. Gedankenlos, ohne jedwede Absicht, ohne Hintergedanken an einen erotischen Reiz, den ihre Höschen und BHs bei Edgar auslösen könnten. Sie stiegen ins Bett wie ein langjährig verheiratetes Ehepaar. Ihre Umarmungen waren heftig und kurz, bis zum Punkt der Befriedigung. Körperliches Verlangen, mehr nicht. War das Verlangen gestillt, fiel die Umarmung auseinander, schlaff wie ein Ballon, aus dem die Luft gewichen war. Was hatte sie in sein Haus gespült? Er hätte nicht zu sagen vermocht, wann und wo sie sich eigentlich kennengelernt hatten. In einem Fitnesscenter, einer Bar, im Zug, Bus, Supermarkt, oder in der Badeanstalt, also dort, wo er auch Luises Bekanntschaft gemacht hatte? Schon nach wenigen Tagen setzten die ersten Reibereien ein. Bettina hatte nicht nur keine Bleibe, sie hatte auch kein Geld. Überhaupt verstehe sie nicht, wie die Menschen immer nur dem einen, dem Geld nachjagen. Lebten sie eigentlich? Die Unstimmigkeiten begannen damit, dass sie sich über Edgars Arbeitseifer mokierte. »Muss das denn sein?«

»Ja«, erwiderte er, »es muss. Wer leben will, der muss.«

Da habe sie, was das Leben angeht, eine ganz andere Auffassung.

Eines Tages dann suchte er ihre über den gesamten Haushalt verstreuten Dessous zusammen, stopfte diese in ihren Rollkoffer, stellte Koffer samt Löwen vor die Eingangstür und sagte: »Tschüs.«

Verständnislos starrte sie ihn an. Was das denn solle?

Das soll, beschied er: Sie möge ihre andere Auffassung leben, doch dann, bitte schön, woanders.

Sie schlich aus dem Haus, drehte sich kein einziges Mal um, schlurfte zur Bushaltestelle und war von diesem Augenblick an für immer aus seinem Blickfeld entschwunden.

Wie ihm in diesem Haus alles so muffig und pufig vorkam. Er war nach dem Tod seiner Mutter Mitte zwanzig, und das Haus schien ihm anfangs wie ein Klotz am Bein. Er wollte es verkaufen. Wegziehen.

Irgendwohin, weit fort. Doch wohin? Er surfte durchs Internet, wahllos, ziellos. Die diffuse Vorstellung von einem anderen Ort, an dem er sich hätte niederlassen können, ein Schnitt, dessen Wunde schon blutete, noch bevor der Schnitt vollzogen worden wäre, diese Vorstellung blieb das, was sie war: diffus.

Luise hatte nach ihrem Einzug nur dezente Veränderungen gewagt, weil sie glaubte, Edgar hinge an dem von seiner Mutter übernommenen Kitsch und Plunder. Manchmal rümpfte sie die Nase über die überbordende Bilderzahl mit floralen Motiven. Und sie rümpfte die Nase, wenn sie meinte, Edgar sähe es nicht. Aber Edgar sah es. Wo denn das Lilienaquarell hingekommen sei, wollte er eines Tages wissen. Sie hatte angenommen, er habe ihre klammheimliche Eigenmächtigkeit nicht bemerkt, und die Zeit werde ihn vergessen lassen. Doch er hatte nicht vergessen. Er hatte nur darauf gewartet, dass sie es eines Tages von sich aus sagen würde, dass dieses Bild sie unter der Fülle der anderen Blumen gestört hatte. Aber sie hatte nichts gesagt. Auch ihn störte der in Öl und Aquarell gebannte Blumengarten, seit langem schon wollte er sich davon befreien. Er hatte es nicht getan, zum einen, weil sein Phlegma ihn daran hinderte, zum anderen war er sich nicht sicher, wie sie, Luise, darauf reagieren würde. Doch wenn es eines Tages geschehen sollte, auch das Aussortieren der Töpfe, Pfannen, skurriler Küchengeräte wie dem automatischen Fleischwender, eines offenbar für Großveranstaltungen vorgesehenen, in zwei Etagen konstruierten Eierkochers, Springformen in mehrfacher Ausführung, Backformen für kleine Brotlaibe, für große Brotlaibe, für Königskuchen, Hefekuchen, Weihnachtsstollen, wohlgemerkt, für jedes Backwerk eigens die passende Backvorrichtung, wobei ihm besonders rätselhaft eine sogenannte Backschüssel schien, mit der er nun absolut nichts anzufangen wusste, dann wollte er zumindest mitentscheiden, was wann in welche Ecke auf den Dachboden wandern durfte oder was ganz einfach weg konnte.

Seine Frage nach dem Wohin des Lilienbildes hatte sie irritiert, sie murmelte das von ihr auserkorene »Bilderdepot« vor sich hin, was eher wie eine Entschuldigung klang. Langsam nur konnte sie sich von dem Gefühl befreien, in diesem Haus nur Gast zu sein. Um ihn nicht zu verletzen, wagte sie es nicht, andere Dinge umzustellen, geschweige denn auszusortieren, von den Lilien einmal abgesehen. Völlig fehl am Platze hatte sie den Schreibtisch gefunden, der eigens seiner Mutter gehört hatte, ein Möbel wie aus dem Chefbüro, mit Alterungsspuren, die sich vor allem im abblätternden Wurzelholzfurnier offenbarten. Raumfüllend. Und der lediglich dazu diente, allerhand Nippes zur Schau zu stellen. Eine kleine Galerie aus Tintenfässern ohne Tinte, ein Tintenlöscher ohne Löschpapier, ein Reh mit Bleifuß als Briefbeschwerer, eine handkurbelbetriebene Bleistiftanspitzmaschine, auf deren Korpus in frivoler Pose mit gespreizten Schenkeln ein Männlein ritt, ein dreiarmiger Messingleuchter, kerzenlos, und diverse Do-

143

sen und Döschen, deren Inhalt im Verborgenen bleiben sollte. Eigentlich fühlte sie sich erst seit Charlottes Geburt in diesem Haus richtig heimisch. Klammheimlich verschwand der Nierentisch, Zentimeter um Zentimeter rückte der große Esstisch in seine jetzige Position, die Standuhr wurde in die hinterste Ecke verbannt. Edgar ließ sie jetzt kommentarlos gewähren. Nur der Schreibtisch, an dem niemand auch nur je eine einzige Zeile geschrieben hätte, blieb dort, wo er schon immer war. Unverrückbar.

Die vergangene Nacht fasste er zu dem zusammen, als das er sie empfand: Katastrophe. Nachts um eins wurde er wach und fand für den verbliebenen Teil der Nacht keinen Schlaf mehr. Er machte kein Licht. Im Dunkeln schlurfte er zur Toilette, schlug in der Dunkelheit sein Wasser ab und ahnte, dass nicht jeder Tropfen in der Kloschüssel landen würde. Der Geruch von angetrocknetem Urin bereitete ihm Übelkeit. Seit Tagen hatte er sich vorgenommen, das Becken und die Fliesen mit einem starken Reinigungsmittel auszuscheuern. Heute muss ich es endlich tun, dachte er, heute kommt Johanna, nicht auszudenken, wenn sie fragte: »Wo kann man denn hier mal?« Ja, heute, am Tage. Ich werde mich doch nicht nachts darüber hermachen. Wer schon fängt mitten in der Nacht an, einen Hausputz zu veranstalten? Doch, entsann er sich, seine Mutter, die konnte das. Auch sie litt zuweilen unter Schlaflosigkeit. Manchmal hörte er sie nachts in der Küche hantieren: Sie sortierte Gläser und Teller um, bemüht, Klappergeräusche zu vermeiden. Nichts stört den nächtlichen Hausfrieden mehr, als das Klirren eines Löffels, der auf die Küchenfliesen fällt, oder das Geschepper von Gläsern, die bei jedem Schritt durch die Küche aneinanderstoßen. An das in regelmäßigen Intervallen einsetzende Gebrumm des Kühlschranks hatte sich die Familie gewöhnt, so wie ein Kind sich an das sonore Brummen eines Teddybären gewöhnt, das ihm Vertrautheit und Geborgenheit verheißt.

Edgar trat einen Schritt vor das Haus. War es, wenn es so stockdunkel war wie heute, nicht egal, wo man sich befand? Ob hier, in diesem verschnarchten Stadtteil oder in einem anderen Ort in einem anderen Land, im Süden, wo die Nächte wärmer waren und nicht so totenstill? Ob es auch in diesen Ländern Menschen gab, die sich in Schlaflosigkeit bis zum kommenden Morgen durch die Nacht hangelten? Die Vorstellung, dass dort, am anderen Ende des Erdballs, ein anderer Mann, so wie er, zu nachtschlafender Zeit vor seine Haustür trat, der, so wie er, versuchte, mit seinen Augen das ihn umgebende Schwarz zu durchstoßen, diese Vorstellung hatte für ihn in diesem Moment etwas Tröstliches. Aber war dort zu diesem Zeitpunkt nicht helllichter Tag? Er wunderte sich über die Gedankensprünge, die seine Schlaflosigkeit ihm bereitete. Müde sein und nicht schlafen können, das will einfach nicht zusammenpassen. Aber es ist so. Das Bett – ein sperriger, beinahe feindlicher Ort. Wozu liegen und auf etwas warten, das nicht eintreten würde? Bruno hatte einmal gesagt, Schlaf sei für ihn wie ein kleiner Tod. Und der große Tod ist dann nichts weiter als einschlafen und nie wieder aufwachen. Sechs, sieben Stunden, manchmal mehr, nichts wahrnehmen, in einen Zustand fallen, den man nicht beeinflussen kann, in ein Nichts. Wacht man auf, war alles wieder so, als sei nichts geschehen. Jeder Gegenstand war an seinem angestammten Platz. Vielleicht war das Wetter anders als zum Augenblick des Einschlafens. Vielleicht warfen die Menschen deshalb nach dem Erwachen als Erstes einen Blick nach draußen. Gestern noch Regen, heute Sonne, darauf stellen sie ihre innere Uhr ein. Danach entscheiden sie, wie sie sich für den Tag kleiden würden. Schirm oder Sonnenbrille? Bilder, die das Straßenbild für den weiteren Tagesverlauf prägen würden.

Edgar schlurfte vor seinem Haus ein paar Schritte auf und ab. Die Füße warmhalten, dachte er. »Mit kalten Füßen kann man sich den Tod holen, mein Junge«, hatte seine Mutter stets gewarnt. Und sie rieb und rieb an seinen Füßen, bis ihr der Schweiß auf der Stirn stand und sie die feuchten Haare aus der Stirn pusten musste.

Er hatte sich den Bademantel übergeworfen. Das kann ich riskieren, sagte er sich, was schon soll geschehen, wer sollte mich sehen in diesem Schwarz. Außerdem lief um diese nachtschlafende Zeit niemand ohne Not durch die Straßen. Er blieb stehen, weil er meinte, ein Geräusch vernommen zu haben, ein Räuspern, ein Hüsteln. Vielleicht dreißig, vierzig Meter rechte Hand. In der Dunkelheit ließen sich

Entfernungen kaum einschätzen, es fehlten Anhaltspunkte, sei es ein Licht, das Augenfunkeln einer Katze, ein erleuchtetes Fenster. Eine Zigarette glomm auf, ein roter Punkt, nicht größer als ein Stecknadelkopf. Den Einzug des neuen Hausbesitzers hatte er nur am Rande mitbekommen. Wann war das? Er versuchte, sich zu erinnern.

Eines Tages stand dort, ein Haus weiter, ein Möbelwagen. Knallgelb, an die Farbe konnte er sich erinnern. Das Fahrzeug war schnell entladen, die Möbelpacker hatten die Ladeluke zugeknallt. Wütend. »Den Euro können die sich an den Hut stecken!«, hatte einer der beiden geflucht. Beide schwangen sich ins Fahrerhaus und sausten davon. Lange Zeit war es an und in diesem Haus still geblieben, so als wäre es weiterhin unbewohnt. Nun aber leuchtete dort der rote Punkt. Räuspern, Hüsteln, Schniefen. Es ist eine Frau, glaubte Edgar erkannt zu haben. Die Raucherin warf den noch glimmenden Stängel auf den Boden, trat den roten Punkt mit dem Fuß aus, machte aber keine Anstalten, ihr Haus wieder zu betreten. Edgar wagte nicht, sich von der Stelle zu rühren, er würde zu erkennen geben, dass da außer ihr noch jemand war, jemand, der sie belauschte, beobachtete, belauerte, vielleicht gar beim Rauchen ertappt hatte. Ein Mann im Bademantel. Die Frage, ob er unter dem Bademantel etwas anhatte, hätte zu Spekulationen Anlass geben können. Ein Exhibitionist, ein Persversling, jemand, der sich das nächtliche Dunkel zu Nutze machte, um eine ahnungslose Frau zu provozieren, womöglich über sie herzufallen? Edgar machte auf dem Absatz kehrt, schlich vorsichtig Fuß vor Fuß setzend in sein Haus. Um diese Frau nicht zu erschrecken, ließ er die Haustür nur angelehnt, als fürchtete er, das Knacken des Türschlosses könnte seine Rückzugstaktik zunichte machen. Kurz vor drei löschte er das Licht und versank in einen bleiernen Schlaf.

Als es zwei, drei Tage später an seiner Haustür läutete, stand sie da, die Nachbarin. Er wusste sofort, dass sie es war, die Frau mit der glimmenden Zigarette. Er kannte sie nicht von Angesicht, und er hatte in der nämlichen Nacht auch nicht versucht, sich ein Bild von dieser Frau zu machen. Was auch hätte er sich vorstellen sollen? Nachts sind alle Katzen grau, in jener Nacht waren alle Katzen schwarz. Und doch machte es in seinem Kopf sofort klick, als sie so unverhofft vor ihm stand. Klein, schmal, fast zerbrechlich. Das ist sie, dachte er. Er lächelte ihr entgegen wie einer alten Bekannten. Er war auch geneigt, sie wie eine alte Bekannte ins Haus zu bitten. Sie sei in Verlegenheit, sagte sie. Ihr Auto springe nicht an. Der Akku. Seit langem schon mache er Sperenzien, und seit langem schon wollte sie ihn mal in der Werkstatt aufladen lassen. »Entschuldigung für die Störung.« Und immer wieder Entschuldigung. Sie müsse fort, sie habe einen Termin. »Entschuldigung.« Ein Überbrückungskabel, das habe sie. Und wie das gehe, wisse sie auch. Plus an plus und minus an minus.

»Vielleicht doch ein Kaffee?«, schlug er vor.

»Aber nur einen«, willigte sie nach kurzem Zögern ein. Sie blieb länger, als ihre Termineile es zu erlauben schien. »Hoffentlich ist es nichts Ernstes«, sagte sie und meinte den Akku. »Wird schon anspringen.«

Er merkte, wie er von ihr gemustert wurde, er fühlte sich verunsichert und linkisch, worüber er sich ärgerte. »Sie sind noch nicht lange hier. Was hat Sie hierher verschlagen?« Das hätte ich nicht fragen sollen, das ist indiskret, dachte er. »Ach«, versuchte er einzulenken , »das nehme ich zurück. Geht mich nichts an.«

»Kein Problem. Ich komme aus der anderen deutschen Ecke. Osten. Mark Brandenburg. Tiefste Provinz. Und jetzt hier. Man muss dahin gehen, wo man gebraucht wird, oder man geht fort, weil man meint, es am alten Ort nicht mehr aushalten zu können. Der Mensch ist heute recht umtriebig. Das Haus dort drüben«, und sie meinte mit *dort drüben* die Mark Brandenburg, »habe ich aufgegeben. Alle Zelte abgebrochen. Ich habe einen Schnitt gemacht. Tat weh, aber Schnittwunden heilen. Obwohl, die Narben werden wohl immer wieder mal jucken. Nur nicht aufkratzen.«

»Sie sprechen in Bildern.«

Sie lächelte. Und sie ließ ihre Augen durch den Raum wandern, immer noch lächelnd.

Maliziös, dachte er, und als hätte sie eine Frage gestellt sagte er: »Hier wird sich in den nächsten Tagen einiges ändern. Der Raum wird größer. Großzügiger«, setzte er nach.

Sie trank die Tasse in einem Zug leer.

»Ja, gewiss. Jetzt muss ich mich aber beeilen. Wird bestimmt sehr hübsch.«

Wie verabredet sprangen sie gleichzeitig von ihren Sitzen auf.

»Mein Verlag duldet keine Nachlässigkeiten. Jetzt sage ich schon *mein*, als sei es tatsächlich ein Verlag, der mir gehört. Doch davon ein anderes Mal. Morgen? Oder besser übermorgen?« Die Antwort auf diese Frage blieb offen.

Das Überbrückungskabel hatte geholfen. Mit quietschenden Reifen eilte sie davon.

Hübsch? Hatte sie hübsch gesagt? Er trug das Kaffeegeschirr in die Küche. Die Tassen klapperten.

16

Noch immer hatte Johanna keinerlei Anstalten gemacht, mit der Umgestaltung der Räume zu beginnen. Immer wieder ein Morgen und ein Übermorgen. Ist sie wirklich so viel beschäftigt?, fragte er sich. Für einen Anruf dürfte es doch noch reichen. Er jedenfalls würde ihr nicht hinterherlaufen. Er fühlte sich im Wohnzimmer nicht mehr heimisch. Obwohl noch kein einziger Handschlag getan war, meinte er auf einer Baustelle zu wohnen. Er stellte sich vor, wie es hier aussehen würde: eine aufgerissene Wand, der Fußboden von Staub und Trümmern bedeckt, Bauarbeiter, die sich ungeniert in der Küche bedienten, das Bad benutzten, sich in seiner Abwesenheit auf dem Sofa und auf seinem Lieblingssessel fläzten. Bohren, hämmern, schrauben, ein plärrendes Baustellenradio. Er räumte nur noch das Allernotwendigste weg. Die Staubflocken auf dem Fußboden sah er nicht, oder er ignorierte sie. Die zuppelnden Fenstervorhänge irritierten ihn offenbar auch nicht. Auf der Kommode türmten sich Einladungen zur Neueröffnung von Möbelmärkten, Küchenkaufhäusern, Matratzenlagern, die zum zweideutigen Probeliegen einluden, ein Teppichgeschäft bot seine Restposten anlässlich einer seiner vielen Räumungsverkäufe an, ein Werbeprospekt verhieß den absolut ultimativen Treppenlift, der Gemeindepastor bat zum Gottesdienst mit Gospelchor am dritten Sonntag nach Trinitatis. Nichts Aktuelles, alles Altpapier, das es für ihn auch schon am Tage des Einwurfs in seinen Briefkasten war.

Das maliziöse Lächeln seiner Nachbarin kam ihm wieder in den Sinn. Galt dieses Lächeln dem derzeitigen Zustand der Wohnung, galt es dem Umbauvorhaben, oder galt es allein ihm?

Und was hatte Johanna gesagt: morgen oder übermorgen? Er griff den Stapel Altpapier und eilte zur Papiertonne. Dann rief er aber doch Johanna an.

»Ja«, versprach sie, »übermorgen, definitiv.« Sie brauche nur den Schlüssel.

Danach rief er Bruno an. »Kein Problem«, reagierte dieser. Zwei, drei Wochen. Tagsüber? Wieso nur tagsüber. Auch nachts ginge. Er solle es sich überlegen.

Edgar überlegte nicht lange. Für die Zeit des Umbaus quartierte er sich notdürftig bei Bruno ein. Die Kiste mit den leeren Flaschen in dessen Küche konnte er nicht übersehen, und er überlegte, ob er Bruno darauf ansprechen sollte, tat es aber nicht.

Er blieb zwei Wochen, hin und wieder auch über Nacht. Wenn er abends, nachdem die Bauarbeiter abgezogen waren, in sein Haus zurückkehrte, fühlte er sich seltsam fremd. Einmal schaute auch die neue Nachbarin bei ihm vorbei. Sie müsse doch mal nach dem Rechten sehen. Doch, sie sei auch neugierig, das gebe sie unumwunden zu. Keine Schlüssellochneugier, das sei etwas anderes. »Interesse«, sagte sie. Ihr Vater sei ein Baumensch gewesen. Was sie unter Baumensch verstand, erläuterte sie nicht näher.

»Architekt?«, fragte Edgar.

»Nein, nein, mehr Statik und so. Er hatte es mit den Zahlen, darin ging er auf. Zahlen waren seine eigentliche Welt. Er hätte Mathematiker werden können, aber er wollte mehr was Praktisches, Statik an großen Bauvorhaben. Brücken und so. Nach der Wende gab es für ihn mehr als genug zu tun. Auch in Brandenburg, dem halbvergessenen Landstrich. Aber warum erzähle ich Ihnen das alles?«

»Vielleicht, weil ich zuhöre.«

»Zuhören ist eine Kunst. Man will es nicht glauben. Sprecher und Zuhörer. Der eine ist nichts ohne den anderen. – Wird gut aussehen.«

»Bitte?«

»Das sollte ich bei mir vielleicht auch machen lassen. Wenn ich mal zur Ruhe gekommen bin.«

»Brandenburg, das kenne ich nicht«, sagte Edgar.

»Dabei ist es gar nicht so weit weg. Haben Sie eine Erklärung dafür, weshalb manche Gegenden, die quasi vor der Haustür liegen, einem zuweilen fremder vorkommen, als, sagen wir mal, Rom oder Mailand. Oder gar New York? Man muss nicht einmal an diesen Orten gewesen sein, und dennoch kommen sie einem vertraut vor.«

» Dort fremdelt man nicht.«

Wieder dieses maliziöse Lächeln in ihrem Gesicht? Sicher war er sich, dass ihre Mundwinkel leicht nach unten verrutscht waren, und sicher war er sich auch, dass für den Bruchteil einer Sekunde ein leichtes Flackern in ihren Augen aufblitzte, ein Irrlicht, das erlosch, sobald er ihre Augen fixierte.

Nein, nein, sie störe gar nicht, versicherte er, als sie Anstalten machte, sich zurückzuziehen. Und sie könne sich gerne das fertige Produkt ansehen. Später, vielleicht in einer Woche, in zehn Tagen. So von Nachbar zu Nachbar. Und auf Brandenburg habe sie ihn neugierig gemacht.

Nachdem sie gegangen war, beugte er sich über den Autoatlas und las die Kilometer zwischen seinem Wohnort und der Landesgrenze zum halbvergessenen Landstrich ab. Was schon sind dreihundert, vierhundert Kilometer?

Bruno schien ihm verändert. Nicht allein, dass sein Leib sich leicht wölbte wie bei einer Schwangeren im Frühstadium, auch sein Gang schien ihm tapsiger. Eine Ente, dachte Edgar. Watschelt mehr, als dass er geht. Sieht so der nicht enden wollende Abschied von der Jugend aus? Die Kiste mit den leeren Flaschen hatte Bruno in einer Abstellkammer deponiert, andere Kisten waren auf die beiden Wohnräume verteilt. Unausgepackt. Seit seinem Einzug vor einem knappen halben Jahr lebte Bruno aus diesen Kisten. Das Regal war mit einigen wenigen Büchern bestückt, andere stapelten sich auf dem Fußboden; auf dem Küchentisch stand der große Kaffeebecher, der nicht nur für Kaffee herhalten musste.

»Nimm dir, was du brauchst. Die Kiste da hinten in der Ecke, da ist alles drin. Ich bin noch nicht zum Auspacken gekommen. Eigentlich braucht ein einzelner Mensch nicht mehr als so einen Pott, ein Messer, eine Gabel und einen Löffel. Sich auf das Wesentliche reduzieren, verstehst du?« Edgar kramte aus der Kiste mit der Aufschrift *Küche* einen zweiten Becher, einen Teller, Messer, Gabel und Löffel sowie eine Schüssel hervor. »Wo was ist, siehst du ja.« Viel zu sehen gab es nicht. Tagsüber war Bruno fort. Wohin er entschwand, darüber ließ er sich nicht aus.

Dienstfahrt, das traf immer zu. Am Abend konnte es spät werden. Edgar zog sich, wenn ihm das Warten auf Brunos Nachhausekommen zu lang wurde, in das Zimmer zurück, das ihm Bruno zur Verfügung gestellt und als sein Arbeitszimmer deklariert hatte, wenngleich es darin nicht nach Arbeit aussah. Ein Schreibtisch aus einem Billigmöbelladen ohne jedwede Schreibutensilien, kein Computer, kein Telefon, geschweige denn ein Faxgerät oder gar ein Kopierer. »Das wird alles noch«, gab Bruno unaufgefordert als Erklärung von sich. Das einzige Schriftstück in diesem Raum: eine herausgerissene Zeitungsseite, beschwert mit einem Feldstein. In Fraktur schlug es Edgar entgegen: »Freies Land, freie Bürger«.

Edgar rührte das Blatt nicht an. Das wäre indiskret, dachte er. Auf dem Fußboden lag eine überdimensionierte Schlafmatratze, die die Luft nicht hielt. Vorsorglich hatte Bruno neben der Matratze eine Luftpumpe platziert. Wie oft er sich schon über das Ding geärgert habe, hatte er geäußert. Sollte ich aussortieren. *Das Ding*, das war die wabbelige Matratze mit zweifelhafter Stabilität. Es blieb beim Ärger.

Zwei-, dreimal kam Bruno in weiblicher Begleitung nach Hause, immer spät abends und immer bedacht, so wenig Geräusch als irgend möglich zu verursachen. Edgar bekam Brunos Begleitung nie zu Gesicht, daher konnte er auch nicht wissen, ob es sich um wechselnde Personen handelte. Er vermutete jeweils eine andere Frau, das glaubte er am unterschiedlichen Gekicher erkannt zu haben. Wenn er früh aufstand, waren die Frauen bereits verschwunden, wie vom Erdboden verschluckt. Woher kamen sie, wohin gingen sie? Kein Zuschlagen einer Autotür, kein Absatzgeklapper. Nur das Klack der Eingangstür sagte ihm, dass sie gegangen waren. Bruno schwieg sich über seine nächtlichen Affären aus, und Edgar sprach ihn hierüber nicht an. Beide taten so, als hätte es diese Nachtintermezzi nicht gegeben. Einmal nur fragte Edgar: »Bruno, warum heiratest du nicht?«

»Ich?«

»Wen könnte ich denn sonst gemeint haben?«

»Das ist nicht mein Ding. Familie und so. Kinderkacke? Nee!«

»Schon gut.«

»Nicht doch, Edgar. Nicht immer alles auf die Goldwaage legen. Meine Frauen sind nicht heiratbar. Sie sind es bereits, verheiratet. Was kann ich dafür, wenn deren Männer solche Dumpfbacken sind.«

»Das ist nicht dein Ernst.«

»Was denkst du wohl, was eine Frau tut, wenn sie viel allein ist? Auch ich weiß es natürlich nicht so genau, aber man kann Zeichen deuten.«

»Und das kannst du?«

Bruno lachte, winkte mit der Hand ab, schlug vor, eine Pizza in der Mikrowelle aufzubacken. »Ich habe da auch noch einen Italiener. Aus den Abruzzen.«

»Willst du so weiterleben?«

»Wie, so?«

»Na so, mit Mikrowellenpizza, Abruzzenwein und hin und wieder etwas fürs Bett.«

»Und du?«

Edgar schwieg.

»Ich brauche meine Freiheit.«

»Ein Küchenspruch«, sagte Edgar.

Schweigend saßen sie sich am Küchentisch gegenüber, schweigsam verzehrten sie die Billigpizza.

»Glaubst du nicht, dass nicht auch mich manchmal das heulende Elend plagt?«, brach Bruno beim zweiten Glas Abruzzen das Schweigen.

Das ist der Rotwein, dachte Edgar. Jetzt nur nicht sentimental werden. Zwei Männer, die sich am Küchentisch ihr Leid klagen, eine groteske Szene. Bruno und heulendes Elend, das passte doch ganz einfach nicht zu ihm. Er, der Tausendsassa, der Lebenskünstler, immer auf Draht. Frauen, an jedem Finger eine. Geldnot kannte er nie, eine Erbschaft hatte ihn pekuniär unabhängig gemacht. Seinen Vertreterjob stufte er selbst als das ein, was er für ihn war: ein Job, den er sportlich nahm. So komme er rum, habe Kontakt zu Menschen, zu denen er sonst nie in Kontakt käme, und wenn er will, könne er jederzeit seinen Hut nehmen. Doch wozu? Er müsse nicht in dieser Bude hier leben, er könnte sich ein Haus mieten oder kaufen. Hatte aber dennoch hervorgehoben, wie preiswert er hier lebe. Das ist doch einfach lächerlich, Bruno. Bist du ein Geizhals? Soll dein vieles Geld dich davor schützen, dein Leben gegen die Wand zu fahren? Bruno redete nicht über sein Vermögen, ein Tabu. Nur eines war sicher: es war groß. Sein Geld war der Stoßdämpfer, der Schild, der ihn vor der Unbill des Lebens schützen sollte.

Hin und wieder hatte er kleine Aussetzer, stieg in einem superteuren Hotel ab, ließ sich vom Personal ein paar Tage lang verwöhnen, kaufte sich teure Klamotten, die er dann nur zwei-, dreimal anzog, wenn überhaupt. Und hier in der Mittelstadt, und jetzt auf dem Dorf schon gar nicht. Am allerwenigsten die schicken Schuhe. Was man hier brauchte, waren Gummistiefel: Ach ja, Bruno, in diese Mentalität bist du reingerutscht: Gummistiefelmentalität. Dein Urlaub sind die schnieken Absteigen, von denen du noch ausgehöhlter zurückkehrst, als du hingefahren warst. Sich treiben lassen, ausspannen. Wovon spannst du aus, Bruno? Wo stellst du dort deinen alten Klapperkasten ab, diese Rostlaube von Auto? Aha, du fährst mit dem Taxi vor, so clever bist du dann doch. Ich hätte dir noch mehr entgegenzuhalten, Bruno, aber das tue ich nicht. Ein Freund tut das nicht. Edgar kappte seine Gedankengänge mit der Frage:

»Vielleicht sollen wir einfach abhauen von hier, alles stehen- und liegenlassen. Ausflippen. Wer will uns davon abhalten?«

»Und dann?«

»Wird sich zeigen.«

»Zu spät.«

»Jetzt schon? Ende dreißig, vierzig? Was heißt das schon?«

»Noch ein Schluck?«

Bruno schenkte nach, hielt die Flasche so, als wollte er sie ausdrücken, klopfte gegen den Flaschenboden, leckte den letzten Tropfen ab. »Mein Vater hatte es gewagt. Abgehauen, einfach so. Ich habe davon nie erzählt, es ändert ohnehin nichts an der Tatsache. So haben sie es nicht genannt, abgehauen. Mutter wusste Bescheid. Sie hatte gehofft, die Ehe damit retten zu können. Abstand nehmen, so nannten sie es. Danach würde alles wieder neu beginnen, jeder mit seinem eigenen, neuen klaren Kopf. Entfernung – als handle es sich um eine Kur, ein Wunderheilmittel, an das sie tatsächlich beide zu glauben schienen. Ziemlich naiv. Sie hatten nicht bedacht, dass Entfernung auch Entfremdung bedeutete. Sie hatten über keine Zeitspanne gesprochen. Sie hatte nichts gegen sein Vorhaben. Wäre er es nicht gewesen, der die Initiative ergriff, vielleicht hätte sie es getan. Doch da gab es ja dann auch noch mich. Also ging er. Wohin? Das blieb im Nebelhaften. Sie wusste nicht einmal, ob nah oder fern. Hin und wieder traf eine Karte mit Grüßen an sie und an mich ein, immer herzlich und immer mit dem Nachsatz: Ich vermisse euch. Dass ich nicht lachte! Damals glaubte ich noch an Worte. Was mir gesagt wurde, das galt. Ob Lob oder Tadel, ob Wahrheit oder Lüge. Am schlimmsten waren die Halbwahrheiten. Warum war er nicht hier, wenn er uns vermisste? Solche Fragen stellte man sich nur als Kind. Der Kopf und, wenn du willst, auch das Herz, waren noch unbeschriebene Blätter. Sie hatte sich alle Mühe gegeben, sich nichts anmerken zu lassen. Ich bekam alles, was ich nur haben wollte. Glaube mir, es war nicht schön, sich als Kind mit Dingen, wie etwa aus dem Kaufhaus, nach Belieben bedienen zu können. Kaum gesagt, schon bekommen. Es sollte mir an nichts fehlen.

Sie konnte mit Geld nicht umgehen, was sie von ihren Eltern geerbt hatte, war zu viel für sie. Vielleicht glaubte sie, die Welt geerbt zu haben. Die Welt, das waren denn auch immer mehr Schnapsflaschen, nur gute Sorten, kein Fusel. ›Edle Tropfen‹ nannte sie den Flascheninhalt. Und was edel war, war auch gut. Das glaubte sie, und auch ich glaubte das. Dass ich mich aber nur nicht daran vergreife. ›Kannst alles haben, Schatz, aber die Tropfen sind nur für deine Mutter.‹ Ich hielt die Tropfen für so eine Art Medizin, und ich bekam auch mit, dass sie sich nach der Einnahme der Medizin besser fühlte. Ihr Gesicht hellte auf, manchmal sang sie sogar, trällerte alles, was ihr in den Sinn kam. Frivoles und Arien. Das war mal ihr Traum: Sängerin auf einer großen Bühne. Sie träumte von rauschendem Beifall, von Blumen, die man ihr auf die Bühne zuwarf, von Verehrern, Männern von Welt und Geschmack. Sie hatte in ihren jungen Jahren sogar ein paar Stunden Gesangsunterricht genommen, ob mit Erfolg, weiß ich nicht. Ich denke eher, es war ihr zu mühselig, sich durch die Welt der Töne zu arbeiten. Mag sein, sie hatte geglaubt, das Geld würde es schon richten. Sie versank mit den Jahren in eine Welt, die nicht hielt, was sie sich davon ersehnt hatte: ein Leben als Fest der Sinne. Das Leben ein Rausch, den sie dann in ihren edlen Tropfen fand.«

»Also bleiben wir doch besser gleich hier. Der Ort macht ohnehin keinen Unterschied.«

»So ist es«, konstatierte Bruno mit schwerer Zunge. Seine Augen überzog ein glasiger Schimmer, er fuhr sich mit der Hand über die Stirn, was aussah, als wolle er lästige Spinnweben fortwischen. Eine Flasche habe er noch, schlug Bruno vor. Edgar wehrte ab. Er müsse mal nach dem Rechten sehen, heute noch.

»Es ist schon dunkel«, versuchte Bruno ihn zurückzuhalten. »Du bist verrückt.«

Edgar griff nach seiner Jacke, wühlte in den Taschen nach dem Autoschlüssel, sagte: »Bis gleich«, und verschwand.

17

Abermals stand sie in der Schwärze der Nacht mit der brennenden Zigarette allein vor ihrem Haus. Edgar erkannte sie schon von weitem, er verlangsamte die Fahrt, er spürte, dass sie sein Näherkommen beobachtete. Hatte sie auf ihn gewartet? Er verwarf diesen Gedanken. Woher sollte sie schließlich wissen, dass er ausgerechnet zu dieser Stunde zu seinem Hause zurückkehren würde? Ging sie nicht jeden Abend um diese Stunde vor die Haustür, um die letzte Zigarette des Tages zu rauchen?

Er parkte im Carport ein, schaltete die Lichter ab, blieb noch geraume Zeit im dunklen Auto, das wie alle Gegenstände um ihn herum von der Schwärze der Nacht eingehüllt war, sitzen. Er legte seine Arme über das Lenkrad, legte seinen Kopf auf die gekreuzten Arme und verharrte in dieser Stellung einige Minuten lang. Er gab sich alle Mühe, ein Geräusch auszumachen, lauschte in die Nacht hinein. Er erging sich in der Vorstellung, seine Ohren seien ausgefahren wie zwei riesige Parabolspiegel, deren Antennen Signalen aus dem All auflauerten, und wenn schon nicht aus dem All, dann doch wenigsten aus der Stadt, von der Straße, vom Haus nebenan, von irgendwem, von irgendwas, egal, Hauptsache ein Signal. Er schreckte hoch, glaubte, Schritte vernommen zu haben, ein schleichendes Trippeln, ein Vorüberhuschen.

Er wendete seinen Kopf nach hinten. Jemand klopfte gegen die Heckscheibe. Er ließ die Scheibe am Fahrersitz herunterfahren.

»Ich dachte schon, es sei etwas passiert. Ich habe Sie nicht aus dem Auto herauskommen sehen. Entschuldigung.«

»Nein, nein, alles in Ordnung. Ist Ihnen nicht kalt?«

»Meine Abendzigarette, mein Betthupferl.«

»Wäre es nicht so unwirtlich im Haus, würde ich Sie hereinbitten, zum Aufwärmen. Ein Tee, vielleicht ein Gläschen?«

Ohne auf seine Worte zu reagieren, folgte sie ihm, schlüpfte durch die Tür ins Haus, ging zielgerichtet auf das Wohnzimmer zu, schaltete das Licht ein.

»Eine Baustelle, wie das Leben so ist«, sinnierte er.

Die Wand zum ehemaligen Kinderzimmer war herausgerissen. Die anderen Wände zierten Reste einer Tapete mit lustigen Teddybären und bunten Luftballons, Fetzen, die sich beim Herunterreißen nicht von selbst lösen wollten. »Da muss mit Tapetenlöser drübergegangen werden«, erklärte er.

Sie nickte. Der Fußboden war mit Plastikplanen bedeckt, die bei jedem Schritt knisterten, verrutschten und Wellen schlugen. Stolperfallen für die Füße. Die Möbel waren in der Wohnzimmermitte zu einem arbiträren Haufen zusammengeschoben. Es roch nach Mörtel, feuchtem Verputz, abgestandenem Schweiß.

»Noch eine Woche«, sagte er.

Von der Decke herab leuchtet eine nackte Glühbirne den Raum aus, das Licht warf scharfe Schatten.

Edgar fühlte sich ungelenk. Er befreite seinen Lieblingssessel von der knittrigen Folie, machte eine einladende Geste, holte aus der Küche einen Stuhl und platzierte sich darauf rücklings ihr gegenüber inmitten all des Tohuwabohu. So zierlich sie auch war, füllte sie doch mit ihrer Gestalt den gesamten ausladenden Sessel. Sie hatte die Schuhe abgestreift, hielt die Beine untergeschlagen, ihren Kopf hielt sie schräg gegen die hohe Lehne geneigt. Eine Katze, dachte Edgar. Als hätte sie seine Gedanken erraten, richtete sie sich auf und legte mit der Geste eines braven verschüchterten Mädchens ihre Unterarme auf die Sessellehne. Seinen Vorschlag, ihr irgendeinen Aufwärmer zu offerieren, schien er vergessen zu haben.

In ein paar Tagen fahre sie nach Brandenburg, teilte sie mit. Es sei dort noch einiges zu erledigen. Vor allem Amtliches.

Edgar nickte verständnisinnig, machte sich aber über das Amtliche keine Gedanken. Was sollte das schon sein? Kaufvertrag, Ummeldungen, Abmeldungen. Vielleicht auch ein letztes Foto als Erinnerung an verflossene Zeiten. Sentimentalitäten, die Jahre später mit verklärtem Blick aus der Vergessenheit hervorgekramt werden.

»Und Sie?«

»Sie sehen ja.« Edgar machte eine ausladende Geste.

»Und nach der Baustelle?«

»Habe ich an mir zu bauen.«

Wieder dieses maliziöse Lächeln. »Später einmal werden Sie mir von sich erzählen. Nachbarn sollten sich kennen.« Übergangslos fügte sie hinzu: »Hauptsache, der Motor springt an.«

Ausflippen, Bruno mit mir, eine groteske Vorstellung, schweiften seine Gedanken zurück. Bruno, das ewige Kind. Und das verwöhnte Kind. Er könnte es sich leisten, einfach ins Flugzeug zu steigen und ab ginge es ins Unbekannte. „Nur mal so", wie er so gern zu sagen pflegte. Landen in einem fremden Land. Doch egal, wo das sei, jede Landung wäre für ihn eine Bauchlandung. Bruno wusste das, und deshalb würde er dableiben, wo er ist. In dieser Hinsicht war auf Bruno immer Verlass.

»Ja«, sagte er, »der Motor."

Als sie fort war, streifte Edgar auf der Suche nach einem Absacker durchs Haus. Er kannte die Richtung, wo er suchen musste.

18

Johanna beschied, die Sache verzögere sich, bei den Stuckateuren gäbe es Ausfälle. Krankmeldungen. Und darauf habe sie natürlich keinen Einfluss. »Sorry.«

Sorry, sorry, sorry, er konnte dieses Wort nicht mehr hören. Wütend knallte er das Handy auf den Tisch.

Plötzlich fand er Brunos Notunterkunft abstoßend, ja geradezu bedrohlich. Eine Zumutung. Die schlaffe Luftmatratze, ein wackliger Stuhl, Kleiderbügel aufgereiht an einer Stange, die notdürftig zwischen Wand und Aktenschrank ohne Akten eingeklemmt war und die jeden Moment abzustürzen drohte. Bruno war nicht im Hause, und wie immer wusste Edgar nicht, wo er sich gerade aufhielt. »Ihr Gesprächsteilnehmer ist zurzeit nicht erreichbar.« Das hast du fein raus, Bruno. Zurzeit kann eine sehr lange Zeit sein. Er hinterlegte einen Zettel auf dem Küchentisch: *Bin ebenfalls zurzeit nicht erreichbar, melde mich später. Edgar.*

Über seinen Verbleib ließ er ihn im Ungewissen, ein kleiner Widerpart für Brunos Unerreichbarkeit.

Um Feldbostel schlug er einen großen Bogen, somit vermied er es, am Unfallort vorbeizufahren. Von den Dörfern, durch die er kam, kannte er einige nur vom Namen her. Was ging ihn Bachrode an, was Ehrbringen? Sein Blick war auf das blaue Autobahnhinweisschild gerichtet: *Berlin*. Und wie weiter? Erst jetzt, während er fuhr, fiel ihm ein, dass er nichts Konkretes vor Augen hatte. Und anzunehmen, er würde rein zufällig seine neue Nachbarin irgendwo unterwegs antreffen, war einfach aberwitzig.

Brunos Mutter, erinnerte Edgar sich, war hin und wieder in die Mark gefahren, so hatte er es ihm erzählt. Sie hatte dort eine Tante, eine vereinsamte Frau ohne weitere Angehörige, um die sich sonst niemand kümmerte. Deren Mann war schon vor Jahren verstorben, Kinder hatte die Ehe nicht hervorgebracht. Pflegestufe eins. Na ja, das gehe noch so leidlich, hatte Brunos Mutter konstatiert. Aber das große Haus, das große Grundstück. Eins-A-Lage im Einzugsbereich von Berlin, da sollte man nicht klagen. Die Grundstückspreise erreichten schwindelerregende Höhen. Haus mit Seeblick, in einer Gegend, in der früher – wobei mit *früher* eine weit in die Zwanziger- und Dreißigerjahre zurückreichende Zeit des zwanzigsten Jahrhunderts gemeint war –, Größen aus Film und Sport ihre Vermögen in den märkischen Sand setzten: Häuser mit Personal. Ansonsten werde die Tante immer schrulliger, bringe die Wochentage durcheinander, verwechsle das Pflegepersonal, doch das sei ja auch kein Wunder, wo doch auch das Personal – nicht mehr die Art von Personal aus entschwundener Zeit – immerzu wechsle. Was nur solle werden, wenn sie in die nächsthöhere Pflegestufe käme, hatte Bruno vor Edgar geklagt, als ginge es auch ebenfalls um eine ferne Angehörige von Edgar. Bruno selbst kannte diese Tante seiner Mutter, seine Großtante, nur in der Übermittlung als Pflegestufe. Aber betucht, das war sie schon. Eigentlich könne sie sich alles Personal (wieder dieses Wort, mit dem man sich eine Handbreit vom Rest der Welt abhob) dieser Welt leisten, hatte seine Mutter gesagt. Doch das wollte sie nicht. Wer das nicht wollte, ob seine Mutter, ob seine Tante, war aus dieser Aussage nicht herauszuhören.

Als die Tante starb, war miteins Brunos Mutter die Betuchte, und nach deren frühen Tod landete das gesamte Vermögen auf seinem Konto. Reichsein fühle sich nicht gut an, hatte Bruno nonchalant von sich gegeben. »Soso« oder ähnlich hatte ich wohl reagiert, worüber Bruno etwas verwundert den Kopf geschüttelt hatte. Jetzt nicht mehr Haus am See, jetzt eine kleine Mietwohnung in einem Dorf an der Preene.

Mit derlei Gedanken strebte Edgar seinem imaginären Ziel entgegen.

In einem Dorf mit einer baufälligen Kirche, einem frisch herausgeputzten Gemeindezentrum mit Türmchen und Vor- und Anbauten, in deren Nischen sich Tauben niedergelassen hatten, stellte Edgar sein Auto ab – zum einen, um sich die Beine zu vertreten, zum anderen auf der Suche nach etwas Essbarem, um seinen knurrenden Magen zu beruhigen. Mittagszeit. Der Bäcker hatte bis vierzehn Uhr geschlossen, noch eine halbe Stunde, registrierte Edgar.

Die einzige Gaststätte war ebenfalls zu. *Heute Ruhetag,* verkündete ein Schild an der Eingangstür. *Heute,* das kann ebenso auch morgen oder übermorgen sein, die Nennung eines Wochentages unterschlug das Schild. Er blieb vor der Sparkassenfiliale stehen, und da er nichts mit der verbliebenen halben Stunde bis zum Aufschluss des Ladens mit TÄGLICH FRISCHES BROT und FEINE BACKWAREN anzufangen wusste, verweilte er vor den Schaukästen und studierte die Verkaufsofferten: Einfamilienhäuser, Baugrundstücke, Gewerbeflächen. Er wunderte sich über die niedrigen Preise. Für sein Haus am Stadtrand von Flensburg bekäme er hier zwei Häuser, wenn nicht gar mehr. Die Menschen verscherbeln ihr Hab und Gut, um von hier wegzukommen. Das Spiel mit dem Gedanken, sich von dem Überangebot etwas für sich Passendes auszusuchen, bereitete ihm Vergnügen. Oft schienen ihm die Grundstücke zu groß, er dachte an die praktische Seite: Gartenpflege, der große Rasen. Andererseits wiederum der viele Platz, der Nachbar sitzt nicht gleich mit am Esstisch. Und die große Freiheit drumherum. Die einsturzgefährdete Kirche kümmere ihn ohnehin nicht, ein schmückendes Element im Dorfbild, mehr auch nicht. VON PRIVAT. HAUS MIT GRUNDSTÜCK IN UNBERÜHRTER NATUR. Das ist es. Er notierte sich die Telefonnummer des Eigentümers. Nach dem Bäcker schaue ich mir das an, nahm er sich vor. Ossenweg. Er gab die Straße und die Hausnummer in die Suchmaschine ein.

Nur einige hundert Meter von diesem Standort, ich werde zu Fuß hingehen, macht einen bescheideneren Eindruck, klar doch, dachte er. Er wählte die auf dem Angebotsschild angegebene Nummer.

»Schrader.« Ja, er könne sich das ansehen, wann immer es ihm passe.

»Heute noch? Gleich?«

Herr Schrader stockte. »Gut«, stimmte er zu, »in einer Stunde, um vier hat sich ein weiterer Interessant angemeldet. Also dann bis später.«

Die Hausfassade hielt nicht ganz das, was die Offerte versprach. Aber das ist nicht ausschlaggebend, sagte sich Edgar, und angucken ist immer noch kostenlos und unverbindlich.

Wie er denn auf ihn verfallen sei, wollte Schrader wissen. Ach so, der Aushang neben der Sparkasse. Sollten die mal wegnehmen. Wenn man sich nicht um alles selber kümmere.

»Schön haben Sie es hier«, lobte Edgar.

»Schön, ja, aber die Beine«. Schrader lüpfte sein rechtes Hosenbein. Edgar fühlte sich peinlich berührt.

»Der Preis?«

»Ich bin schon sowas von runtergegangen«, versicherte Schrader.

Hatte er vergessen, das Hosenbein wieder runterzustreifen? Sein Wadenbein war bis zum Knie von einem Stützstrumpf umhüllt. Um diesem Anblick auszuweichen, richtete Edgar seine Augen starr auf Schraders Gesicht.

»Aus Flensburg«, konstatierte Schrader und kniff misstrauisch die Augen zusammen. »Liegt ja auch nicht vor der Haustür.«

»Was spielt das für eine Rolle«, entgegnete Edgar.

»Vielleicht sollte ich es doch einem Makler übergeben. Hier wäre einiges zu machen. Das Dach ist in Ordnung, die Heizung - na ja. Vielleicht auf Dauer die Fenster und die Küche. Ansonsten ist alles in Schuss. Ich zeig es Ihnen, kommen Sie, sehen Sie sich um.«

Sie streiften durchs Haus. Edgar registrierte eine säuerliche Duftwolke, die sich durch sämtliche Räume zog. Seine Nase forschte nach der Quelle, aber die Intensität war in allen Räumen gleich. Vielleicht roch es aus dem Zimmer, wo Schrader sein Bett aufgestellt hatte, etwas intensiver. Er ließ ihn auch nur einen kurzen Blick in diesen Raum gewähren, räusperte sich und sagte: »Es fehlt eine Frau.« Er überließ es Edgar, diese Aussage zu interpretieren. Schrader griff nach seinem Hut.

»Und das hier ist das Grundstück«, setzte er fort, als sie in den Garten hinaustraten. Zwei, drei Apfelbäume, Beerensträucher, Rhabarber, ein Gemüsebeet, keine einzige Blume, überall hatte der Giersch sich Raum verschafft. »Ich packe das nicht mehr«, versuchte er zu erklären. »Früher, ja da...« Er kratzte sich am Hinterkopf. »Wenn man nur noch so vor sich hinlebt und vor sich rumwurschtelt und wartet und wartet. Worauf schon kann man noch warten nach so vielen Jahren? Viele? Was heißt das schon. Eine Zahl, mehr nicht. Ist fünfzig eine große Zahl? Oder sechzig, siebzig, achtzig? Das geht ja heute immer weiter nach oben. Neulich habe ich von diesem Schauspieler gelesen, na sie wissen schon, diesem Altcasanova, ich komme nicht auf den Namen, der war weit über die Hundert. Wollen Sie das?« Er fixierte Edgar mit zusammengekniffenen Augen. »Sie haben keine Antwort darauf, dachte ich mir. Wissen Sie, wie meine Frau sich verabschiedet hat? Dumme Frage, können Sie nicht wissen. Sie hat sich verabschiedet mit allem Drum und Dran. Blumen auf dem Tisch, Kerzen, das gute Geschirr, und das mitten in der Woche. Vom Essen hat sie nur genippt. Ein Gläschen, nur eines, ein ganz kleines, und schon kriegt sie diesen Anfall. Ihr wird übel, sie muss sich übergeben, kam dann wieder an den Tisch zurück, sagte nichts, und auch ich sagte nichts, als wäre nichts gewesen. Doch dann sagte sie: ›Iss nur, du mit deinem gesunden Appetit.‹ Und dann legte sie sich hin und wachte nie wieder auf.«

Er blieb stehen, schob sich den Hut tiefer ins Gesicht, klagte: »Diese Hitze.«

Edgar beobachtete, wie er das linke Bein, das mit dem Strumpf, beim Gehen nachzog. »Drei Frauen«, setzte Schrader wieder zu sprechen an. »Und immer ist die letzte die erste. Immer hält man nach der Ausschau, die so ist, wie es die erste war. So sind wir nun mal, wir Männer. Ist wie mit den Strickjacken, man kauft immer wieder nur das, was man schon vorher hatte. Nur nichts Neues.«

Edgar fand den Vergleich von Frauen zu Strickjacken peinlich, hielt sich aber mit einer Entgegnung zurück. Muss man alte Leute gewähren lassen? Macht Alter, macht vielleicht auch Erfahrung reizbar?

Als hätte Schrader seine Gedanken erraten, sagte er: »Die ganzen Erfahrungen, die ich gemacht habe, kann ich alle in die Mülltonne werfen. Braucht kein Mensch. Stellen Sie sich vor, wie viele Millionen Menschen es gibt auf der Erde, und jeder macht seine Erfahrungen. Jeder Einzelne häuft einen Berg an Wissen an, und jeder glaubt, er sei damit besonders klug. Das muss ich doch weitergeben, an meine Kinder und deren Kinder und so weiter, und wenn keine Kinder da sind, dann findet sich schon jemand, dem ich das alles aufladen kann, jemand, der so tut, als brauche er den ganzen Schrott, wer weiß, irgendwann findet das eine oder andere doch noch seine Verwendung. Und wenn nicht? Was dann? Genau das tut er, wie ich schon sagte: Wirft alles in die Tonne. So sammelt jeder seine eigenen Erfahrungen, bis auch sie mülltonnenreif sind. Damit schließt sich der Kreislauf. Jeder sein eigener Sisyphos.«

Ich habe genug gesehen, dachte sich Edgar. Vielleicht ahnte Schrader schon, dass auch ich sein Haus nicht kaufen werde. Das muss er mir doch an der Nasenspitze ansehen.

Aber Schrader gab nicht auf: »Ideal für eine Familie, hier können die Kinder rumtoben. Viel Platz zum Grillen. Machen doch heutzutage alle, sogar im Winter. Sie haben doch Familie?«

»Ja«, log Edgar.

»Dachte ich mir. Aber das muss ich Ihnen noch zeigen, zeige ich nicht jedem, doch Sie … Kommen Sie mit.«

Sie betraten wieder das Haus, rechter Hand hinter der Eingangstür war der Zugang zum Keller. Bevor sie weitergingen, bekannte er: »Zu Ihnen habe ich Vertrauen. Warum? Ist so ein Gefühl. Bauchgefühl. Aber ist ja auch egal. In meinem Alter.« Schrader schaltete das Licht zur Kellertreppe ein. »Kommen Sie, nur weiter«, redete er ihm zu, als er Edgars Zögern bemerkte. »Hier habe ich meine kleine Sammlung, mein Museum sozusagen. Wenn jemand das Haus kauft, muss ich vorher alles entfernen. Wohin nur damit? Vorsicht, dass Sie nicht stolpern. Moment, ich muss das mal wegräumen.« Er schob einen prallvoll gefüllten Sack beiseite. »Das alles habe ich mal getragen. Heute reichen Hemd und Hose.«

Im Kellergewölbe roch es muffig und säuerlich wie auch in allen anderen Räumen des Hauses. »Eigentlich darf das ja keiner sehen«, geheimniste Schrader. In einem anderen, dem größeren Raum betätigte er einen Schalter. Wie in einem Kinosaal tat sich an der gegenüberliegenden Wand ein dunkelroter samtschwerer Vorhang auf. Als das Licht den Raum ausleuchtete, prallte Edgar zurück. »Das haben die Russen damals nicht gefunden. Haben zwar das Haus durchsucht, aber nur halbherzig. Das ist *er*! Na, was sagen Sie dazu? Wer hat denn heutzutage noch so ein Bild? Stammt aus der alten Bürgermeisterei, hing in der Amtsstube des Dorfführers. Ganz schön groß, finden Sie nicht auch? Aber der Bürgermeister war ja auch so ein Großkotz. Machen Sie, was Sie wollen, ich komme von diesem Bild nicht los. Das sitzt! Hier hinten im Kopf, da steckt es drin, hat sich dort eingenistet. Abrufbar.« Schrader beklopfte mit der Faust seinen Schädel. »Was der nur angerichtet hat! Dämonen lassen sich nicht austreiben. Glauben Sie mir, ich habe es versucht. Da ist es doch gleich besser, man hat ihn vor Augen, so direkt, wie er leibte und lebte. Wir waren von dem da wie besessen. Ich habe schon oft darüber nachgedacht, wie es wäre, wenn ich das Bild verschwinden ließe. Geht doch ruckzuck, und ab in den Müll. Aber ich packe es einfach nicht. Aus den Augen, aus dem Sinn? Wenn das so einfach wäre. Und wer weiß, ob er nicht doch noch einmal zu Ehren kommt, da bin ich mir nicht so sicher. Mein Gott, wie jung ich damals war, fast noch ein Kind. Steckt ja nicht nur in *meinem* Kopf fest. Dann wäre ich mit diesem Bild der Zeit voraus. Schon allein, wenn man bedenkt, was alles so unerledigt geblieben ist. Forsch sieht er ja aus. Dieser Blick, so geradeaus. Und Chancen hatte der bei den Frauen, hätte an jedem Finger eine haben können. Auch meine Frau hat gesagt: ´Mit dem hätte ich mal gern mein Taschengeld vernascht´. Hat übrigens auch meine Mutter gesagt, wie das so vererbt wird von Generation zu Generation. Aber dann? Diese Eva, ein Duddelchen.« Schrader hatte sich in Rage geredet. Ob er denn noch seine Samm-

lung sehen wolle, fragte er. »Nein? Dachte ich mir.«
Edgar sah, wie er mit zittriger Hand wieder auf den
Knopf drückte, womit sich der Vorhang schloss.

»Bleibt unter uns«, beschwor er, als sie den Keller
verließen.

Es war mittlerweile weit nach vier Uhr geworden,
der andere Interessent hatte sich nicht eingefunden.
Erst jetzt krempelte Schrader sein rechtes Hosenbein
runter. Edgar schien es, als hinke er jetzt weniger.

»Also, wenn Sie wollen, meine Adresse haben Sie
ja. Wenn ich es zum Makler gebe, wird's teurer«.

Edgar kämpfte gegen den bitteren Geschmack,
der sich auf seiner Zunge festgesetzt hatte. Dagegen
half auch der Schokoladenriegel nicht, den er sich
nach der Besichtigung bei Schrader im inzwischen
geöffneten Tante-Emma-Laden gekauft hatte.

Er wendete und fuhr dieselbe Strecke, auf der er
gekommen war, wieder zurück. Diesmal ohne Um-
wege, direkt zu seinem Haus.

19

Die Haustür stand sperrangelweit offen, über das Wohnzimmerfenster dröhnten stampfende Bässe aus dem Baustellenradio. Die beiden Arbeiter hatten sein Reinkommen nicht bemerkt. Nach einer Weile wendete einer von den beiden den Kopf. »Sie dürfen hier nicht so einfach rein.«

»Die Tür sagt etwas anderes«, entgegnete Edgar.

»Was wollen Sie?«

»Hier übernachten. In meinem Haus.«

Der eine von den beiden stutzte, Edgar sah das Misstrauen, welches sich im Grau seiner Augen widerspiegelte. »Kann man ja nicht wissen. Was sich heutzutage so alles rumtreibt.«

Edgar schwoll der Hals über so viel Dreistigkeit. Er erwiderte nichts, atmete tief durch und dachte: Wenn ich denen Paroli biete, kommen sie vielleicht nicht wieder. Er schluckte die aufsteigende Verärgerung runter. Besser so, als auf einer Dauerbaustelle leben zu müssen.

Einer der Männer stellte das Radio auf Zimmerlautstärke. »Nächste Woche sind wir fertig«, bekundete er. »Donnerstag, Freitag. Der Verputz bindet nicht so, wie er soll. Altes Gemäuer, da kann man nichts machen.«

»Es ist schon spät«, stellte Edgar fest. »Geht auf sieben.«

»Um sieben ist Schluss.«

Punkt sieben packten sie ihre Sachen und verschwanden geräuschlos und grußlos. Donnerstag, Freitag …, überschlug Edgar. Und dann noch der Maler. Er ließ sich auf dem Sofa nieder, von dem er sich auf gar keinen Fall trennen wollte. Er hüstelte, und er lauschte dem Hall hinterher, den sein Hüsteln verursacht hatte. In diesem Moment muteten ihn die in der Zimmermitte zusammengeschobenen Möbel wie eine Bedrohung an: Ich hätte das alles hier nicht tun sollen. Luise wäre entzückt, klammheimlich hatte sie sich immer Veränderungen gewünscht, und jetzt hätte sie diese, doch jetzt ist es für sie zu spät.

Der hereinbrechende Abend tauchte das Zimmer in ein Halbdunkel, auf der Wand ihm gegenüber spiegelte sich die Möbelpyramide schemenhaft im feuchten Grau: Wenn ich jetzt losheule, höre ich nie mehr auf. Er presste seine Fäuste gegen die Stirnwände, eine Zwinge, die dem Druck von innen widerstehen sollte. Der Schmerz verflüchtigte sich in kleinen Schüben, sein Atem beruhigte sich. Er lüftete die Plastikverhüllung von der Anrichte, füllte das Schnapsglas so voll, dass es überschwappte und schlürfte es mit gespitzten Lippen halbleer. Mit einem energischen Ruck kippte er den Rest hinunter und fiel aufs Sofa zurück.

Die einsetzende Mattigkeit führte ihn in einen Schlaf hinüber, aus dem er erst erwachte, als das

Haus im völligen Dunkel lag. Er schaltete die nackte Glühbirne an und blickte sich um, als befände er sich in einem fremden Raum, einer fremden Umgebung, hingeworfen wie ein Stück Treibholz an einem fernen Strand. Kopfschüttelnd schlich er die Treppe hinauf zu seinem Bett.

Punkt sieben Uhr weckte ihn das Stampfen aus dem Baustellenradio. Jemand pfiff zur Melodie, die Toilettenspülung wurde bedient, ein Eimer schepperte.

»Ich dachte, Sie machen Spaß«, wunderte sich der eine der beiden Bauarbeiter. »Haben Sie tatsächlich hier übernachtet? Hier, auf der Baustelle?«

Edgar erblickte hinter dem Sofa ein kleines Papierknäuel. Jetzt erinnerte er sich. Er hob es auf, entknitterte die kleine Kugel, las nochmal: *K., nicht vergessen!*, und die Handynummer. Er wendete das Stück Papier in seinen Händen hin und her, als suche er nach einer weiteren Information, als hätte er beim ersten Mal Lesen nur einen flüchtigen Blick darauf geworfen. Er legte das Papier auf den Tisch und beschwerte es mit dem Schnapsglas. Dann wählte er die Telefonnummer. – Kein Signal, auch keine Stimme, die ihm sagte, dass der Teilnehmer zurzeit nicht erreichbar sei. Mit dem stummen Telefon in der Hand saß er unschlüssig auf dem Sofa. Er überlegte, was er unternehmen sollte. Er hatte Bruno seine Unerreichbarkeit signalisiert und hielt es für unmöglich, nach so kurzer Zeit einfach so mir nichts, dir nichts wieder bei ihm aufzukreuzen.

Wenigstens zwei, drei Tage sollte ich auf dieser Baustelle ausharren. Sollte ich mich nicht doch nach neuen Möbeln umsehen, wie Johanna gesagt hatte? Außerdem muss ich die E-Mails durchforsten, den Schrott löschen, die Dringlichkeiten aus der Post abarbeiten, überlegte er. In seinem Arbeitszimmer ging ihm das angewählte stumme Telefon nicht aus dem Kopf, und er ahnte, er würde erst dann wieder zur Ruhe kommen, wenn er es geschafft habe, herauszubekommen, wer K. ist oder war, wer sich hinter der Handynummer verborgen hielt. Allein würde er es nicht schaffen: Aber noch zwei Tage, Bruno, dann klären wir das. Von so etwas hast du mehr Ahnung.

Noch zwei Tage dieses dröhnende Radio, die werde ich durchstehen. Wo eigentlich steckt Johanna?

Am nächsten Tag tauchte sie wie aus dem Nichts auf. »Das sieht doch schon ganz gut«, fand sie und durchschritt mit klappernden Absätzen das Zimmer. »Anfang nächster Woche kommt der Maler. Weiß?«

»Ja«, antwortete er, »weiß.« Obwohl er sich darüber noch keine Gedanken gemacht hatte. Auch über eine Neuanordnung der Möbel hatte er noch nicht nachgedacht. Und eigentlich war es ihm egal, was wo stehen würde. Immer öfter hegte er Zweifel, ob er sich mit der Erneuerung würde arrangieren können. Es war nicht mehr sein Zimmer, es war Johannas. Es passte ihm nicht, dass sie sich in seinem Hause bewegte, als wäre sie hier eingezogen. Sie hatte den Schlüssel, schön und gut, aber vor allem für die Bauleute. Streifte sie in seiner Abwesenheit auch durch die anderen Räume? Sie stellte ihm Fragen, auf die es keine Antwort gab: »In welcher Zeit würdest du leben wollen? Welchen Beruf würdest du ergreifen, hättest du eine zweite Wahl? Was, wenn du eine Million gewönnest?« Kinderkram, Fragen, die in eine Talkrunde gehörten. Und wohl eher Fragen, die sie sich selbst stellte und deren Beantwortung sie sich schuldig blieb. Ihre permanenten Anspielungen auf sein Alleinsein: Nein, Johanna, es gefällt mir nicht, so zu leben. Aber mit dir, Johanna, gefiele es mir noch weniger. Da hilft keine knallenge Hose, da helfen auch keine klappernden Absätze.

»Ende nächster Woche«, beteuerte sie. »Spätestens«.

Nächste Woche würde der endgültige Schnitt vollzogen sein. Er wusste nicht, ob ihm davor grauste oder ob er sich auf die neue Situation freuen sollte. Nicht einmal mehr die Wände würden ihn an das bisherige Zuhause erinnern. Hier auf diesem Sofa, in der rechten Ecke, hatte sein Vater gesessen, schweigsam, dumpf, versunken in Gedanken an die Frauen, bei denen er Befriedigung gefunden hatte. Seine Mutter in der linken Ecke. Schweigsam auch sie. Hin und wieder stieß sie verhaltene Seufzer aus, fragte nach langen Schweigeminuten, ob sie ihm vielleicht etwas bringen solle. Ein Bier? Und da sei auch noch eine angefangene Flasche Wein, Mosel, den er doch so liebe? Vater winkte ab. Es gelüstete ihm nach Hochprozentigem, doch das verkniff er sich, um sie nicht zu reizen. Nur das nicht, nur keine Reizwörter, das brächte sie auf die Palme. Der Frieden musste doch gewahrt bleiben.

Manchmal, auf diesem Sofa sitzend, platzierte sein Vater eine Hand in der Hosentasche und kraulte selbstvergessen seinen Hodensack. Seine Mutter tat, als bemerke sie es nicht. In solchen Momenten entsann sie sich ihrer Nase, musste an sich halten, um nicht der Versuchung zu erliegen, sie zu befummeln.

Auch zu dem Mann mit dem Hut schweiften Edgars Gedanken auf diesem Sofa ab. Wie oft er darüber schon nachgesonnen hatte. Manchmal hatte er sich vorgestellt, sein Vater wäre in diese nächtliche Affäre am See verwickelt gewesen. Ein grotesker Gedanke, doch Gedanken gehen ihren eigenen Lauf.

Luise hatte dieses Sofa gemieden. Und wenn sie schon mal drauf Platz nahm, dann stets wie sprungbereit in einer der äußersten Ecken. Jetzt, da es Luise nicht mehr gab, könnte er das Sofa doch weiterhin dort belassen, wo es immer schon gestanden hatte. Erinnerungen machten sich an Gegenständlichem fest. Was sonst war ihm geblieben?

So plötzlich, wie Johanna erschienen war, so plötzlich war sie wieder verschwunden. »Wo mir nur der Kopf steht!«, klagte sie beim Hinausgehen.

20

Zwei Tage später war er wieder bei Bruno. Bruno wirkte aufgeräumt, auch ein wenig fahrig. Es hielt ihn nicht lange auf seinem Sitz, und wenn er saß, war er über sein Laptop gebeugt. Seine Finger flogen über die Tastatur wie aufgescheuchte Vögel. »Das ist es!«, stieß er aufgeregt hervor, ohne sich näher zu erklären. Edgar fragte nicht. Er schlug vor, heute mal gemeinsam etwas zu kochen. Nicht immer alles aus der Retorte. »Das ist gut«, stimmte Bruno zu. Am späten Nachmittag standen sie bei ihm in der Küche, Bruno hatte sich ein Geschirrtuch um die Hüften geschlungen, was Edgar albern fand, was er aber nicht kommentierte.

»Wo warst du eigentlich die Tage?«, fragte Bruno.

»Im Brandenburgischen«.

»Da werde ich auch demnächst hinfahren. Wir haben dort eine Gruppe. Gute Leute.«

»Wer ist *wir*?«

»Ach Edgar, das ist eine lange Geschichte.«

»Und du glaubst, dass ich sie nicht verstehen könnte?«

»Ja, nein, doch, schon, vielleicht könntest du. Aber es gibt bei den Bürgern im Land noch viele Vorbehalte. Kein Wunder, bei der Gehirnwäsche, der sie ständig ausgesetzt sind. Das wirkt und das prägt nachhaltig. Wir haben uns vorgenommen, damit endlich mal aufzuräumen. Die Wahrheit muss ans Licht.«

»Welche Wahrheit?«

Bruno schwieg.

»Wir haben uns nie etwas vorgemacht, Bruno.«

»Und dabei soll es auch bleiben. Habe Geduld, Edgar. Es gärt doch überall in unserem Land, merkst du das denn nicht.«

»*Was* gärt, und was hast *du* damit zu tun?«

Bruno machte eine wegwerfende Handbewegung, die er im selben Augenblick sofort zurücknehmen wollte, dafür war es aber zu spät. Edgar zuckte zusammen, und auch er wünschte sich, Bruno hätte sich nicht so ungelenk zu erkennen gegeben. Ihn fröstelte. Mit der flachen Handkante strich er die Zwiebelschalen zusammen und tat sie in den Abfalleimer. Er nahm einen kräftigen Schluck vom Rotwein. Es dauerte nur wenige Sekunden, bis er spürte, wie sein Gemüt sich aufhellte und wie sich Brunos Worte im Nebelhaften aufzulösen begannen. »Eine Flasche ist selten allein«, sagte er und schenkte sich nach.

Bruno schwieg beharrlich. Wie ein gezogenes Signal hatte er sich breitbeinig vor dem Herd platziert: bis hierher und nicht weiter. Vom Geschirrtuch hatte sich der Knoten gelöst, jetzt hatte er es sich hinter den Hosenbund gestopft.

Als hätten sie sich in seinem Schädel in Lauerstellung eingenistet, kehrten Brunos Äußerungen mit nachlassender Wirkung des Weinalkohols immer drängender in sein Gedächtnis zurück – bis sie plötzlich wie irrlichternde Projektile in seinem Schädel hin und her zu schießen begannen. Er konnte sie nicht einfangen, nicht zum Stillstand bringen, nicht fortschütteln. Welche Wahrheit muss ans Licht, Bruno? Sein Schädel dröhnte, und er hatte Mühe, der Versuchung zu widerstehen, sich vom Wein nachzuschenken. Die Wahrheit, die Wahrheit, davon gibt es einen ganzen Sack voll, und jeder bedient sich daraus nach Herzenslust. Diese Worte hätte er ihm am liebsten ins Gesicht geschleudert.

»Das ist wie ein Schneeball. Wirst sehen, in ein paar Jahren sieht die Weltkarte ganz anders aus, auch die Karte unseres Landes.«

»Warum sagst du nicht gleich offen Deutschlandkarte?«

»Das braucht Zeit. Die Menschen in unserem Lande müssen sich erst noch an die neue Wortwahl gewöhnen. Das dauert, du weißt doch, der stete Tropfen. Und diesmal ist der Stein besonders hart.«

»Wer überhaupt sind die *wir*, von denen du sprichst. Und angenommen, diese *wir* sollten Recht behalten. Was dann?«

»Siehst du, das ist es. Wir vermeiden es, Namen zu nennen, und wenn wir sie nennen, kommt der sogenannte Rechtsstaat mit seiner sogenannten Demokratie und klopft uns auf die Finger. Ist das Recht, ist das Demokratie? Geh mir bloß weg mit diesen sogenannten Volksvertretern. Wer ist denn die schweigende Masse, na, sag's mir doch! Warum schweigt die Masse?, frage ich dich. Warum? Da haben wir es, keiner traut sich, den Mund aufzumachen. Wir trauen uns, und deshalb wird man uns vertrauen.« Während er sich in Rage redete, fuchtelte Bruno mit dem Küchenmesser in der Luft herum. Edgar trat einen Schritt zurück, so als wiche er ihm aus.

»Bruno, du lehrst mich das Fürchten.«

»Klartext reden, Edgar. Klare Worte, verstehst du? Klar wie Glas.«

»Und hart wie Kruppstahl«, konterte Edgar.

Bruno zuckte für den Bruchteil einer Sekunde mit den Augenbrauen. »Du redest wie die anderen. Reden kluges Zeug. Von wegen Krupp und Stahl. Das war früher. Damit lockst du doch heute keinen Hund mehr hinter dem Ofen hervor. Die Menschen – ich sage schon extra nicht *das Volk* – haben heutzutage andere Wertvorstellungen. Werte, genau das ist es. Die Werte, die sie sich geschaffen haben, die wollen sie erhalten, mehren. Verteidigen. Mit Härte? Ne, mein Lieber, heute ist das anders, sind doch alle Weicheier. Andere Mittel sind gefragt. Aufklärung, das vor allem. Dem Volk die Augen öffnen.«

Edgar hatte das Gefühl, jemand schneide ihm die Luft ab. Der Alte mit seinem Archiv im Keller war ihm plötzlich präsent. Willst du wirklich dazugehören, Bruno? In seinem Kopf rasten die Gedanken hin und her, er suchte nach einer Entgegnung, nach etwas, das Brunos Worte hätte entkräften können. Kein Schlagabtausch, der würde beide in eine Sackgasse manövrieren, aus der sie keinen Ausgang fänden. Doch irgendwas muss ich dir doch entgegnen, Bruno. Ich kann das doch nicht einfach so stehen lassen. Sind wir nicht Freunde? Oder, Bruno, trennen sich hier unsere Wege? Wann endet eine Freundschaft? Lässt man einen Freund, der so weit wegdriftet, ganz einfach fallen? Oder steht man weiterhin zu ihm, unternimmt alles, ihn vom Abweg fernzuhalten? Machte man sich damit nicht auch schon zum Kumpanen seiner neuen und doch ach so alten Ideen? Freund bleibt Freund, in guten wie in schlechten Zeiten? Nibelungentreue. Die im Desaster mündet.

Noch mehr beschäftigte ihn der Gedanke, die Vorzeichen nicht schon längst erkannt zu haben. Doch hätte es genutzt, ihn davor bewahren zu wollen? Das kam doch nicht von heute auf morgen. Edgar hatte geglaubt, Bruno in- und auswendig zu kennen: Wenigstens dich, Bruno. Jetzt sehe ich, dass wir zu wenig voneinander wussten. Warum, Bruno, warum? Bist du ein Wutbürger? Aber worauf solltest du wütend sein? Wer sind die Menschen in deiner Gruppe? Wie hast du zu ihnen gefunden? Diese Fragen bestürmten ihn, doch er stellte sie Bruno nicht, so als fürchte er dessen Entgegnung. Waren sie schon an dem Punkt angekommen, wo sie jedes einzelne Wort auf die Goldwaage legen mussten, wo jeder überzeugt war, über die einzig richtigen Argumente zu verfügen?

Er suchte in seinem Gedächtnis nach Anzeichen aus zurückliegender Zeit, blätterte in ihrer gemeinsamen Vergangenheit wie in einem Tagebuch. Bruno war ein Einzelgänger. Die Liebschaften, mit denen er vor ihm prahlte, waren nichts als Eintagsfliegen.

Doch da hatte es die eine Episode in seinem Leben gegeben, über die die Zeit wie ein dunkler Schatten lag. Bruno hatte sich vor der Welt verleugnen lassen, tat, als sei er unerreichbar. Südamerika, eine Zeit, über die er kaum je ein Wort verlor. Waren es drei Monate, oder vier? Was er denn dort zu tun gedenke, so lange Zeit und allein. Nicht allein, hatte er erwidert. Er nehme Tilo mit. Das sagte er so, als handele es sich um einen zweiten Koffer, eine Reisetasche. Ein Gepäckstück.

»Willst du mir nicht mehr sagen?«

»Edgar, lass gut sein, du wirst das nicht verstehen. Ich nehme mir diese Auszeit. Kann eine Stange Geld kosten, doch das ist mir egal, ich weiß mir nicht anders zu helfen.«

Edgar hatte in Brunos Gesicht nach einer Erklärung gesucht. Bruno war ihm ausgewichen, kehrte ihm den Rücken zu und reagierte statt mit einer Antwort mit der ihm eigenen wegwerfenden Handbewegung.

Vor dem Abflug nach Südamerika war der Name Tilo nur ein einziges Mal gefallen. Zu Gesicht bekommen hatte Edgar Tilo nie. Er hatte Bruno mit seinem Auto zum Flughafen begleitet, im Stillen hatte er gehofft, dort auf Tilo zu treffen, aber von einem Tilo war dort weit und breit keine Spur. Bis zum Ausgang zu den Terminals mieden beide, diesen Namen fallen zu lassen. Sie ergingen sich in belanglosem Geplänkel: »Melde dich mal, vielleicht eine Karte mit dem Zuckerhut, hast du auch nichts vergessen, deine Vitaminpillen, die Sonnenbrille.«

»Und wenn schon«, hatte Bruno leicht gereizt reagiert, »es soll ja durchaus in Brasilien Sonnenbrillen zu kaufen geben.«

»Eigentlich sollte ich dich beneiden«, hatte Edgar gesagt, »aber ich muss zwischendurch ein bisschen Geld verdienen.« Beide lachten, als hätte er einen guten Witz gemacht. Ein Katz-und-Maus-Spiel. »Viel Spaß euch beiden«, damit entließ er ihn und ließ seine Blicke wie suchend durch die Abfertigungshalle schweifen. Bruno lachte kurz auf und hatte es plötzlich sehr eilig, in die Welt hinter der Passkontrolle zu entschwinden.

Während der gesamten Zeit seiner Abwesenheit hatte sich Bruno kein einziges Mal gemeldet, geschweige denn, dass eine Karte mit dem Zuckerhut eingegangen wäre. Nach seiner Rückkehr verhielt er sich so, als wäre er nie weg gewesen. Kein Wort über sein Abenteuer Südamerika, über die Länder, in denen er sich aufgehalten hatte, über die Menschen dort, deren Kultur, ihre Essgewohnheiten, das Klima.

»Und Tilo?«, hatte Edgar gefragt.

»Ein Wind-Ei«, gab Bruno zur Antwort. Nach einem Aufenthalt in tropischer Sonne hatte er nicht ausgesehen. Sein Gesicht wirkte blasser denn je, seine Wangen waren eingefallen, als hätte er dort darben müssen, seine Augen umwölkten Ringe wie Trauerflore. Hatte er sich dort etwas eingefangen, eine Tropenkrankheit vielleicht, Malaria – hoffentlich nichts Ansteckendes? Acht, zehn Tage nach der Rückkehr schien wieder Leben in Bruno zurückgekehrt zu sein. Die Frage nach den Arztbesuchen in kurzen Abständen tat er mit seiner lapidaren Handbewegung ab. Und damit ließen es beide bewenden. »Ich muss mich wieder um meine Aufträge kümmern, Edgar. Ein bisschen Taschengeld kann auch mir nicht schaden.« Mit diesen Worten verschloss er die zurückliegenden Wochen und Monate hinter eine Mauer aus Schweigen. Nie wieder verlor er hierüber auch nur ein Sterbenswörtchen, einen Tilo schien es nie gegeben zu haben.

Wie lange lag das zurück? Zwei Jahre, drei? Es musste eine Zeit vor dem Unfall gewesen sein. Der Dreh- und Angelpunkt für Edgars Zeitrechnung war der Unfall: davor oder danach. Manchmal hatte er das Gefühl, sein Leben habe sich nur davor abgespielt, was danach kam, waren in bohrende Fragen und Kopfschmerz verpackte Belanglosigkeiten.

Vor der Zeitrechnung lag auch Brunos Episode mit einer Deutschlehrerin in Süddeutschland. »Eigentlich nicht mein Revier«, hatte er um Lässigkeit bemüht hingeworfen., »aber was soll man machen.« Wenn es bei ihm krache, dann richtig, das wisse Edgar doch. Bruno gab sich geschwätzig, lag ihm mit seiner neuen Liaison fortwährend in den Ohren. Kein gemeinsames Gespräch, in dem der Name Franzi nicht gefallen wäre. Sein Testosteronspiegel schoss in seiner nach oben hin offenen Richterskala in unerreichte Höhen. Kaum ein Wochenende, an dem er nicht über die Autobahn gebraust wäre, Richtung Nürnberg. Wenn er am Sonntagabend wieder zu Hause war, traf Edgar ihn in seinem Sessel an, mehr liegend als sitzend, schlaff wie ein Fahrradschlauch, aus dem die Luft entwichen war. »Dein Grinsen kannst du dir sparen.«

Seine neuerliche Gereiztheit steckte Edgar weg, wie man die Launen eines verstockten Kindes wegsteckt.

»Eine geschiedene Frau«, ließ er Bruno wissen.

Das also war der Punkt, daher also wehte der kühle Wind. Keine frustrierte Frau mit langweiligem Ehemann, die nur auf ein Abenteuer aus war, sondern eine Frau auf der Suche nach einer neuen Bindung, kombinierte Edgar.

»Und sie ist links«, setzte Bruno nach. »Franzi weiß, was sie will.«

Edgar stutzte: »Links?«

Bruno hatte zu Erklärungen angehoben: »Was die alles vorhaben, sie und ihre Partei, und was die schon alles angeschoben haben. Weißt du, wie viele Kinder aus den unteren Schichten ins Gymnasium gelangen? Gymnasium, allein schon das Wort schreckt die kleinen Leute ab. Und der knappe Geldbeutel sowieso.«

Den knappen Geldbeutel, den hast du ja nun nicht, wollte Edgar erwidern, hielt aber an sich. Stattdessen stellte er fest: »Das hat dich ja ganz schön gepackt.«

Woraufhin Bruno ihn anblinzelte. »Gepackt? Von mir aus nenn es so«

Hier hatte Edgar zum ersten Mal Brunos wegwerfende Handbewegung bewusst wahrgenommen, nahm sich aber vor, ihr keine größere Bedeutung beizumessen.

Brunos Wahrnehmung der Wirklichkeit hatte sich verändert. Oder war es Franzi, die seine Wahrnehmung der Welt in ein anderes Licht gerückt hatte? Fünf oder auch sechs Monate lang entschwand er Wochenende für Wochenende: Flensburg, Hamburg, Hannover, Frankfurt, Nürnberg – in seinem *Schröder*, wie er seinen alten VW nannte. Bis dass der TÜV uns scheidet.

Eines Tages war er mit dem Fanfarenstoß: »Es wird ernst, Edgar!«, in Edgars Haus hereingeplatzt.

»Was, wie?«

Franzi wolle mit ihm die Ehe eingehen. *Sie* wolle es, hatte er wieder und wieder betont, als wollte er sagen: Nicht ich!

»Dann tu es doch«, hatte Edgar erwidert.

Bruno hatte wohl eher eine andere Reaktion erwartet, etwa: »Überlege es dir gut, nur nichts überstürzen, bist du dir sicher, das hat auch Konsequenzen.«

Doch nichts von alledem. »Tu es!« Ein Urteil, das wenig Raum für Zweifel ließ. Plötzlich bestürmten

193

ihn Bilder, die ihm eine düster umwölkte Zukunft verhießen. Alles geteilt: Bett, Bad, Küche, Freizeit, die dann keine Frei-Zeit mehr sein würde. Und auch der Euro wäre dann nur noch fünfzig Cent wert. Womöglich auch noch ein gemeinsames Kind? Er sei *der* Mann, von dem sie sich auf Augenhöhe behandelt fühle. Diesen Franzi-Satz hatte er am allerwenigsten verstanden. Miteins sackte seine Franzi-Euphorie in den Keller. Abermals ein Schlauch ohne Luft, und in der Tat verhielt er sich in den Folgetagen so, als stehe *er* auf dem Schlauch: Der von Franzi angemahnte Eheentscheid stand ihm wie ein Fragezeichen ins Gesicht geschrieben. »Man kann doch auch so zusammenleben, Edgar.«

»Kann man, muss man aber nicht. Und wenn sie das anders will!? Ansonsten müsst ihr das ganz allein unter euch ausmachen.«

»Ein Allerweltsargument.«

»Aber deshalb nicht falsch«, hatte Edgar gekontert. Bruno hatte versucht sich vorzustellen, wie es aussähe, wenn er einen Ring am Ringfinger trüge. Aber das würde ja nicht ständig nötig sein. Dennoch würde er für zwei Ringe sorgen müssen. Oder konnte man auch ringlos zum Standesamt gehen? Er würde sich erkundigen. Aber erst, wenn er sich im Klaren darüber sei, ob es soweit kommen würde. Man kann sich auch Ringe leihen, nur für diesen einen Tag, diese eine Stunde, vielleicht gar nur für diese eine Minute, wenn man sich das Jawort gäbe. Ja, das würde er tun, so wie sein Cousin Christian, der sich den Eheschließungsring von seinem Freund ausgeliehen hatte. Aber, hatte er damals gefragt, würde der Ring denn auch passen? »Jede Hand hat vier Finger«, hatte sein Cousin entgegnet. »Den Daumen nicht mitgerechnet, aber am Daumen trägt ohnehin kein Mensch einen Ring. Und irgendein Finger passt immer.« So hatte sein Cousin geheiratet, sogar kirchlich. Woher die Braut ihren Ring hatte, sollte deren Geheimnis bleiben.

Bruno hatte erwogen, Edgar zu fragen. Der hatte seine Eheringe aufbewahrt, trug seinen sogar hin und wieder. Oder wäre das pietätlos? Kriegt ihn ja wieder, mein Gott! Derlei Gedanken hatten ihn die ganze Woche über begleitet.

Bis er am Freitag wieder bei Edgar erschien: »Ich habe mich entschieden, wir werden darüber reden. Ach Edgar, du solltest sie kennen, was für eine Frau! Doch macht eine Ehe nicht alles kaputt? Vielleicht Ehe auf Zeit. Das gibt es doch?«

Edgar hatte eine Antwort für unnütze Gedankenverschwendung gehalten. Er sah Brunos Zerrissenheit, doch bedauern konnte und wollte er ihn nicht. Als Bruno an diesem Wochenende losfuhr, schien es Edgar, als führe er langsamer als sonst, als stottere der Motor, als verzögere er die Abfahrt Richtung Autobahn, so als überlege er, ob er überhaupt weiterfahren sollte. Als er dann in Richtung Autobahn abbog und außer Sichtweite war, tat er ihm sogar ein wenig leid. Da kann ich ihm nicht helfen, dachte er. Und irgendwie hatte ihn das Gefühl beschlichen, Bruno fahre nicht zu einer Geliebten, sondern zu einer Beerdigung.

Einige Tage darauf hatten sie sich im *Eichenhof* getroffen. Edgar erkannte, dass es nicht nötig war, Fragen zu stellen. Bruno hatte erheitert, ja geradezu erleichtert gewirkt, als wäre eine schwere Last von ihm genommen. »Das hier geht auf meine Rechnung.« Entgegen seiner Art hatte er den Zahlbetrag mit einem üppigen Trinkgeld aufgerundet, eine Geste, die den Schluss erlaubte, dass er auch die Bedienung an seiner neuerlichen Leichtigkeit habe teilhaben lassen wollen.

Als sie gingen, konnte Edgar es doch nicht lassen, ihm die eine den ganzen Abend über im Raum stehende Frage zu stellen: »Wie weiter, Bruno?«

Bruno hatte abgewinkt: »Ihre linke Masche, mehr kann ich da nicht sagen.«

An dem Bruch mit Franzi hatte er schwerer zu tragen, als er sich eingestehen wollte. Er vernachlässigte sein Äußeres, seine Miene signalisierte Gleichgültigkeit gegenüber allem, sein Charme war in Brummigkeit umgeschlagen, die Hemmschwelle beim Griff zur Flasche war in bedenkliche Tiefen gerutscht.

»Lass dich nicht gehen«, hatte Edgar ihn ermahnt. »Denk an deine Kunden!«

»Die? Wenn die entsprechend Rabatte rausschlagen können, ist es denen egal, wenn mein Hemd einen Fleck hat. Habe ich dir von dem Niedersachsen erzählt? Man glaubt gar nicht, was man alles so mitkriegt, wenn die Leute erst mal ins Erzählen kommen. Kleinstadt, da tut sich nichts weiter, die haben noch richtig Zeit, um über vieles nachzudenken und zu reden. Was meinst du, wie die um ihre Existenz kämpfen müssen. Überall die Großapotheken und Großdrogerien. Die Internetbestellungen greifen gerade auf dem Lande immer mehr um sich. Wenn man dagegen nichts unternimmt, werden wir über- rollt, sagte mir ein Einzelkämpfer. Wie in anderen Bereichen auch. Auch Sie, sagt er zu mir, auch Sie werden ihren Job bald an den Nagel hängen können. Die dicken Fische werden immer dicker, fressen die kleinen. Und wer leistet dem auch noch Vorschub? Ein Blick nach Berlin dürfte genügen. Wissen die überhaupt, wie viele Fremdfirmen unseren Markt inzwischen beherrschen?, fragt er mich. Natürlich weiß ich das. Fremdfirmen, jawohl. Keine deutschen. Kommen bis aus China, von Amerika und Russland ganz zu schweigen. Was ist denn da noch deutsch?«

»Jetzt mach mal halblang, Bruno. Das ist doch Stammtisch pur.«

»Von wegen Stammtisch, das Totschlagargument aus der Hauptstadt. Was anderen nicht in den Kram passt, ist Stammtisch, auch noch pur, wie du sagst. Aber wer, frag ich dich, wer ist denn der wirkliche Stammtisch? Beraten da oben an ihrem großen Stammtisch, den sie sich von den Wählern haben reservieren lassen. Und was kommt dabei raus? Sprü- che, nichts als Sprüche, die sie uns für den Stein der Weisen verkaufen wollen. Na, geh' mir doch bloß weg mit diesen Betrügern. Es ist Zeit, dass das alles mal aufgerollt wird. Der da in Niedersachsen, so'n kleiner Apotheker, man will es nicht glauben, aber der hat mir die Augen geöffnet, man sollte diese Leute nicht unterschätzen.«

»Vielleicht fragst du den Mann in Niedersachen mal, wer sein Vater ist oder war, oder seine Mutter. Oder der Großvater, die Großmutter. Feine Leute, gediegen, mit einer gut gehenden Apotheke. Früher mal vielleicht mit einem Bonbon, wenn schon nicht auf, dann doch unterm Revers.«

»Habe ich mir gedacht, dass du mir damit kommen würdest. Nazi, stimmt's? Das wolltest du doch sagen. Nein, nein, mein Lieber, damit kannst du mir nicht kommen. Noch so ein Totschläger, das Wort, meine ich. Aber so einfach ist die Sache nicht.«

Sie hatten sich beide in Rage geredet. Ich muss die Reißleine ziehen, ging es Edgar durch den Kopf. Um Beschwichtigung bemüht, sagte er: »Lass gut sein, Bruno.«

Dieser warf ihm einen bösen Blick zu. Es schien ihm ganz und gar nicht recht zu sein, dass Edgar sich um einen moderateren Ton bemühte. Er hatte seinen Auftritt, konnte einmal das loswerden, was ihm unter den Nägeln brannte, einmal so richtig Dampf ablassen, einmal so richtig vom Leder ziehen. Das letzte Wort haben wollen. Und so konnte er es sich nicht verkneifen, Edgar noch diesen Knochen vor die Füße zu werfen: »Und dann die vielen Flüchtlinge. Eine Invasion. Wer will die stoppen? Edgar, die überrollen uns!«

Jetzt hast du die Katze aus dem Sack gelassen, Bruno, schrillte es Edgar in den Ohren. Zugleich aber räumte er ein: Und wenn Bruno nun doch recht behalten sollte? Er spann seinen Gedanken weiter. Woher rollten plötzlich die Güterzüge an seinem geistigen Auge vorbei? Ihm schauderte.

21

Das Jahr 1995: Bruno war gerade achtzehn Jahre alt
geworden, und das sollte groß gefeiert werden. Voll-
jährig und noch unschuldig, das konnten sie einfach
nicht zulassen. Sie, das war ein Trupp von vier jungen
Männern, und alle hatten sie eine. So sagten sie, und
so verhielten sie sich jedenfalls. Immer diese ange-
kündigten Freuden aufs kommende Wochenende,
dieses Frohlocken, das Augenzwinkern, diese Kum-
panei ohne Kumpanen. Nur Bruno hatte keine. »Immer noch Fräulein Faust?«, frotzelten sie, und Bruno
konnte nicht unterdrücken, doch wieder rot zu werden. Ihr Grinsen ließ ihn tiefrot anlaufen, er hätte sie
dafür alle auf der Stelle erschießen können. Später,
wieder allein, beneidete er sie um ihre Mädchen, von
denen er zwei nur einmal kurz zu Gesicht bekommen
hatte. Die pummelige Gudrun mit dem fettigen Haar,
das ihr um den Kopf herumzuppelte wie auf der
Suche nach einem festen Halt. Herbert gab vor, sie zu
lieben. Keine Nacht von Freitag auf Sonnabend ohne
sie. Der Sonnabend gehörte dem Jungmännertrupp,
da war Gudrun außen vor. Gudrun war Kranken-
schwester im Wochenenddauereinsatz. Das mache ihr
nichts aus, dafür habe sie doch am Freitag sturmfreie
Bude. In diese Bude stürmte er am Freitagabend mit
aufgepflanztem Bajonett und verschoss seine in der
zurückliegenden Woche aufgestaute Munition, dass es
nur so krachte. Bei diesen Worten griff er in seinen

Schritt, wie um den anderen kundzutun, was es mit dem Bajonett und dem Krachen auf sich hat.

Anders Bienchen, die Freundin von Hans. Er war auf die beiden vor dem Kinoeingang gestoßen. Beide Hand in Hand, und als Hans Brunos Näherkommen wahrnahm, löste er seine Hand aus Bienchens Hand, eine Geste, die Bruno nicht wahrgenommen hatte. »Bienchen«, hatte Hans gesagt, »eine Freundin.« So, als wären da noch andere Freundinnen und nicht nur die eine. Der Name Bienchen war bei Bienchen kein Omen, denn Bienchen war etwas dünn, ja fast durchsichtig. Ist sie magersüchtig?, hatte Bruno sich gefragt. Alles an ihr wirkte irgendwie lang: Arme, Beine, Körper, Hals, ja selbst ihr Kopf kam ihm vor, als sei er etwas in die Länge gezogen. Sie trug das Haar kurz und auffallend rot gefärbt. Sie wirkte sehr zurückhaltend, geradezu verschüchtert, und er sah, wie sehr sie Hans anhimmelte. Ihre Augen wechselten flink wie ein Wiesel zwischen Bruno und Hans hin und her, als suchten sie nach Bestätigung, wie gut sie es doch mit Hans getroffen habe.

Der Vierte in diesem Bunde war Kai-Uwe, der abwechselnd mal Kai, mal Uwe angesprochen wurde. »Ein Wechselwähler«, urteilten die anderen über ihn. Was es mit dem Wechselwähler auf sich hatte, verstand Bruno zunächst nicht so recht. »Na ja«, erklärte Hans, »mal so, mal so, wonach ihm gerade der Sinn steht und was sich gerade so bietet. Wechselhaft, eine Laune der Natur. Da können wir anderen doch nur froh sein, wenn die Richtung stimmt.«

Zu Brunos Achtzehnten hatten sich alle vier bei Herbert eingefunden.

»Einen drauf machen, Bruno! Achtzehn wird man nur einmal. Die richtige Überraschung kommt später, ein Knüller, wirst sehen.«

Beim Knüller schwante Bruno nichts Gutes. Hatten sie es bei Herbert, Hans und Kai-Uwe nicht auch gemacht, immer jeweils zum Achtzehnten, ob sie nun eine hatten oder nicht? Zuvor hatte es in Herberts Bude geheißen: Mut antrinken. So nannten sie es nicht, denn wer schon hätte zugegeben, dass es ihm an Mut mangele. Sich locker machen, das schon eher. Die Lockerungsübungen setzten sich zusammen aus Bier, Korn und Zoten. Zu vorgerückter Stunde waren sie krakeelend und heftig gestikulierend in die Bergerstraße gewankt, für den Jubilar unmissverständlich, was ihm dort bevorstand. Je näher sie dem Tatort rückten, desto verhaltener wurden ihre Stimmen. Ganz schweigsam wurde das jeweilige Opfer. Keiner, dem das Herz nicht in die Hosentasche gerutscht wäre und keiner, der das auch zugegeben hätte. Der Preis war abgemacht und im Voraus beglichen, sie hatten zusammengelegt. Bruno hatte vor dem, was ihm bevorstand, gegraust. »Los jetzt, sei kein Frosch! Eins zu zehn!« Der immer gleiche Spruch. Eine Stunde gaben sie ihm Zeit, maximal. Da sollte man es wohl doch geschafft haben.

Sie warteten in Herberts Bude auf die Rückkehr des Jubilars. Die Gläser waren gefüllt, und als die Tür aufschlug, fielen sie dem Opfer in die Arme wie einem Heimkehrer vom Felde aus dem Krieg. Bruno hatte den Raum mit einem dümmlichen Lächeln auf den Lippen betreten, was seine Freunde als Sieg nach einem stürmischen Kampf deuteten. Schulterklopfen, Gläsergeklirre, lautes Gelächter.

Von der Peinlichkeit, die ihm dieses Geschenk beschert hatte, kein Sterbenswörtchen. Soviel Ramona auch knetete und zupfte, nichts hatte sich gerührt. Sein Kopf war beherrscht von nur dem einen Gedanken: Lass es vorübergehen. Eine Stunde, so war es vereinbart. Und er dachte: Früher darf ich den Ort hier nicht verlassen, das würden sie spitz kriegen, das würden sie genüsslich ausschlachten mit ihren deftigen Ausdrücken, das wäre Öl auf ihre glimmenden Dochte, das zöge versteckten Spott und Hohn für lange Zeit nach sich. Das befürchtete er: Dass *sie* so dächten und reagierten. Er hatte ausgeharrt bei Ramona, und Ramona fuhr Schritt um Schritt ihre Verlockungen zurück. Ihr sei das ja schließlich egal, und er sei nicht der Erste, dem das passierte. Wenn er wüsste, wie manche sich anstellten, aber sie wolle nicht aus dem Nähkästchen plaudern. Schade nur für ihn um die verpasste Gelegenheit. Sie habe schon gedacht, dass sie ihm nicht gefalle.

»Nein, nein«, beteuerte er, so sei das nicht. Nur eben nicht heute, so auf Knopfdruck, das ginge bei ihm nicht.

»Verstehe«, versicherte Ramona und fuhr ihm mit der Hand übers Haar, das ihm widerborstig in alle Richtungen abstand. Wie lang doch eine Stunde sein kann.

Diese Episode mit Ramona war eines der wenigen Ereignisse, über die er mit Edgar nie und nimmer hätte sprechen wollen. Ramona in ihrem rötlich eingefärbten Arbeitsraum mit den plüschigen Kissen auf dem Bett und dem Sammelsurium an Tuben und Dosen und Modellen auf dem Sideboard sollte in unruhigen Nächten noch lange Zeit in seinem Kopf herumspuken. Über zwanzig Jahre waren inzwischen darüber hinweggegangen. Noch immer riefen seine nächtlichen Fantasien Bilder aus diesem Geburtstagsknüller hervor. Was schon war dabei, was schon war geschehen? Nichts. Eine lächerliche Episode, ein Jungenstreich, mehr auch nicht.

Nicht so sehr Ramona war es, die in seinen Fantasien ihr Unwesen trieb, vielmehr war es ihr Arbeitszimmer mit seinem Plüsch und Beiwerk, ein Fetisch, den wegzuwischen er nicht die Kraft fand. Ramona war im Nebelhaften entschwunden, nicht aber die in Rot getauchten Troddeln, die auf dem Tischchen aufgereihten Schützlinge, die in allen Farben zwischen schwarz und weiß bis hin zu transparent changierten, von denen er sich, wie Ramona ihm anbot, eine Farbe seiner Wahl hätte aussuchen können. Zu seinem Glück wurden die Intervalle, in denen ihn solche Bilder bestürmten, immer länger.

Bei der Brandenburger Gruppe hatte er den Eindruck, dass es ihm in diesem Kreis gelingen würde, den letzten dunklen Fleck aus dieser peinlichen Geschichte auszuradieren. Hatten sie nicht alle die gleichen Ziele? Nie mehr eine Nacht mit quälender Fantasie, den letzten Spuren seiner nun so weit zurückliegenden Erinnerung ein für alle Male tilgen, eine Katharsis gewissermaßen. Sie packten alle Themen auf den Tisch, von denen sie meinten, der Rest der Gesellschaft schleiche um ihre Nöte herum wie die Katze um den heißen Brei: Flüchtlinge, Überfremdung, Aushöhlung des sozialen Netzes, überall Ausländer, wohin man schaute. Sie, seine neuen Freunde, hatten dafür das richtige Wort gefunden: *Überrollen*, eine Walze, die alles niedermacht, zunehmende Kriminalität. Wohin man auch schaute, machte sich eine allgemeine Verunsicherung breit. Auch die Bordelle gehörten in ihren Nötekatalog. Die sich dort anboten, das waren die Schlampen aus dem Osten, hatten keinen Funken Anstand. Eine anständige deutsche Frau macht so etwas nicht, darüber waren sie sich alle einig. Hier, in dieser Gruppe, war der Ort, von dem er glaubte, dass er sich endgültig werde freimachen können von Ramonas erfolglosen Griff in seinen Schritt.

Seine Liebschaften mit den grünen Witwen hingegen hatten einen ganz anderen Stellenwert. Hier gestattete er sich schon mal die eine oder andere Abweichung von der Norm, wie er sie sich erdachte. Hier waren echte Gefühle im Spiel, wenn auch immer nur für kurze Zeit. »Herz und Gefühl, kein Geld im Spiel«, diesen holprigen Spruch hatte er von Inge, einer echten Witwe aus dem Westfälischen, die sich bei seinen Besuchen immer in Kittelschürze und ansonsten nichts präsentierte. Sie ahnte, dass ihn dieser Aufzug an seine Mutter gemahnen würde, und sie ahnte richtig. Holprig wie ihre Sprüche war ihr Liebesagieren. Eine Zeit lang ließ Bruno ihre ans Hysterische grenzenden Aktionen – Jagden durchs Haus, Versteckspiele zwischen Keller und Dachboden, stets mit wehender Kittelschürze – über sich ergehen.

Dann, eines Tages, reichte es ihm. Als er die Tür hinter sich ins Schloss zog, wusste er, dass es ein für alle Male sein würde. Sie bestürmte ihn zunächst mit honigsüßen Liebesbekundungen: Sehnsucht, Verlangen, Umarmung, Sinn und Sinnlosigkeit, dein Mund, deine Küsse, ach, du, Bruno, Nächte ohne dich, die keine Nächte wären. Worte eines zum ersten Mal Verliebten, doch ein wenig in die Jahre gekommenen Teenagers, Worte, die er ihr zuvor in all ihrer Turtelei nie und nimmer zuerkannt hätte. Dann aber auch Worte, aus denen sich mit vorrückender Zeit mehr und mehr aggressiv formulierte E-Mails herauskristallisierten, auf die er kaum noch reagierte. »Man spielt nicht mit dem Leben anderer, Wochenendcasanova, Egomane …« Bruno fand seine Rettung im Kauf eines neuen Handys und in neuer E-Mail-Adresse. Sowie in der Liaison mit einer neuen Geliebten. Von der Liaison mit der Kittelschürze und deren Ausgang hatte er Edgar erzählt, ohne ins Detail zu gehen.

22

»Wenn du annimmst, die sind alle Flachköppe, dann irrst du dich. Das sind nicht die Dumpfbacken, wie sie die Medien gern darstellen. Die kommen aus allen Teilen des Volkes, auch ein Zahnarzt ist in der Gruppe, ein toller Typ. Und wenn du denkst, der würde von den Patienten geschnitten – ganz und gar nicht, die rennen ihm die Bude ein. Und dann unser Top-Typ, Heinz, der Computerspezialist. Knackt dir jeden Code. Wer heute am Ball bleiben will, muss sich in solchen Dingen auskennen.«

»Kriminelle Energie«, warf ihm Edgar entgegen.

»Von wegen. Dann musst du den ganzen Laden dort in Berlin als kriminell betrachten. Oder meinst du, da sitzen nur die lieben Engelein?«

»Plumpe Anspielung«, reagierte Edgar verärgert. »Bruno, wach auf!«

»Genau das ist es, was auch wir wollen. Aufwachen, die Menschen wachrütteln.«

»Man kommt an deine Menschen nicht ran. Komme ich jetzt auch an dich nicht mehr ran?«

»Man kann auch alles kaputt argumentieren. Irgendwann ist die Grenze nun mal erreicht.«

»Du sprichst von *Grenze*?«

»Ist für dich auch so ein Reizwort. Grenze auf, Grenze zu, man muss sich schon entscheiden. Konsequenz, Edgar, damit kann man doch schon mal leben. Nicht dieses Wischiwaschi.«

Edgar war drauf und dran, die Tür hinter sich zuzuschlagen. Halb erhob er sich von seinem Platz, setzte sich dann aber wieder und fixierte Bruno aus den Augenwinkeln. Eine neue Art, ihn anzublicken. Ist das jetzt der feine Riss, ist das unser Vertrauenstest? Die ersten Anzeichen von Misstrauen, eine schleichende Sollbruchstelle? Du wirst mich für deinen Verein nicht gewinnen, dachte er.

Ich bin ein unpolitischer Mensch, total, hatte er sich ihm gegenüber vor einiger Zeit geäußert. Sie hatten sich die Köpfe darüber heiß geredet, wo der politische Mensch anfange, wo er aufhöre. Alles sei Politik, hatte Edgar argumentiert: »Kaum bist du auf der Welt, bist du auch schon ein Politikum, das kannst du drehen und wenden, wie du willst. Ein Säugling kann allenfalls mit dem Wort *Mama* etwas bewirken, doch da fängt die Politik bereits für ihn an. Schrei nur laut genug, und schon springen alle herbei.«

»Säugling und Politik«, entgegnete Bruno, »da bringst du was durcheinander. Ein Säugling äußert seine Bedürfnisse, weiter nichts.«

»Genau das ist es: Je lauter er schreit, desto schneller springen die Eltern. Ein kleiner Despot kündigt sich an. Das ist Politik, Bruno. Politik in Kleinformat.«

»Nein«, widersprach Bruno, »das ist ein absurder Gedanke. Meldete dein Säugling sich nicht, würde er verkümmern, vielleicht sogar verhungern. Ist auch das Politik, nichts sagen, alles über sich ergehen lassen? Ein Säugling kann gar nicht anders als schreien, ob er nun will oder nicht. Ein Instinkt, der ihm angeboren ist. Soll das Politik sein, willst du Politik darauf reduzieren, auf Instinkte? Betreiben denn auch Tiere Politik? Der Jungvogel, der nach Futter bettelnd seinen Schnabel aufreißt, das Lamm, das nach seiner Mutter blökt, die mit seiner Nahrungsquelle zwischen ihren Hinterbeinen selbstvergessen Gras rupft?

„Jetzt wird es grotesk«, fand Edgar. »Du kannst nicht Äpfel mit Birnen vergleichen. Überhaupt der Vergleich Tier – Mensch, also Bruno, ich bitte dich, wo kommen wir denn da hin?«

Sie hatten sich verrannt im Hin und Her ihrer Argumentation, ein Knoten, den sie mit einer Flasche Rotwein aufzulösen versuchten. Bruno setzte den Schlusspunkt: »Damit will ich ein für alle Male nichts zu tun haben. Unpolitisch, Edgar, ich bleibe dabei. Da kann dir keiner was. Wenn du dich bei Human Rights Watch engagieren willst, dann tu es, doch ohne mich. Ich hoffe nur, dass im umgekehrten Fall auch dir geholfen würde. Ich habe so meine Zweifel.«

»Ist es Politik, wenn man sich für andere Menschen einsetzt?« Dieser Ausrutscher, für Edgar ein Schlag ins Gesicht. Er hielt es jedenfalls für einen Ausrutscher, es konnte doch gar nicht anders sein. Wenn ihn das in Rage brachte, hieß das dann nicht, dass er nun doch politisch sei?

Als hätte er Edgars Gedanken erraten, bekräftigte Bruno mit dem Brustton der Überzeugung: »Das ist *kein* Ausrutscher!«

Edgar bekam einen leichten Schreck, er hatte dieses Wort nur gedacht, nicht ausgesprochen: »Aber der Grund, Bruno?«

»Sicherheit«, sagte Bruno. »Alle Menschen wollen Sicherheit haben. Und sage mir nur nicht, du nicht auch! Überall Versicherungen, wohin man schaut: Haus, Auto, Krankheit, Beruf, Risiko, Diebstahl, Einbruch, Unfall, Feuer, Vandalismus, Reiserücktrittskosten, Ehe, Leben und Sterben. Sterbeversicherung, wenn ich das schon höre. Und wenn das schon alles wäre. Es gibt die absurdesten Sachen. Wenn man gegen diesen Wahn was unternehmen will, muss man sich woanders umsehen. Sicherheit von oben, wozu schließlich gibt es den Staat. Und wenn der jetzige das nicht regelt, müssen andere Leute ran, die das erledigen. Die, die das tun wollen, sind ja nicht dumm. Was Berlin denkt, denken die schon lange. Mir jedenfalls macht niemand mehr was vor.«

Bruno glühte der Kopf bei solchem Reden. Seine Brille verrutschte mal nach rechts, mal nach links; um sie zurechtzurücken, warf er den Kopf in den Nacken.

Bis Edgar ihm ins Wort fiel: »Bruno, du brauchst eine neue Brille, jedenfalls eine, die sitzt.«

Irritiert unterbrach Bruno in seinem Argumentationsschwall, nahm seine Brille ab, legte sie bedächtig vor sich auf den Tisch, kreuzte seine Arme vor der

Brust und sagte: »Wenn du mir wenigstens zuhören könntest.« In seinem Kopf verglomm die Glut.

Sitzt da wie ein Häuflein Elend, dachte Edgar. In diesem Moment tat er ihm so leid, dass er einen fast physischen Schmerz empfand: Wohin, Bruno, wohin sind wir beide entglitten? Unsere Pech- und Schwefelgemeinschaft beginnt sich aufzulösen. Das sind keine sich trennenden Wege, das ist ein Auseinanderdriften in Richtungen, von denen niemand den Ausgang kennt. Für deine Richtung, Bruno, sehe ich schwarz. Doch wenn ich dir das jetzt sagte, kämest du mir mit noch mehr Unsicherheiten, Ängsten, ungutem Bauchgefühl.

Mit diesem nachgesetzten inneren Monolog hatte Edgar Bruno ganz einfach sitzengelassen. Wer von ihnen beiden hatte nun recht? Mit dieser Frage im Kopf war er über die verregneten Landstraßen zu sich nach Hause zurückgefahren.

Im nachklingenden Sinnen über die Auseinandersetzung mit Bruno erhob er sich im Dunklen aus seinem Bett. Sein Schädel surrte. Er machte kein Licht. Er glaubte, die Uhrzeit fühlen zu können, und er fühlte: Zwei Uhr, drei Uhr. Er ging ein paar Schritte im Zimmer auf und ab, bis seine Augen sich soweit an die Finsternis gewöhnt hatten, dass er die Umrisse im Raum erkennen konnte. Er hätte sich auch frei im Raum bewegen können, die Zeit hatte ihr Übriges getan: die immer gleichen Wege, die Unverrückbarkeit der Gegenstände, die unterschiedlichen Gerüche in den einzelnen Räumen, die eine quietschende Diele im Schlafzimmer, die zwei knarrenden Treppenstufen, die er, um dem Knarren auszuweichen, auf nur der einen, der Wand zugewandten Seite betrat, im Wohnzimmer der Teppich mit der hohen Borte, über die er in dunkler Nacht weniger stolperte als bei Tageslicht – all das war ihm vertraut wie seine alte Strickjacke mit den ausgebeulten Ellenbogen. Er schlich die Treppe hinunter, so langsam und leise, als gelte es, einen Mitbewohner nicht aus dem Schlaf zu wecken. Unschlüssig blieb er mitten im Wohnzimmer stehen. Hier fühlte er sich leicht verunsichert, wenngleich der untere, nunmehr um das ehemalige Kinderzimmer erweiterte Raum nur spärlich möbliert war. Er tastete sich zur Tür vor, die zum Garten hinausführte. Der Himmel war bedeckt, soviel konnte er erkennen, denn es zeigte sich kein Stern. Und wenn es nie wieder Tag wird?, dachte er. Man sagt, fiele die Sonne komplett aus, erstürbe miteins alles Leben. Vielleicht wäre das ein guter Tod, für alle. Es gäbe keine Ausnahme, jedermann würde mitgenommen, ob gesund oder krank, arm oder reich. Im Kälteschock erstarrtes Leben. Eine Ungeheuerlichkeit, die nur den Köpfen von Menschen entspringen kann.

Er trat ein paar Schritte in den Garten hinaus. Das einzige Geräusch verursachten seine schlurfenden Gartenpantoffeln. Sobald er stehenblieb, blieb auch die Welt stehen. Er tastete sich an den Büschen vorbei in Richtung Vorgarten und blieb an der Pforte stehen. Seine Augen wanderten zum Haus der neuen Nachbarin hinüber, er erblickte im Obergeschoss ihres Hauses das erleuchtete Rechteck eines Dachfensters. Plötzlich überfiel ihn das unbändige Verlangen, sie zu sehen. Sie, diesen einzigen Menschen, den die Nacht auch nicht in ihre dunkle Tiefe mitgenommen hatte. Ihm schien es, als sei er in diesem Augenblick mit diesem einzigen schlaflosen Menschen auf dieser ganzen weiten Welt wie über ein unsichtbares Medium verbunden. Er hielt nichts von Telepathie, das war für ihn gleicher Hokuspokus wie Bachblütenheilkunde oder andere dubiose Heilpraktika. Dennoch glaubte er, dass Menschen in bestimmten kollektiven Situationen durch einen inneren Gleichklang miteinander verbunden seien. Gemeinsames Singen ist solch eine kollektive Situation, man vernimmt die Stimmen der anderen, stellt seine eigene Stimme darauf ein, Schwingungen entstehen und pflanzen sich fort von Sänger zu Sänger, Schwingungen, die das eigene Alleinsein eliminieren. Ist es nicht auch bei einer Beerdigung so? Das Gemahnen an den eigenen Tod ist nie so eindringlich wie im Angesicht eines Sargs, in dem der Tod eingeschlossen ist. Niemand kann sich dem entziehen. Ein von der Trauer ausgelöster Gleichklang, auch er erzeugt Schwingungen, gegen die sich auch Nichtangehörige vergeblich zu wehren versuchen.

Vielleicht dachte sie in diesem Augenblick auch an ihn, sah wie er diesen Faden, fein wie der Faden einer Spinne, von dem es heißt, er sei um ein Mehrfaches fester als Stahl. Was einem so alles in solchen

Situationen durch den Kopf ging ... Er konnte seinen Blick nicht von dem erleuchteten Rechteck wegwenden. Vielleicht saß sie vor ihrem Computer und bereitete sich auf den kommenden Arbeitstag vor, verfasste einen Artikel, eine Kritik. Vielleicht telefonierte sie. Mit wem? Mit einem Mann? Gewiss war es, wenn sie telefonierte, ein Mann. Wen sonst ruft man mitten in der Nacht an, oder von wem sonst würde man mitten in der Nacht angerufen als von einem Mann, einer Frau, einem Geliebten, einer Geliebten, die genau so wenig schlafen konnten wie der Anrufer oder der Angerufene? Sehnsucht hält wach, mehr als das Verlangen. Er überlegte, wie er es anstellen könnte, auf sich hier draußen in der Dunkelheit aufmerksam zu machen. Steinchen werfen, so wie er es im Alter von sechzehn, siebzehn Jahren getan hatte, wenn ihn die Sehnsucht, seine erste Liebe mitten in der Nacht sehen zu wollen, fast in den Wahnsinn trieb? Wie sollte sie reagieren, wenn sie mitten in diesem nächtlichen Schwarz bemerkte, dass dort auf der anderen Straßenseite jemand stand, der ihr Wachsein im Blick hatte? Sie würde das Licht löschen, das Fenster öffnen, in die Dunkelheit starren, vielleicht rufen: »Ist da jemand?!« Und ich? Wie albern käme ich mir vor, einfach lächerlich. Dieses Alter, Edgar, dürfte für dich wohl vorbei sein. Die Erinnerung an dieses Alter war urplötzlich da, als hätte er an seinem Kopf einen Schalter bedient.

Es waren die Nächte seiner Sturm- und Drangzeit, die ihn aufwühlten vor Verlangen. Mit pochendem Herzen durchwachte Nächte, die ihm Bilder voll ekstatischer Fantastereien bescherten, Bilder, gegen die er verbissene Kämpfe ausfocht und denen er nach dumpfem Ringen in tauber Mattigkeit unterlag. Renate hatte ihn nicht erhört, jedenfalls nicht in solchen Nächten. Entweder schlief sie tief und fest wie ein Murmeltier, oder sie vernahm die prasselnden Steinchen an ihrem Fenster und ignorierte sie ganz einfach, bis er davon abließ. Die andere Möglichkeit war für ihn die schlimmere: Nie gab Renate zu erkennen, ob sie sein nächtliches Verlangen jemals wahrgenommen hatte, erhört hatte sie ihn in solchen Nächten nie. Geblieben war ihm die Erinnerung an ihre Stimme. Warm und sanft. Eine Stimme, in die er sich fallenließ, an die er sich schmiegte wie an etwas Samtenes, Schmeichelndes, Warmendes. Ein Empfinden, als sei ihre Stimme fühlbar. Manchmal suchte er ihre Nähe, allein um die Schwingungen aufzunehmen, die nicht allein ihm galten, sondern der ganzen Welt, die sie mit vollen Händen verschenkte wie gute Gaben aus einem Füllhorn. Die Eifersucht, die sich daran knüpfte, kaum auszuhalten. In diesem Augenblick wünschte er sich, noch einmal diese zum Bersten pralle Eifersucht empfinden zu können.

Jetzt klarte der Himmel auf, doch transparenter wurde die Nacht nicht, ein paar Sterne geben keine Helligkeit. Der Schein im Dachfenster war erloschen. Jetzt würde sie sich in ihrem Bett ausgestreckt haben, noch ein paar Sekunden Bilder vom vergangenen Tag an sich vorüberziehen sehen und dann in einen Schlaf versinken, der sie bis zum Morgen dem dunklen Nichts hilflos und von jedermann angreifbar auslieferte. Der Gedanke des Ausgeliefertseins machte ihn frösteln.

Manchmal, wenn seine kleine Prinzessin sich abends vehement weigerte, ins Bett zu gehen, war in ihm der Gedanke aufgekommen, dass sie Angst vor der Angst hatte, die sie im Alleinsein befallen würde. Angst vor der Ahnung von dem, was im nächtlichen Dunkel auf sie zukäme. Die gebetsmühlenartig wiederholten Beteuerungen, sie, die Eltern, seien doch da, bewachten ihren Schlaf, morgen früh erwarte sie wieder ein wunderschöner Tag, es könne ihr nichts passieren in der Nacht, bewirkten nichts, steigerten hingegen nur ihre Abwehr, von uns Eltern als Wutanfälle, Trotz, Kräftemessen gedeutet.

»Wer hier der Stärkere ist, werden wir doch sehen, Lotte, lass dir nur Zeit, Lotte, wir jedenfalls haben Zeit. Schrei dich aus, verkriech dich in die hinterste Ecke, wir wissen ohnehin, wo du dich versteckt hast.«

Das war sie, die blanke Angst, scheinbar geboren aus dem Nichts, von Charlotte ungeschützt rausgelassen, ein offenes Buch, dessen Buchstaben wir auf unsere Art deuteten. Zehn, zwölf Stunden Alleinsein, Ausgeliefertsein einem Dunkel, das mit nie gesehenen verzerrten Bildern drohte. Der Weg zum Schlafzimmer der Eltern mitten in der Nacht war so unendlich weit, eine kleine Odyssee voller Tücken und fremdartiger Geräusche. Eine Mutprobe, von der sie nicht ahnte, dass sie ihren Mut auf die Probe stellte.

Das Elternbett als rettender Hafen, der lockte und Geborgenheit verhieß, den es trotz aller Widrigkeiten zu erreichen galt.

Jetzt, da auch das letzte Licht erloschen war, traf ihn die Schwärze der Nacht wie ein dumpfer Hammerschlag. Er machte im Haus kein Licht und tastete sich über die Treppe hinauf ins Bett, in seinen rettenden Hafen.

Die zurückliegende Nacht war kurz. Punkt sieben polterten die Handwerker durchs Haus. Er hörte Johannas Stimme, sie schien einen Disput mit den Bauleuten zu haben. »Schief bleibt schief«, vernahm er ihren schrillen Ton. Sie stolperte nach oben und riss ungeniert die Tür zu seinem Schlafzimmer auf. In ihrer Aufregung schien sie überhaupt nicht wahrzunehmen, dass Edgar nur notdürftig bekleidet unter der Bettdecke lag. »Wenn man nicht immer danebensteht, machen die, was sie wollen.«

Hatte sie nicht gesagt, das sei das Topteam, das sie da habe? Edgar schlüpfte in die Hose, streifte ein T-Shirt über und taumelte hinter ihr hinunter zum halbfertigen Umbau.

»Das machen die noch einmal, so kann ich das nicht abnehmen.« Sie wies mit der Hand auf die linke Seite des Mauerdurchbruchs. »Wie das aussieht!«

Auf den ersten Blick konnte Edgar die leichte Schiefstellung nicht entdecken.

»Dass dir das nicht gleich aufgefallen ist, Edgar.«

»Wir lassen das, wie es ist. Wenn man nicht so genau hinsieht ...«

»Aber ich sehe genau hin. Das kann so nicht bleiben.« Und sie begann wortreich zu erklären, was erneuert werden müsse und dass sie auf gar keinen Fall einen Cent mehr dafür berechnen dürften. »Das wäre ja noch schöner.«

So aufgebracht hatte er sie noch nie gesehen. Hatte sie eine ungute Nacht gehabt? Wie mag die Laus heißen, die ihr über die Leber gelaufen ist?

Scheinbar übergangslos fügte sie hinzu: »Jedenfalls möchte ich da nicht das Gesicht deiner Frau gesehen haben.« Sie sagte nicht: Luises Gesicht.

Edgar glaubte, aus Johannas Einwurf einen bitteren Unterton herausgehört zu haben.

»Besser, wir lassen sie aus dem Spiel«, meinte er.

»Hast recht, Edgar. Die Zeit, die große Trösterin.«

Er konnte sich des Eindrucks nicht erwehren, sie verberge etwas vor ihm. Ein Wissen, ein Geheimnis, eine Vertraulichkeit, wie es sie unter Frauen zuweilen geben soll. Doch für Geheimnisse war der Kontakt, den sie und Luise untereinander pflegten, unbedeutend, wenn nicht gar nichtig. Dann aber verwarf er diesen Gedanken und tat ihn mit der Handbewegung ab, mit der Bruno lästige Dinge abzuwehren pflegte. Dennoch, der Gedanke, wie wenig sie, Edgar und

Luise, in Wirklichkeit voneinander wussten, irritierte ihn mehr und mehr. Die Trösterin Zeit zeitigte ihre erste Wirkung, bescherte ihm einen kühleren Blick auf seine so abrupt und schreckensvoll beendete Ehe.

23

Einige Wochen waren vergangen. Vergangen schien auch die Zeit der schlaflosen Nächte. Wenn sich das Pochen in seinen Schläfen wieder meldete, griff er zur Kopfschmerztablette, streckte sich auf dem Sofa aus und wartete im abgedunkelten Zimmer, bis sich der Schmerzanfall in immer flacher werdenden Schwingungen verzogen hatte. Die Wand hatte Johanna unter großem Murren des Baubeauftragten neu richten lassen. Was allerdings noch nicht zu Ende ausgeführt wurde, waren der Verputz und der Anstrich auf der nachgebesserten Wand. Alle Kapazitäten seien anderwärts im Einsatz, er habe momentan niemanden, den er von seinen Leuten auch nur für wenige Stunden abziehen könne. Johannas Zorn verrauchte mit den fortziehenden Wochen. Es schien fast so, als sei dieses allerletzte Stück Baustelle in Vergessenheit geraten. Edgar störte sich nicht daran, und mit der Zeit hatte es den Anschein, als gewöhne er sich an diesen optischen Makel, denn mehr als ein Makel, mit dem man durchaus leben kann, war es für ihn nicht. Die Stützwände zu beiden Seiten des Durchbruchs waren jetzt lotgerade und einsturzsicher.

»Die bekommen Geld erst dann, wenn sie wirklich fertig sind!«, gemahnte Johanna. Und so hielten es beide denn auch.

Die Bilder mit den vielen Blumenmotiven dämmerten immer noch in der Dachkammer vor sich hin, er würde sie, wenn auch nicht alle, doch wieder aufhängen, ein Stück Vertrautheit wollte er sich schon bewahren. In seinem Kopf hatte er sich eine Neuhängung zurechtgelegt, die er aber immer wieder verwarf, neu ordnete, manchmal auch verwünschte. Dann wiederum waren ihm Zweifel gekommen, ob er sein Vorhaben nicht ganz lassen sollte. Doch wie fremd käme er sich dann in seinen eigenen vier Wänden vor.

Auch das andere, in der Zimmermitte zusammengeschobene Mobiliar entzerrte er nur zögerlich. Er hatte sich vorgenommen, die Einzelstücke nicht wieder an ihren alten Orten zu platzieren, den sperrigen Sekretär seiner Mutter wollte er ganz verschwinden lassen, entweder zum Verkauf ins Netz stellen oder, wenn sich kein Käufer fände, in den Sperrmüll geben. Die Fächer und Fächerchen hatte er mit keiner Spur von Entdeckerneugier alle lustlos auf- und zugeschoben. Es wäre auch nichts zu entdecken gewesen. Keinerlei Tagebuchaufzeichnungen, kein Brief intimen Inhalts, Liebesbriefe gar. Aber doch, da waren zwei mit großen Schriftzügen vollgeschriebene Blatt Papier, ohne Umschlag, nur einmal in der Mitte zusammengefaltet, etwas abgegriffen, wie es schien, Anzeichen dafür, dass sie sie immer wieder Mal in die Hand genommen haben musste. Die Schrift seines Vaters, ein Schriftstück, das nur sie beide, seinen Vater und seine Mutter, etwas anging und deren Inhalt ihm nicht ohne Brisanz schien. Die Zeichen ließen sich in alle Richtungen deuten. Was sie sich dabei gedacht habe, und ob sie denn kein Mitgefühl mit ihm habe. Bei allem, was sie miteinander durchgemacht hätten. Ein Schreiben zwischen Vorwurf und Flehen. Nach so vielen Jahren Ehe, musste das sein? Ein geprügelter Hund, der mit zurückgelegten Ohren zubeißen wollte, sich das aber nicht getraute? Da hätte sie ja einiges gutzumachen, so die Schlussworte. Eine unverhohlene Drohung. Edgar wendete die beiden Blätter hin und her, wie auf der Suche nach einem Schlüssel zu diesen Worten. Er legte das Schreiben dorthin zurück, wo er es vorgefunden hatte. Ihn verließ die Lust, weitere Fächer auf- und zuzumachen, Schrankinhalte durchzusehen und überhaupt, irgendwelches Mobiliar zu verrücken.

Schließlich, sagte er sich, war der Raum noch nicht vollendet. In den neuen Sesseln in dem nunmehr erweiterten Teil des großen Zimmers, »das Große«, wie er es jetzt nannte, hatte er noch nie gesessen, von einem Probesitzen auf einem mit rehbraunem Leder bezogenen Sessel einmal abgesehen. Doch die Scheu, die ihn anfangs abhielt, diesen Teil des Raumes zu betreten, war von ihm gewichen. Er hielt nicht mehr an der imaginären Schwelle inne, doch das Gefühl von Fremdheit in diesem Raum hatte ihn noch nicht gänzlich verlassen. Da blieb er doch lieber bei seinem Sofa. Der Anblick der unvollendeten Wand störte ihn immer weniger, er sah darin keinen Schandfleck, eher so etwas wie ein unvollendetes Kunstwerk, das seiner Fantasie, wie es dort einmal nach der Vollendung aussehen könnte, viel freien Raum ließ. Haben nicht auch große Künstler Unvollendetes hinterlassen? Der Gedanke amüsierte ihn. Ein vom Handwerker hinterlassenes halbfertiges Stück Wand und die zweite, unvollendete Fassung von Rodins *Madame Fenaille*, aus dem Marmor herausgearbeitet und der Nachwelt anvertraut als eine aus Stein gemeißelte Allegorie der Verlassenheit – wenn das kein Vergleich war!

Die Klingel an der Haustür schreckte ihn aus seinen Grübeleien hoch. Nein, erklärte die Nachbarin, diesmal sei es nicht das Auto, das nicht anspringe. Sie habe *sein* Auto im Vorgarten gesehen, und da dachte sie, sie könne doch wieder mal vorbeischauen. Es mache ihm doch nichts aus? Er habe ihr noch nichts von seinem Ausflug ins Brandenburgische erzählt. Das wollte er doch tun, wenngleich er sich an kein Versprechen erinnern konnte. Sie gingen auf die Terrasse hinaus. Der Tag war sonnig, die Luft lau, die Gräser dufteten, der Rosenbusch blühte. Luft zum Durchatmen. Und als hätten sie sich verabredet, holten sie wie in einem gemeinsamen Atemzug tief Luft und stießen die Luft mit einem hörbaren »Ah« wieder aus, und wie auf ein verstecktes Signal hin löste dieses laute »Ah« bei beiden einen Lacher aus. »Albern«, bemerkte er. Finde sie nicht, erwiderte sie.

»Also Ihr Brandenburg. Ich hatte da so mein Erlebnis der besonderen Art.« Edgar begann zu erzählen. Er musste an sich halten, um die Begegnung mit dem Alt-Nazi nicht durch Ausschmückungen zu dramatisieren. Hin und wieder nickte sie, wie zum Zeichen, dass sie ihn verstehe.

»Weshalb ich mich hier niedergelassen habe, hatte ich wohl erzählt«, sagte sie. »Ebenso hätte ich auch dort von A nach B gehen können. Doch der Ortswechsel hatte auch noch einen anderen Grund. Ich hatte geglaubt, dem Rechtsgetöse in Richtung Westen entfliehen zu können. Aber das war ein Irrtum. Hier hat mich die Vergangenheit in der Wirklichkeit schneller eingeholt, als ich es wahrhaben wollte. Kopf in den Sand wie der Vogel Strauß? Wer das tut, dem werden die Federn schneller gerupft, als ihm lieb ist. Vielleicht sind die Neos hier in ihrem Auftreten etwas verfeinerter, subtiler, nicht so poltrig und grobschlächtig wie die da.« Sie deutete mit dem Daumen die Himmelsrichtung an, in der sie ihre Worte verortete. »Manchmal dachte ich, man könnte denen dort in ihrer Offenherzigkeit und Blöße leichter habhaft werden. Aber auch das ist ein Irrtum. Die haben ihre eigene Moral.«

»Die Moral des Bösen?«

»Wenn es die gibt, dann ist sie es. Die Vorzeichen sind vertauscht. Für sie ist gut, was für andere böse ist. Ich glaube nicht, dass sie sich als böse empfinden. Als gut? Gut insoweit, als dass sie das Böse, das sie absondern, für sich als gut empfinden. Oder, anders gesagt, es *tut* ihnen gut. Und somit wandelt sich das Böse in Gutes, das nur sie allein definieren können und von dem sie sehr genau wissen, dass sich ihr Gutes nicht auf alle Menschen ummünzen lässt. Doch ein Versuch ist es ihnen wert. Schließlich, wer Gutes zu verkünden hat, möchte das auch in die Welt hinaustragen.«

»Einspruch, Euer Ehren!« Doch bei dem Versuch, seinen Einspruch zu formulieren, geriet er ins Straucheln. Goethe fiel ihm ein: »Ich bin ein Teil von jener Kraft ...«

»Schon verstanden«, unterbrach sie ihn. »Auch Genies haben so ihre Tücken. Das Böse ruhig und gelassen zulassen, damit daraus wieder Gutes entstehen kann? Hatten wir alles schon mal. Zuerst das Chaos, dann das Böse, neues Chaos, neues Böses: eine Welt, die aus dem Chaos entstanden ist und in der zu leben wir verurteilt sind. Was nach dem Chaos kam, war immer nur mehr recht als bedingt gut. Aus der Geschichte lernen? Welche Geschichte nur? Die biegt sich doch jeder so zurecht, bis er selbst daran glaubt. Ich denke, vielleicht ist es auch so, dass der Mensch es nicht versteht, das Gute zu sehen und zu bewahren, geschweige denn dass er es auf Dauer mit dem Guten zu leben nicht ertragen kann.«

»Einspruch Nummer zwo, Euer Ehren: Fakten bleiben nun mal Fakten.«

»Auch das war einmal. Postfaktisch. Selbst hier bleibt die Zeit nicht stehen.«

»Sie geben aber auch nicht auf.«

Sie lachte, dachte an den Mann, von dem sie sich hatte scheiden lassen. Sie hatte lange nach dem eigentlichen Scheidungsgrund gesucht. Es lebte sich doch ganz gut mit ihm zusammen. Lange Zeit gab es keine Anzeichen dafür, dass es nicht so wäre. War es vielleicht doch ihre scharfe Zunge, wie er hin und wieder geäußert hatte? Viele Männer bekämen damit ein Problem, das dann offen zutage tritt, wenn die Schärfe in der Sprache das Zusammenleben dominiert. Dieser Gedanke war ihr schon öfter gekommen, und sie musste erkennen, dass sich hier nichts reparieren ließ. Ein Seitensprung könnte repariert werden, nicht aber permanente Seitensprünge verbaler Art. Sie hasste sich dafür. »Du mit deinem Mundwerk kriegst nie einen«, klang es heute noch in ihren Ohren. Sollte Mutter zum Schluss doch wieder mal recht behalten? Mutter mit ihren Orakeln, in denen doch immer auch ein Fünkchen Wahrheit mitschwang.

»Sie ahnen nicht, wohin mich meine Gedanken in diesen Sekunden geführt haben.«

»Wenn das ginge – Gedankenlesen.«

»Dann käme man dem Bösen vielleicht eher auf die Schliche. Wie man dem aber beikommt, wüssten wir dann noch immer nicht. Wenn geprügelte Hunde beißen, tut es besonders weh. Ist so ein Spruch aus der Hausapotheke. »Aber«, setzte sie nach, »Orte, die ein ungutes Gefühl hinterlassen, sollte man ein zweites Mal aufsuchen. Bei meiner nächsten Fahrt in diese Richtung nehme ich Sie ganz einfach mit. Sollten Sie nicht ablehnen. Das Gute auf den zweiten Blick ist oft das Bessere. Hausapotheke, wie gesagt.«

24

Sie nahm sich beim Wort.

»Sagen Sie ganz einfach, wir sind Kollegen. Damit hat mein Vater kaum Schwierigkeiten. Ansonsten kann er so ziemlich konservativ sein. Altmodisch, wie man so sagt. Aber nicht verbiestert, nein, das ist er nicht. Was ihm nicht in seinen Wertekram passt, tut er mit einem nachsichtigen Lächeln ab.«

»Verliebt in den eigenen Vater?«

»Welche Tochter ist das nicht. Jedenfalls eine Zeit lang. Aber Sie können ganz gewiss mit Gegenbeispielen aufwarten.«

Edgar verzichtete auf eine Entgegnung. Bei seiner Frage nach dem Wohin blieb sie im Ungefähren.

»Südost«, gab sie vor, und damit ließ sie es bewenden. »Streusandbüchse. Nicht erst seit der Zeit des Großen Kurfürsten wird dieser Landstrich so benannt. Kiefern, Roggen, Kartoffeln, Rüben, mehr gibt das Land nicht her. Die Lebensgrundlage vieler Menschen über Jahrhunderte. Wer schon fragt heute noch danach. Ebenso wenig wie heute danach gefragt wird, woher die frischen Birnen im Januar kommen. Nur mein Vater, der ist so einer, der will alles genau wissen. Nie würde der im Januar auch nur eine Birne essen. ›Die wollen uns betuppen‹, sagt er. Mein Vater, eine Inkarnation des Misstrauens. Oder doch eher der Skepsis? Eine Frage der Definition. Bei allem, was neu ist, kneift er erst einmal die Augen zusammen. Mein Vater, ein Vertreter seiner Region – von den Birnen einmal abgesehen. Seine Sehschlitze sind sein Visier, durch das er alles Unbekannte aufs Korn nimmt. So auch Sie, Sie werden sehen.«

»Edgar«, sagte Edgar.

Sie schien irritiert, ehe sie reagierte. Für den Bruchteil einer Sekunde trafen sich ihre Augen. Ihr Vater, dachte er. Ihr skeptischer Blick.

»Ruth«, sagte sie. »Die Begleiterin. Soweit sind wir uns doch schon mal einig. Und wenn wir bei meinem Vater Quartier machen, geht das ohnehin in Ordnung.«

»Wenn die Holzpantinen vor der Haustür stehen, heißt das soviel wie: Bin nicht im Hause. Er wird wieder nach dem Rechten sehen. Nach dem Rechten, das sind ein Stück Weideland und der Wald, die ihm nach der Wende zugefallen sind. Rückerstattung oder wie das hieß. Er weiß aber mit dem Rechten nichts anzufangen. Wer schon will eine Wiese oder gar einen Wald haben? Ein Pyrrhusgeschenk, zumal in dieser Ecke hier. Doch immer wieder zieht es ihn dorthin. Geht durch sein Wäldchen, über seine Wiese. Spielt den einsamen Wolf. Manchmal kommt er mit Pilzen zurück, aus denen er sich nichts macht. Wenn er allein ist, wirft er sie in die Mülltonne. Was soll ich sagen, er ist mein Vater, man kann sich seine Eltern nicht aussuchen. Und das ist ja auch soweit ganz in Ordnung. Oder, was wäre, wenn man es könnte? Das ist doch wie mit dem Wetter. Die einen hätten gern Sonnenschein, die anderen Regen, manche mögen Blitz und Hagel. Immer auch abhängig von der Tagesform. Wo kämen wir hin, wenn es eine Elternwahl gäbe.«

Er war nicht im Hause. Sie schloss auf. »Das darf ich«, erwiderte sie seinen fragenden Blick. »Zu jeder Zeit. Außer ihm haben nur ich und seine Perle einen Schlüssel. Er wird nicht überrascht sein, wenn er uns hier antrifft. Er ist an meine spontanen Überfälle gewöhnt.«

»Auch zu zweit?«

»Auch zu zweit!« Mit dieser Replik reagierte sie leicht verärgert auf seine Frage.

»Ja, er wollte verkaufen, aber dann trat Selma in sein Leben, eine resolute Mittfünfzigerin, die sich nicht nur um seinen Hausstand kümmerte. Er war damals Mitte siebzig, ist keine zwei Jahre her. Es ist schwer zu beschreiben, dieses Gefühl, als ich eines Tages Selma aus dem elterlichen Schlafzimmer herauskommen sah; spärlich bekleidet, mit zerdrücktem Haar, um den eingefallenen Mund ein gequältes Lächeln. Er hatte sich die Bettdecke über den Kopf gezogen, versteckte sich wie ein pubertierender Junge, den man bei gewissen Spielchen ertappt hat. ›Lass dich nicht ausnutzen‹, wollte ich ihn warnen. Und: Ist das denn nötig? ›Das geht dich gar nichts an‹, hatte er gereizt reagiert. Und es ging mich auch nichts an. ›Wie ich ohne deine Mutter weiterleben werde, muss ich ganz allein für mich herausfinden.‹ Ich hatte verstanden und ich habe ihn nie wieder darauf angesprochen. Warum ich dir das erzähle? Irgendwann einmal hat doch jeder das Bedürfnis, sich anderen gegenüber zu artikulieren.«

Mit kurzen, energischen Schritten lief sie im Zimmer zwischen Tür und Fenster auf und ab. Bereute sie, dass sie ihm einen Einblick in diese intime Seite ihres Familienlebens gegeben hatte? »Ich werde dir dein Zimmer zeigen, Platz genug gibt es hier.«

Warum fühlte er sich wie ein Eindringling? Auch Ruths Gegenwart konnte an diesem Gefühl nichts ändern. Dass ihm der Ort nicht vertraut war, spielte hierbei keine Rolle. Was war es dann? Da stand das Bett, in dem er die kommende Nacht verbringen würde, ein Ungetüm mit einer Rückwand, die er unwillkürlich mit einem Friedhofsgedenkstein assoziierte: hoch, geschwungen, wuchtig. Überbleibsel aus einem uralten Schlafzimmerdoppelbett, das man sich scheute, in den Sperrmüll zu geben. Die quietschenden Stahlfedern ahnte er bereits. Er sah sich um und sann darüber nach, wie er die vorausgeahnte schlaflose Nacht möglichst unbeschadet werde überstehen können. Es gab nur noch den einen Stuhl und den Tisch mit einer Tischlampe darauf. Er betätigte den Lampenschalter, die Glühbirne leuchtete grell, sie blendete ihn. Er platzierte sein Handy und sein Notizheft mit Stift neben der Lampe auf dem Tisch, eine Zeremonie, als richtete er sich an einer neuen Arbeitsstätte ein. Er blieb mitten im Raum stehen. Ein seltsames Gefühl beschlich ihn, versetzte ihn in eine Unruhe, die er aus weit zurückliegender Zeit kannte. Ein lächerliches Gefühl für einen Erwachsenen, so mochte er glauben. Ein Gefühl, das allem anderen gegenüber gleichgültig macht, alles andere überschattet, das die Brust, das Herz zusammenzieht, das klein macht, unerklärbar, durch nichts zu eliminieren. Heimweh. So was von altmodisch, dachte er, während der Knoten in seinem Hals immer weiter anschwoll, und ihm kam der Gedanke, von hier einfach abzuhauen – klammheimlich. Er könnte einen Zettel hinterlegen, dass er ganz plötzlich einen Anruf bekommen habe und jemand nach ihm verlangte, eine Angelegenheit, die keinen Aufschub dulde. Aber so mitten in der Nacht? Und was sollte er sagen, wenn sie fragen sollte, wer der mysteriöse Anrufer gewesen sei? Er verwarf diesen Plan als absurden Einfall, setzte sich aufs Bett, starrte in die ihn umgebende Leere. Dann entsann er sich, dass unten im Kühlschrank ein Mosel eingestellt war, so jedenfalls hatte sie gesagt, und er könne sich jederzeit bedienen. Um nicht auf sich aufmerksam zu machen, schlich er in Socken die Treppe hinunter, darauf bedacht, nicht zu stolpern, nicht auszurutschen, nirgendwo anzustoßen. Weil er in der Küche kein Weinglas fand, nahm er ein Wasserglas, setzte sich an den Küchentisch und entkorkte die Flasche. War es der erste Schluck auf nüchternen Magen, der ihn in eine Melancholie versetzte, die so überfallartig über ihn kam? War es doch Heimweh? Ein Gefühl prall gefüllt mit Emotionen? Doch nach welchem Heim zog sein Weh? Luise war sein Heim. Warum hatte sie das getan?

Zum ersten Mal kam ihm der Gedanke, dass dieser Unfall hatte *vorsätzlich* geschehen können. Eine grauenvolle Verstellung. »Doch wozu, Luise? Und warum hast du unsere Prinzessin mitgenommen?« Er musste diese absurde Idee aus seinem Kopf verbannen, ein für alle Male, doch er war sich bewusst, dass ihm dies nicht gelingen werde; ein einmal gefallener Wermutstropfen verharrt dort, wohin er gefallen ist – für lange Zeit. Warum nicht unseren Tag am Strand aufrufen?

Charlotte flitzte zwischen Strand und Meeressaum hin und her, unermüdlich. Ein Sog, dem sie sich offenbar nicht entziehen konnte. Die Brandung war eher schlapp, für sie aber hoch genug, um bei jedem Überschlag zurückzuschrecken. Sie lief kreischend von der sich brechenden Welle davon, nicht mehr als drei, vier Meter, drehte sich um, lief wieder auf das Meer zu, bis das Seewasser ihre Beinchen bis zur halben Wade benetzte, bis der nächste Wellenüberschlag ihr entgegenschwappte, um erneut fortzulaufen, um sich abermals umzuwenden, wieder zum Wasser hinzuflitzen, und so fort, mit wachsendem Staunen, mit wachsender Begeisterung.

»Deine Tochter«, sagte ich. »Weißt du noch?«

Doch, du wusstest noch.

»Unser Kennenlernen im Schwimmbad.«

Du lachtest.

»Dem Sog des Wassers kann sich niemand entziehen. Vielleicht, weil wir alle einmal vor vielen tausend Jahren dem Wasser entstiegen sind. Die Wissenschaft weiß da Genaueres.«

Du hast meine Bemerkung mit einem skeptischen Seitenblick weggelächelt.

Du hattest ein Buch in der Hand, wie so viele am Strand ein Buch in der Hand hielten, ohne wirklich darin zu lesen. Hin und wieder wurde eine Seite umgeblättert, ob vor oder zurück, wer achtete schon darauf. Und wenn sie das Buch zuklappten, befand sich das Findebändchen wieder an genau derselben Stelle, wo sie das Buch aufgeschlagen hatten.

Du hattest dein Buch beiseitegelegt und mich nach der Uhrzeit gefragt. Dann sagtest du: »Nur mal kurz, pass auf Lotte auf!«, und warst in Richtung Eisstand gelaufen, bliebst aber nicht am Eisstand stehen, sondern verschwandst hinter den Dünen. Die Zeit kam mir lang vor. Als du zurückkehrtest, machtest du einen etwas verstörten Eindruck, und ich fragte, ob etwas passiert sei, etwas Unangenehmes vielleicht.

»Wieso, wie kommst du darauf?«, hattest du leicht gereizt reagiert. Den Blick, der mich traf, empfand ich als ziemlich unterkühlt, um nicht zu sagen: feindselig. »Ich fühle mich wohl. Sehr sogar. Aber vielleicht wäre es gut, wir führen jetzt zurück. Für Lotte sollte es für heute genug sein.« Kaum gesagt, machtest du dich auch schon daran, mit fahrigen Bewegungen unsere Sachen in den beiden Strandtaschen zu verstauen.

»Wozu auf einmal diese Hektik?«, wollte ich dich fragen, tat es aber nicht, weil ich deine Stimmungsumschläge auch von anderen Situationen schon kannte. Darauf angesprochen, reagiertest du häufig mit: »Davon verstehen Männer nichts.« Ein Allerweltsargument und, wie ich glaubte, auch für dich eines der billigen Sorte. Doch ich hatte dem nichts entgegenzusetzen.

Als wir den Strand verließen, sahst du dich verstohlen nach allen Seiten um, so als suchtest du irgendwen oder -etwas. Wie gegenwärtig mir das alles jetzt und hier ist: Charlottes Verzückung und Staunen und ihre Unermüdlichkeit. Alles andere um sie herum schien vergessen. Auf meinen Schultern trug ich sie zurück zum Auto. Ihr kleiner Körper fühlte sich unterkühlt an, und ich hatte das Empfinden, als taue sie dort über mir auf wie ein Teil, das frisch aus der Kühltruhe entnommen wurde. Sie wird sich etwas weggeholt haben, dachte ich, einen Schnupfen oder Husten, Halsweh.

Sie hatte sich nichts weggeholt. Aufgetaut und flink wie ein Silberfischchen krabbelte sie auf ihren Sitz und umklammerte das noch immer prallvoll mit Luft aufgepumpte Krokodil wie eine Rettung verheißende Hochseeboje. Während der ganzen langen Rückfahrt hatte im Auto eisiges Schweigen geherrscht. Luise schaute geistesabwesend auf die vorüberziehende Landschaft, und als ich den Versuch unternahm, dieses Schweigen zu durchbrechen, legte sie den Finger auf den Mund und wies nach hinten auf den Kindersitz. Charlottes Kopf war zur Seite gekippt, sie schlief. Was uns nie daran gehindert hatte, uns während der Fahrt zu unterhalten. Wenn Lotte schlief, dann schlief sie trotz Trommelwirbel, Blitz und Donner.

Zu Hause angekommen, verfiel Luise in hektische Betriebsamkeit. Sie hastete von einem Raum zum anderen, von unten nach oben; bei allem, was sie tat, stieß sie kleine Lacher aus, ohne dass ich ein Motiv für diese neuerliche Heiterkeit hätte erkennen können. Ich fragte auch nicht. Im Stillen war ich froh, dass sie sich aus diesem Schweigen gelöst hatte, und ich fürchtete, dass sie durch falsche Fragen wieder in ihre schweigende Starre verfallen könnte. Ich legte die schlafende Charlotte in ihr Bett, wo sie übergangslos weiterschlief.

Als Luise mir aus dem Gästezimmer heraus entgegenkam, hielt ich sie am Arm fest und versuchte, ihr in die Augen zu schauen.

»Lass das!«, herrschtest sie mich an. Ich musste an mich halten, um nicht noch harscher zu reagieren.

»Was ist los?«, fragte ich.

»Nichts. Rein gar nichts. Vielleicht ist das heute nicht mein Tag.«

Du hattest dein Nachtlager im Gästezimmer hergerichtet, legtest dich aber abends neben mich in unser gemeinsames Bett. Am folgenden Morgen war deine Bettseite leer. Du warst mitten in der Nacht ins

Gästezimmer umgezogen. Zum Frühstück saßen wir wie gewohnt zu dritt am Küchentisch und boten das übliche Bild einer integren Kleinfamilie, die durch nichts zu erschüttern schien. Den Verdacht, der in mir aufkeimte, du würdest von einem anderen Mann bezirzt, vergrub ich in den Keller meiner Schandgedanken. Die Tage und Wochen danach boten nicht einmal den Hauch eines Anzeichens von Untreue.

Schlurfende Schritte rissen Edgar aus seinem Nachsinnen. Ruth entnahm dem Küchenschrank ein schnödes Wasserglas. Schweigend und mit unterdrücktem Gähnen füllte sie es dreiviertel voll, sagte »Prost!« und knallte es wie ein Bierkutscher auf den Tisch. »Wer schläft, sündigt nicht«. Sie schlug den Morgen- oder Bademantel – eine Frage der Tageszeit und der Betrachtungsweise – eng um sich, zurrte den Gurt fest um ihre Taille. Eine Geste wie ein Signal: Bis hierher und nicht weiter! »Ich war schon immer eine Nachteule«, fügte sie hinzu. »Die Nacht ist die Zeit des Erzählens. Spätestens seit Scheherazade wissen wir das. Durch Erzählen dem Tod ein Schnippchen schlagen. Denn was schließlich hält uns am Leben? Die Angst vor dem Tod.«

»Nachtgedanken«, sage Edgar. »Ich glaube, die wichtigsten Entscheidungen seines Lebens trifft der Mensch in der Nacht. Die Nacht bietet viel Raum, über sich und die Welt nachzudenken. Der Tag ist dafür da, die Nachtgedanken umzusetzen – oder zu verwerfen, um Platz für die Folgenacht zu schaffen. Doch ich kann mich auch irren.«

»Der Irrtum, der in allem steckt, was immer wir auch tun. Die Welt als Camouflage. Könnten wie sonst weiterleben?« Mit einem kräftigen Schluck leerte sie ihr Glas. »In der Kammer steht noch eine Kiste, Vater sorgt vor. Ich gebe ihm noch zehn Minuten, höchstens, dann wird er in der Tür erscheinen. Grantelnd wie immer, ich warne dich vor.«

Auch er war eingehüllt in ein Gebilde zwischen Burnus und zotteligem Überwurf, ein Beduine, der vor der Wüste resigniert hat. »Nein, nicht dort«, brabbelte er, »im Keller.«

»Also gehe ich in den Keller«, murrte Ruth.

»Mach Licht. Aber das funktioniert vermutlich wieder mal nicht. Bei Leitungen, die so alt wie mein Leben sind, kommt es schon mal zu Ausfällen. Nimm eine Kerze.«

Mit einer brennenden Kerze in der Hand entschwand Ruth in den Keller.

»Eine gute Tochter«, lobte er. »Haben Sie auch eine?«

»Hatte.«

Der Alte schwieg. Kein Nachfragen, kein Wort des empfundenen Mitgefühls. Er schwieg und hüstelte.

»Wenn du nachts immer so rumschleichen würdest, auf nackten Sohlen und nur dieses Ding da, dann würdest du auch immer hüsteln. Aber mein Vater ist ja so ein ganz schlauer«, erklärte Ruth, die dem Keller entstiegen war und sich mit der neuen Flasche mühte.

»Ich heiße Edgar«, stellte Edgar sich vor.

Der Alte kniff seine Augen zu Sehschlitzen zusammen: »Und Sie kommen von *dort*. Sollte ich auch mal hinfahren. Ach, wissen Sie, die ganze Vereinigung. Was soll ich damit? Alles für die Katz. Kam zu spät, jedenfalls für mich. Meine Tochter hat sich abgeseilt, ist sozusagen aus der Seilschaft ausgestiegen.«

»Können wir dieses Thema nicht lassen?«, reagierte Ruth gereizt.

Die plötzlich eintretende Stille füllte den Raum wie ein dicker, klebriger Wattebausch. Wie aus Verlegenheit griffen sie nach ihren Gläsern, und wie verabredet nahm jeder mit einem hörbaren Glucksen einen kräftigen Schluck. »Wenigstens der Wein von euch ist gut«, beschied er. »Was eigentlich habt ihr vor? Damit wir uns nicht falsch verstehen: Bleiben könnt ihr natürlich so lange, wie ihr wollt. Morgen Vormittag kommt Selma. Nach dem Rechten sehen. Tut ja sonst niemand.«

»Du solltest wissen, dass ich das nicht kann. Wozu also die Spitze?« Und zu Edgar gewandt: »Aber so ist er, mein alter Herr.« Ihrem Vater erklärte sie: »Wir haben nichts Konkretes vor. Aber vielleicht doch: der Mumienritter. Ein alter Kämpe im Krieg gegen die Schweden, aber auch im Kampf um die Weibsbilder. Ein Schwerenöter, dem seine libidinöse Unersättlichkeit fast zum Verhängnis geworden wäre. Endeten alle Schwüre solchermaßen, wären die Wegränder von Mumien übersät. Den Kern der Geschichte, Edgar, werden sie dir vor Ort erzählen, jedenfalls das, was sie heute für den Kern halten. Die Jahrhunderte haben aus einem Übeltäter einen Helden gemacht, zu dem die Gutgläubigen, aber nicht nur die, pilgern. Alles verklärt die Zeit, aus Mördern werden Helden, aus Helden Heilige.«

»Jetzt mach aber mal halblang«, fuhr ihr der Vater in die Parade.

»Zum Glück«, bemerkte Ruth und schenkte nach, »gibt es hier nicht nur mumifizierte Ritter.«

»Ihr könntet bei meinem Wald halt machen. Eigentlich *unser* Wald. Außer dieser Bruchbude hier wirst du auch den mal erben. Freu dich nicht zu früh darauf.«

»Er ist ein Grantler, aber solange er sich dabei wohlfühlt in seiner Haut ...«, versuchte sie, nachdem ihr Vater sich in sein Zimmer zurückgezogen hatte, Edgar zu erklären. »Sollen wir das Spiel *Wer bist du, wer bin ich?* spielen? Ich fange an: Du bist ein Mann, der ganz für sich allein ein Haus beansprucht, ein unsoziales Verhalten, wenn man bedenkt, dass ein paar Häuser weiter andere mit einer Großfamilie in einer Zweizimmerwohnung leben müssen. Du denkst dir nichts dabei, und ob die Großfamilie sich etwas dabei denkt, wenn sie an deinem Haus vorbeigeht, sei dahingestellt. Du hast weder Frau noch Kinder, pardon, aber so ist das nun mal, und selbstverständlich denkst du nicht im Traum daran, dein Haus gegen die Zweizimmerwohnung der Großfamilie zu tauschen.

Das wäre doch eigentlich gerecht, jedenfalls so rein sozial gesehen. Was meinst du?«

»Du hast ein Haus, in dem du dich einigelst in deiner Verletztheit, die du aus der zurückliegenden Ehe mit dir herumträgst wie eine Trauerschleppe. Du bist darauf bedacht, dass kein einziger Fleck die Schleppe entweiht, geschweige denn, dass dir jemand auf deine Schleppe tritt. Und was das Sozialverhalten angeht, ich glaube, da sind wir quitt.«

»Eins zu eins. Du spielst den großen Unbekannten, wilderst in fremden Gefilden herum, schließt Bekanntschaft mit zwielichtigen Gestalten, um dich hinterher darüber zu mokieren. Kurzschlüsse, null Ahnung, null Menschenkenntnis.«

»Du ergehst dich in Vermutungen. Solltest du vielleicht Bruno kennen? Du bist die Tochter eines Mannes, den die Welt vergessen hat. Dessen letzte Freude eine traurige Lust mit einer Frau Namens Selma ist. Angeblich, vermutlich. Durch nichts belegt. Tust, als hieltest du ihnen nachts die rote Laterne. Nichts als nagende Zweifel. Null Menschenkenntnis.«

»Zwei zu zwei. Ein Glas vertrage ich noch.« Sie schlug ihre Beine zum Schneidersitz untereinander, hob ihr Glas und prostete ihm zu.

»Treffen sich zwei Eulen in der Nacht«, hob sie zu sprechen an. »Sagt die Erste: ›Du, dich habe ich hier schon öfter gesehen. Was treibt dich so um, wenn andere schlafen?‹

›Nachts sehe ich einfach besser‹, erklärte die Zweite.

›Und was‹, fragt Erste, ›siehst du nachts besser?‹

Antwortet die Zweite: ›Nicht alle Menschen verhüllen zur Nacht ihre Fenster. Ich setze mich auf einen Baum und blicke in die Wohnungen – und so auch in die Schlafzimmer.‹

›So eine also bist du‹, sagt die Erste.

›Was willst du damit sagen?‹, pariert die Zweite. Ihr Tonfall ist leicht spitz.

›Na so eine halt, Spanner, so nennt man das‹, entgegnet die Erste. ›Lass dich nur nicht dabei erwischen.‹

Die andere: ›Erwischen? Ein Mensch ist ein Mensch und eine Eule eine Eule.‹

›Und was siehst du da so?‹

›Ach‹, antwortet die Zweite, ›ich erwarte immer das Besondere, aber dann kommt doch immer das Gleiche.‹

An dieser Stelle hielt Ruth inne, sie hatte auf einmal das Gefühl, ein wenig zu weit gegangen zu sein.

»Schon Schluss?«, fragte Edgar.

»Schluss ist nie«, erwiderte Ruth. »Aber der Erzähler sollte wissen, wann er den Schlusspunkt zu setzen hat. Sonst droht die Gefahr, geschwätzig zu werden oder ins Frivole abzudriften.«

»Doch sollte der Erzähler seinen Zuhörer auch nicht im Regen stehen lassen. Dann ist die Erzählung nichts als langweilig.«

Sie hatte verstanden: Ist die Erzählung langweilig, ist es vor allem auch der Erzähler. Sie kaute an der Unterlippe, löste sich aus dem Schneidersitz, schlug die Beine übereinander, griff nach dem Glas, leerte es wiederum in einem Zuge und holte tief Luft wie jemand, der sich gleich in den Ring begeben wird.

»Langweilig, der gleichen Meinung war auch die eine Eule. Und deshalb bestand sie darauf, dass die andere ihre Erzählung fortsetzte.

Und so sagt denn diese: ›Eigentlich ist das eintönig, was sich da so abspielt. Ein bisschen Geruckel und Gezuckel. Zum Glück muss ich nichts hören, da sind die Fensterscheiben vor. Dann drehen sie sich auf die Seite, und schon, plupp, versinken sie in der Unterwelt, jeder in die seine.‹

Als die andere schwieg, fragte die Erste: ›Und sonst?‹

›Einmal‹, sagte die Zweite, › – ich glaube, es war schon sehr spät in der Nacht – sah ich ein blass erleuchtetes Fenster. Ich mag keine erleuchteten Fenster, so sind wir nun mal, wir Eulen. Aber es zog mich dorthin, weil ringsum alles pechschwarz war. Sitzt da eine Frau auf dem Bettrand. Das Nachthemd bis über die Knie hochgezogen, die Waden umwickelt mit breiten Binden, an beiden Beinen. Während sie sich die Binden von den Beinen wickelt, betrachte ich ihr Gesicht, und ich sehe, dass es nass ist. Von Tränen? Ich sehe ihr lautloses Schluchzen – wie gesagt, sehe es, denn hören kann ich es nicht. Die Fensterscheiben. Soll ich wegfliegen?, frage ich mich. Sie

erhebt sich von ihrem Bett, schlurft durch das Schlafzimmer, verschwindet hinter einer Tür, vermutlich
die Tür zum Badezimmer, schlurft zurück zum Bett,
reißt die Papierbanderolen von den Binden, die sie
aus dem angrenzenden Raum herausgeholt hat, und
atmet schwer, das kann ich erkennen. Die Tränen auf
ihren Wangen sind jetzt getrocknet, oder sie hat sie
sich im Bad abgewaschen. Sie hebt mal das eine, mal
das andere Bein, ihre Stirn liegt in Falten, dann hebt
sie beide Beine gleichzeitig an, so als wolle sie eine
gymnastische Übung vollführen. Sie kapituliert vor
der Anstrengung, die diese Übung sie kostet. Sie be-
pudert die hellrot schimmernden Wunden, verzieht
dabei ihr Gesicht, und sie beginnt bedächtig, Lage um
Lage, ihre Beine mit den frischen Binden zu umhül-
len. Als sie damit fertig ist, zieht sie ihr Nachthemd
so tief es geht über die Beine. Es reicht bis zur halben Wade. Sie rückt das Keilkissen am Fußende des
Bettes zurecht, hebt mit offenbar großer Kraftan-
strengung ihre Beine ins Bett und lagert die Füße auf
dem Keilkissen. Eine Zeit lang liegt sie stumm und
unbeweglich auf dem Bett – die Arme eng am Körper platziert, nicht zugedeckt, wie tot. Es scheint, als
warte sie auf die Wirkung nach dem Bindenwechsel.
Dann knipst sie die Nachttischlampe aus, was ich
natürlich als angenehm empfinde. Sie bleibt noch
lange Zeit so steif und unbeweglich liegen. Vermutlich hat sie Angst vor den Schmerzen, die einsetzen
könnten, wenn sie sich auf die Seite drehen würde.
Sie tastet nach den Tabletten auf dem Nachttisch,
schluckt einige davon – im Liegen, das musst du dir

mal vorstellen – und so, wie sie liegt, ist sie dann eingeschlafen.‹

Als hätte sie für diese Nacht genug geredet, klappte sie ihren Schnabel zu und seufzte.

›Ist das alles?‹, fragte jetzt die Erste. ›Eine Frau umwickelt ihre offenen Beine mitten in der Nacht mit Binden, und sie schläft dann ein. Nicht gerade aufregend.‹

›Wie man's nimmt‹, sagte die Zweite. ›Ich sitze noch so ein Weilchen auf dem Ast und blinzle so vor mich hin. Und was sehe ich da? – Tut sich doch die Tür auf zu dem Raum mit der schlafenden Frau. Schleicht doch da jemand mit vorgestrecktem Kopf in Richtung Bett mit der schlafenden Frau. O mein Gott, denke ich, Raskolnikow!‹

›Raskolnikow?‹, fragt die Erste verwundert.

›Na, der mit der Axt‹, erwidert die Zweite.

›Ach so‹, sagt die Erste, obwohl sie nichts verstanden hatte.

›Schleicht also zu ihrem Bett‹, fährt die Zweite fort, ›öffnet das Türchen vom Nachttisch, entnimmt aus deren Innern eine Schachtel. Öffnet die Schachtel und bedient sich in aller Seelenruhe. Zählt sogar noch nach. Lächelt. Offenbar ist sie, die Person, zufrieden mit ihrer Beute. Verstaut die Schachtel wieder dort, wo sie sie entnommen hat, schleicht aus dem Raum und verschwindet.‹

Die Eule unterbricht ihre Erzählung und putzt sich mit dem Flügel den Schnabel.

›Und du bist nicht zur Polizei geflogen?‹, fragt die Erste.

›Du bist mir vielleicht eine‹, entgegnet die Zweite. ›Wer schon glaubt einer Eule. Aber die Geschichte ist noch nicht zu Ende. Zu der Frau mit den offenen Beinen kam zweimal in der Woche eine Frau, die nach dem Rechten sah. Das weiß ich von meinen Tagesausflügen, die mir überhaupt nicht bekommen, sie tun den Augen nicht gut. Ich habe solche Flüge dann auch eingestellt. Jedenfalls, sie kam. Zum Saubermachen, Wäschewechsel und solchen Dingen. Tags darauf, nach jenem nächtlichen Besuch, wenn man das so sagen darf, hat das offene Bein diese Frau vor die Tür gesetzt. Gezeter und Mordio. Es half nichts, keine Unschuldsbeteuerungen, kein Bitten und Wehklagen, kein Anrufen von Zuverlässigkeit, von Pünktlichkeit und Korrektheit – nichts half. Sie war gefeuert. Das war übrigens mein letzter Tagesausflug. Und eigentlich ist meine Geschichte jetzt zu Ende. Was sagst du dazu? Wer hat sich am Ersparten bedient? Die Zugehfrau, die über einen Schlüssel zur Wohnung der alten Frau verfügte, oder irgendeine andere Person, die wir nicht kennen? Vielleicht ein Verwandter? Sie hatte zur Nacht die Wohnungstür immer abgeschlossen, aber den Schlüssel von innen abgezogen aus Angst, es könnte ihr etwas passieren, und dann läge sie da hilflos eingeschlossen in der Falle. Ich jedenfalls weiß nicht einmal so genau, ob es sich bei dem Dieb um eine Frau oder einen Mann handelte‹, sagte die Zweite und klappte ihre Augen zu. ›Auch eine Eule sieht mit zunehmendem Alter nicht mehr so gut‹, setzte sie noch nach.«

Ruth machte eine Pause.

»Und wie ist es mit den Eulen weitergegangen?«, fragte Edgar.

Ruth fuhr fort: „›Etwas Böses sehen und nichts dagegen tun können, das tut schon weh‹, seufzte die Zweite. ›Dass bei der alten Frau etwas passierte, kann ich beschwören. Doch beweisen kann ich es nicht. Zum einen, weil ich nicht einmal sagen kann, wer dort in ihrer nächtlichen Wohnung war. Und zum anderen: Selbst, wenn ich es wüsste, wie sollte man dieser Person habhaft werden? Sie würde alles ab-streiten, sich über mich lustig machen, mich be-schimpfen, versuchen, mich vor allen anderen Eulen lächerlich zu machen, sich andere suchen, die ihr bei-pflichten, sich mit ihnen solidarisieren, eine Kampag-ne starten, eine Lawine ins Rollen bringen. Und ich, wie sähe ich dann aus? Der Übeltäter wäre dann plötzlich ich. Nestbeschmutzer, wie man so sagt.‹

›Aber‹, sagte die Erste, ›wenn alle Eulen resigniert ihre Köpfe unter ihre Flügel steckten, na, wie sähe das wohl aus?‹

Die Zweite klappte ihre Augen auf und zu und hüllte sich fortan in Schweigen.«

»Ist deine Geschichte jetzt zu Ende?«, fragte Ed-gar. »Oder kannst du mir sagen, wie es danach mit den beiden Eulen weiterging?«

»Kann ich nicht«, gab Ruth zur Antwort. »Die sind nach Athen geflogen«.

»Patt«, sagte Edgar. »Kein Gewinner, kein Verlierer. Wozu also dann erst dieses Spiel? Ich habe mal Schach gespielt, mehr schlecht als recht. Eines Tages saß ich allein vor dem Brett, und da stand unvermittelt der Sohn meines Nachbarn neben dem Tisch, auf dem das Brett stand, und starrte gebannt auf die Figuren.

»Was machst du da, Onkel?«

Ich erklärte ihm die Bedeutung der einzelnen Figuren. Er nickte, als hätte er verstanden. Wir machten unser erstes Spiel. Es konnte nicht anders sein, als dass er schon nach paar Zügen der Verlierer war. Doch er ließ nicht locker. An jedem Wochenende klopfte er an meine Tür und bat, nein, bettelte um ein Spielchen. Ich schlug ihn jedes Mal. An einem darauffolgenden Wochenende erschien er nicht. Auch gut, dachte ich, er hat sich genug Frust geholt, hat aufgegeben. Als ich ihm auf der Straße begegnete, stand mir die Frage ins Gesicht geschrieben, und er sagte:

›Das hat doch keinen Zweck. Besser Fußball spielen.‹

Vielleicht hatte er recht. Doch ich bot ihm an: ›Noch ein Spielchen, ein ganz kleines.‹

›Na, gut‹, willigte er ein, ›ein ganz kleines‹.

Das letzte Spiel, dachte ich. Ich stellte die Figuren auf. Er saß mir mit hochrotem Kopf gegenüber – nicht vor Angst oder Verlegenheit oder sonst was. Nein, sein Kopf glühte, weil seine Nerven vor Anstrengung kochten. Wir setzten Zug um Zug. Er war bei diesem Spiel schon weitergekommen als bei seinen ersten unbeholfenen Versuchen. Ich, der generöse erwachsene Onkel, gestattete mir die eine oder andere Schludrigkeit und geriet, als sich das Ende der Partie abzeichnete, richtig ins Schwitzen. Na gut, noch hätte ich gewinnen können, aber ich ließ die Partie im Patt enden. Sollte ich ihn wiederum frustrieren? Nie vergessen werde ich den Blick, den er mir zuwarf. Skeptisch? Nein. Ungläubig? Auch nicht. Es war ein verächtlicher Blick. Hatte er mein lanciertes Patt durchschaut? Danach forderte er mich in größeren Abständen immer wieder mal zu einem Spiel auf. Ja, doch, er war der Fordernde. Na warte, Bürschchen, dachte ich. Wenn ich mich schon auf dein forderndes Bitten einlasse, dann werde ich es dir auch zeigen. Bis er eines Tages gewann. Jawohl, er hatte mich geschlagen. Und das nicht, weil ich ihn in generöser Geste gewinnen ließ, nein, er hatte mich k.o. geschlagen wie ein Boxer seinen Gegner im Ring, hart und ehrlich. Doch dann wieder dieser misstrauische Blick, nur eine Sekunde lang. Er erhob sich und sagte: ›Mit dir spiele ich nicht mehr. Ich will nicht, dass du mich gewinnen lässt. Finde ich unfair.‹

Ich war baff. Ich versuchte ihm zu erklären, dass sein Sieg ehrlich errungen war, welche falschen Züge ich gemacht hätte.

›Falsche Züge kann man auch absichtlich machen‹, trumpfte er auf und wurde sichtlich wütend. Er ballte seine kleinen Hände zu Fäusten, er musste an sich halten, sie nicht gegen mich einzusetzen.

›Ist doch nur ein Spiel‹, versuchte ich einzulenken. Erst als er fort war, kam mir in den Sinn, dass es für ihn zwischen Spiel und Wirklichkeit keinen Unterschied gab.«

»Wie ging es weiter mit ihm?«

»Er kam nie wieder. So, wie deine Eulen. Und die Moral von unseren Geschichten? Auch hier hat jeder seine eigene. Die Moral, ein schillerndes Wesen.«

25

Sie hatten auf den Mumienritter verzichtet. Einmal nichts tun, einen ganzen lieben Tag lang. Nur so vor sich hinleben, hatte Edgar sich gewünscht. Ob das denn gehe, ob man das könne?, fragte Ruth mit Zweifel in der Stimmlage. »Einen Versuch sollte es allemal wert sein.«, hatte er geantwortet. Kein Ziel, das Auto abstellen, wo es einem gerade beliebe. Ein Watteau-Tag, den dürfe man sich nicht mit einem geschrumpften Ritter verderben.

Sie hielten am Fluss. Ein blassblauer Himmel, getupft von ein paar Wölkchen, die keine Bedrohung andeuteten. Sie setzten sich mit angezogenen Knien in den warmen Buhnensand, schwiegen. Er ließ sich rücklings auf den Sand fallen und verschränkte die Arme hinter dem Kopf. Seine Augen blinzelten in den Himmel, sein Brustkorb hob und senkte sich wie ein Blasebalg. Er spürte, dass sie ihn beobachtete. Begehre ich sie? Begehrt sie mich? Seit Luises Tod war er nie mehr mit einer Frau intim gewesen. Seine linke Hand vergrub sich in den warmen Sand. Er ließ den Sand durch die Finger rieseln, es entstanden kleine kegelförmige Türmchen, die, wenn sie eine gewisse Größe erreicht hatten, in sich zusammenfielen. Ein Sandtürmchen entstand auf ihrer rechten Hand, sie zog sie nicht zurück, sie lächelte, fand Gefallen an diesem Spielchen und sagte: »Sandkastenspielchen.

Wie schnell man wieder zum Kind werden kann. Und wenn ich heute Nacht in dein Zimmer gekommen wäre?«

Ruckartig setzte Edgar sich auf und hielt seinen Blick starr nach vorn gerichtet, als peile er irgendein Ziel am gegenüberliegenden Ufer an. Seine Rechte siebte Steinchen aus dem Sand. Er warf die Steinchen ins Wasser, soweit er konnte. »Aber du bist nicht gekommen«, und dachte: Sie wollte es tun, aber sie hat es nicht gewagt. Immer ist es der letzte Augenblick, in dem einen die Courage verlässt.

Sie ahnte seine Gedanken: »Meine Mutter hätte es nie gewagt, einem Mann solch eine Frage zu stellen.« Das klang wie eine Entschuldigung, für Edgar jedenfalls klang es danach. Sein Mund verzog sich zu einem Lächeln. Das Lächeln des Überlegenen, dachte sie. Sie schalt sich eine dumme Pute, und es beschlich sie das Gefühl, in diesem Augenblick in die Rolle ihrer Mutter zurückgefallen zu sein. Das Watteau-Idyll trübte sich ein. Ruth unkte: »Das Wetter kann umschlagen.«

Einige Steinchen vollzogen zwei, drei Hopser auf der Wasseroberfläche, ehe sie in die Tiefe versanken.

»Was geschah mit deiner Frau«, fragte sie unvermittelt, »und mit deiner Tochter?«

Einige Sekunden verstrichen, ehe er antwortete: »Da gibt es diesen Baum, ein unschuldiges Stück Natur. Und da gibt es diese Straße, die durch den Wald führt. Nichts Besonderes. Keine scharfen Kurven, keine Sichtbehinderungen. Das alles habe ich abgecheckt, und nicht nur ich. Es gab sogar eine kriminaltechnische Untersuchung. Negativ. Ein Moment der Unachtsamkeit kann Leben kosten. Soweit zum Sachverhalt, damit habe ich zu leben. Es bleibt ein Aber, das ich nicht wegdrücken kann. Eine Momentaufnahme, eine Sache, die wohl auch die Unfalluntersucher übersehen haben oder vielleicht sogar übersehen wollten. Der Kindersitz!« Er begann wieder, Steinchen auf das Wasser zu werfen.

Ruth fragte nicht, was es mit dem Kindersitz auf sich hatte. Sie schlug die Arme um sich, so als fröstele sie. Sie bereute, ihn gefragt zu haben, jedenfalls zu diesem Zeitpunkt, an dieser Stelle, diesem heiteren Sommertag. Wie schnell man eine Stimmung doch kaputtmachen kann, dachte sie. Sie spürte, dass er von sich aus nicht bereit war, weiterzureden oder gar zu erklären, was es mit dem Kindersitz auf sich hatte. Szenarien schossen ihr durch den Kopf, was mit solch einem Sitz alles passieren konnte. Schlampig verzurrt, die Gurte unkorrekt eingestellt, nörgelndes Kind, das es gelernt hat, sich selbst aus der Fixierung zu befreien.

»Ich habe keine Kinder.« Mehr fiel ihr hierzu nicht ein. Es ist nicht ganz fair von ihm, mich mit einer Andeutung sitzen zu lassen. Als wäre ich zu dumm, ihn zu verstehen. Ein Mann, der sich in seinen Kummer vergrübelt. Der womöglich glaubt, in seinem Schweigen verstanden zu werden. Als sei er ein gläsernes Wesen, in das man nur hineinzuschauen braucht, um abzulesen, was sich in seinem Innern abspielt. Die Heiterkeit des Tages war miteins verflogen, und sie wurde das Gefühl nicht los, die Hauptschuldige an diesem Stimmungsumschwung zu sein.

»Lass uns zu Walter fahren«, schlug sie vor. »Dort gibt es einen kräftigen Schluck, nicht die schlechteste Art, diesen Nachmittag ausklingen zu lassen.«

Sein Hüsteln war in ein Bellen umgeschlagen. Kaum im Haus angekommen, eilte Ruth nach oben in sein Zimmer. Ihr Vater lag voll bekleidet seitlings auf seinem Bett und rang nach Luft.

»Leg dich wenigstens auf den Rücken. Soll ich einen Arzt rufen?«

»Kommt überhaupt nicht in Frage«, knurrte er sie an.

Sie suchte nach seinen Tropfen.

»Die Dinger helfen auch nicht mehr. Wenn ein alter Motor stottert, kann man ihn nur noch auswechseln. Und den Motor eines alten Mannes wechselt man nicht aus.«

»Mach es mir nicht so schwer«, bat Ruth.

Die Rückenlage schien ihm Erleichterung zu verschaffen. Sein Husten war in ein pfeifendes Röcheln übergewechselt. Sie versuchte, ihn aufzurichten, doch er sträubte sich gegen ihr Bemühen. »Lass mich!«, herrschte er sie an.

Sie ließ von ihm ab und ging nach unten ins Wohnzimmer, wo Edgar so tat, als lese er in einer

Illustrierten. Es wollte ihm aber nicht gelingen zu kaschieren, dass er den Wortwechsel von oben durchaus mitbekommen hatte.

»Er bellt sich seine Seele aus dem Leib«, sagte Ruth. »So geht das immer mit ihm, mal rauf, mal runter, bis es eines Tages nur noch runter geht. Man kommt nicht an ihn ran. Tut so, als luge er nach einer Tapferkeitsmedaille. Generationskrankheit.«

Edgar schwieg. Einen Tag lang ablassen von allem, es war ihnen nicht gelungen. Dieses unentwegte Wühlen im Vergangenheitsballast, warum kann man ihn nicht ganz einfach ausblenden, wenigstens für einen Tag? Ich hätte ihre Frage nach Frau und Kind abblocken sollen. Doch was wäre damit gewonnen gewesen? Es ist dieser eine Tropfen Gift, der ein ganzes Gericht verderben kann. Ist der Tropfen einmal reingefallen, kannst du ihn nicht wieder rausholen.

»Ich wollte dir die heitere Seite dieses Landes hier zeigen, aber du siehst ja. Ein stotternder Motor, da hat er nicht ganz unrecht.«

Dieses Landes. Sagte sie das bewusst oder war es ihr einfach nur so rausgerutscht? Dann gab es also auch *jenes* Land?

»Nicht jeder leidet an Altershusten.«

»Nein«, pflichtete sie bei, »Gott sei Dank.«

Das Hustengebell war in ein gurgelndes Röcheln übergegangen, das nach ein paar Minuten abebbte, was darauf schließen ließ, dass der Schlaf die Oberhand gewonnen hatte.

»So ist das immer mit ihm. Erst große Panik, dann Ruhe, als wäre nichts gewesen. Morgen früh wird er wieder zu seinem Wald radeln. Mit diesem alten Klapperrad, hat nicht mal eine Gangschaltung. ›So etwas kommt mir nicht ins Haus, dieser neumodische Kram. Das Rad fährt seit was weiß ich wie vielen Jahren, wenn du wüsstest, wie oft ich die Reifen schon geflickt habe. Aber es hält!‹ So ist er, mein Vater. Eiserner Charakter, eiserner Wille. So eisern wie das Eiserne Kreuz seines Vaters, meines Großvaters. Das bewahrt er auf, und ich weiß auch, wo. Er glaubt, auch ich würde es heimlich verehren, wenn ich es mal erben sollte. Doch eines kannst du mir glauben, meine erste Handlung nach seinem Ableben wird sein, dieses Stück Blech in den erstbesten Mülleimer zu werfen. Es gibt noch zu viele Kreuze dieser Art, zumindest in den Köpfen, und nicht nur in den alten. Wenn du sie alle beseitigen wolltest, müssten Köpfe rollen.«

»Ein hartes Urteil.«

»Und ein selbstgerechtes obendrein. Doch ich weiß kein anderes.«

Sie saßen sich beide am Tisch gegenüber, umklammerten die Teepötte, als wärmte sie sich daran die Hände, eine Verlegenheitsgeste, denn einer wusste vom anderen, dass er nach oben lauschte. Nach einer Weile das Schweigens sagte Edgar mit nach oben weisendem Kopf: »Ich glaube, er röchelt, ringt nach Luft.«

»Nein«, stellte sie fest, »er schnarcht. Jetzt geht es ihm wieder gut.«

In der Folgenacht ging er zu ihr ins Zimmer. Sie schlief, als er sich ihrem Bett näherte. Er setzte sich auf den Bettrand und versuchte, ihre Gesichtszüge zu erkennen, aber die Dunkelheit war zu tief, als dass er die Konturen hätte erkennen können. Sie atmete ruhig und tief. Wie sollte er sich verhalten? Was jetzt? Im Stillen hatte er gehofft, sie wach anzutreffen, oder vielleicht im Halbschlaf. Doch sie lag im Tiefschlaf. Er versuchte, seinen Atem auf ihre Atemzüge abzustimmen, mehr ein Spiel, so als glaubte er, mit ihr einen gemeinsamen Rhythmus zu finden, eine Vereinigung, eine gemeinsame Körperlichkeit, frei von jedweder Berührung. Wenn ich sie jetzt berühre, wird sie hochschrecken, vielleicht in Panik geraten, schreien, mich kurzerhand rausschmeißen, befürchtete er. Plötzlich empfand er sein Eindringen in ihren Schlafraum als idiotisch und dachte: Ich muss sehen, dass ich unerkannt hier herauskomme. Er wartete, bis seine Erregung sich beruhigt hatte. Dann schlich er sich aus ihrem Zimmer zurück zu seinem Bett und dämmerte hinüber – bis zum nächsten Morgen.

Er war sich nicht sicher, ob sie sein Erscheinen in ihrem Zimmer mitten in der Nacht nicht doch mitbekommen hatte. Sie musterte ihn aus den Augenwinkeln, was er als unangenehm empfand. Er ärgerte sich über sein linkisches Verhalten am Frühstückstisch, seine Kaffeetasse schwappte über, der Marmeladenlöffel fiel ihm aus der Hand, hinterließ am Boden einen centgroßen Fleck – knallrot wie ein Blutstropfen. Sie lachte, und er fühlte sich ausgelacht. Verlacht, was seinen Ärger noch ein paar Grad höher steigen ließ.

»So ist nun mal der Mensch«, konstatierte sie. »Er will immer quitt sein.«

Ein paar Tage später, wieder zu Hause. In einer Nacht, in der sich der Schlaf schon kurz nach Mitternacht verabschiedet hatte, sah er sie von seinem Schlafzimmer aus abermals vor ihrer Haustür stehen. Die glimmende Zigarette, wer sonst sollte es sein? Er zögerte lange, bis er sich eine Hose überzog und ebenfalls nach draußen trat. Es schien, als habe sie auf ihn gewartet. Die rote Zigarettenglut schwenkte augenblicklich in seine Richtung. Er näherte sich ihr: »Woran denkst du, wenn du hier in der stummen Dunkelheit allein bist?«

»Allein? Ich habe tausend Sterne über mir. Kennst du das, Sterne zählen? Als Kind habe ich gedacht, man könnte das. Ich habe gezählt, bis mir der Kopf schwirrte. Je länger man in den Himmel hinaufblickt, desto verwirrender wird die Anzahl. Ich habe auch mit anderen Kindern gemeinsam gezählt, und wir haben uns gegenseitig in der Anzahl überboten. Wer wollte mir streitig machen, ob ich zweihundertdreiundvierzig oder zweihundertdreiundfünfzig

Sterne gezählt hatte? Mit Sternezählen kann man ganze Nächte verbringen – bis einem schwindlig wird oder die Augen zufallen. Schäfchenzählen ist ein Klacks dagegen. Möchtest du?«, bot sie ihm eine Zigarette an, obwohl sie wusste, dass er Nichtraucher war. »Erzähle mir, was es mit dem Kindersitz auf sich hat.«

Auf diese Aufforderung war er zu nachtschlafender Zeit nicht gefasst. Er zögerte.

Sie spürte seine Unschlüssigkeit. »Aber wenn du nicht magst … Vielleicht hast du recht, so auf Knopfdruck, war dumm von mir. «

Womit beginnen, überlegte er. Von Anfang an? Aber wo lag der Anfang. Er erzählte von dem Abend, als er den Anruf bekam. Er redete und redete, bis er miteins innehielt. »Das ist zu viel«, sagte er.

»Zu viel was?«, fragte sie.

»Von allem.«

Schweigen.

»Mein Mann, also mein Ex«, unterbrach sie die Stille, »der hat nie von sich erzählt. Als gäbe es für ihn keine Vergangenheit. ›Das ist doch Kappes,‹ damit tat er alles ab, was vor der Gegenwart lag. Manchmal denke ich, er ist in diesem Kohlhaufen erstickt. Manche Beziehungen gehen im Kraut unter.«

Es kostete ihn Überwindung, ihr die Sache mit der ominösen Telefonnummer preiszugeben. Ohne langes Zaudern entgegnete sie:

»Wenn dir das keine Ruhe lässt, musst du herauskriegen, wer sich hinter der Telefonnummer verbirgt oder verbarg. Nicht ganz einfach, aber heute lässt sich das alles machen, man muss nur jemanden finden, der sich damit auskennt.«

»Niemals hätte einer von uns beiden es zugelassen, Lotte auf dem Beifahrersitz zu platzieren. Das war tabu. Und doch hat man sie dort vorgefunden. Das sagt der Untersuchungsbericht. Erst sehr viel später bin ich auf diese Ungereimtheit gestoßen. Ich komme von der Frage nach dem Warum nicht los.«

Ruth schwieg. Sie dachte: Hätte Lotte auf dem Rücksitz überlebt – *wie* hätte sie überlebt? Verletzt, physisch oder psychisch, oder beides? Es wollte ihr nicht gelingen, sich das Bild im Augenblick des Geschehens vor Augen zu halten. Aufgerissene Augen? Schreie? Oder kein Schrei? Starre in den Gesichtern? Konnte Lotte, ein kleines Kind, in diesem Moment überhaupt realisieren, was mit ihr geschah? Ein Kind in diesem Alter? Sollte das Luises Wille gewesen sein? Doch das war vielleicht schon zu weit gedacht. Solches Nachsinnen sollte sich verbieten. Dennoch, es fiel ihr schwer, sich aus diesen Gedankengängen zu lösen. Es wollte ihr einfach nicht gelingen. Gedanken lassen sich nicht steuern, soviel wusste sie. Sie suchte nach Worten, um aus dem Schweigen, dieser Sackgasse, in der sie jetzt beide steckten, einen Ausweg zu finden.

»Edgar, du brauchst Gewissheit. Finde einen Weg.«

Edgar nickte. »Wir haben die Leichtigkeit gesucht, wir haben sie nicht gefunden. Es ist damit wie mit dem Glück, man stößt sich auf der Suche danach den Schädel blutig.«

26

Lange hatte er sich dagegen gesträubt, Bruno zu Rate zu ziehen. »Wir haben unsere Leute!«, hatte er das nicht gesagt? »Spezialisten, die sich auskennen.« Doch ausgerechnet Bruno mit seinen neuerlich so verqueren Ansichten. Springe ich auf dieses Pferd mit auf, wenn ich ihn bitte, seine schrägen Freunde für mich tätig werden zu lassen? Vom Glauben abfallen. Doch welchen Glauben habe ich eigentlich? Null, da ist nichts. *Wo kein Glaube, da keine Moral.*

Er kam nicht darauf, wer diesen Spruch in die Welt gesetzt hat. Und wenn er sich's recht überlegte, steckte hinter solch einem Spruch pure selbstgerechte Hilflosigkeit.

Doch Bruno war nicht zu erreichen. Weder per Handy, noch in seiner Wohnung. Ob sie nicht wisse, wohin er gefahren sei, fragte er Brunos Vermieterin.

»Der? Der ist doch immer auf Achse. Aber wissen Sie, der ist mir ja einer, immer diese komischen Besucher in letzter Zeit. Na, ich weiß nicht. Aber geht mich das was an? – Wohin? Vielleicht ist er wieder zu irgend so einem Camp, aber er spricht ja nicht darüber. Sie sind doch sein Freund. Sollten Sie das denn nicht wissen?«

Edgar hinterließ einen Zettel mit der Bitte, dass Bruno sich doch melden möge. Und auf einmal war es ihm wichtig und dringend, so schnell wie möglich mit ihm in Kontakt zu kommen. Als ginge es um eine unaufschiebbare Angelegenheit. Ja, es schien ihm von nun an unaufschiebbar, in Erfahrung zu bringen, was es mit der Telefonnummer auf sich hatte. Je länger Bruno schwieg, desto größer wurde seine Unruhe. Als hinge neuerdings alles von diesem weggerutschten Bruno ab.

Bis er eines Tages vor seiner Tür stand. Kurzgeschoren, mit einer Haarsträhne, die ihm über die Stirn fiel. Schneidig. Für einen kurzen Augenblick fuhr Edgar bei dessen Anblick ein spitzer Schreck in die Glieder.

»Immer noch Baustelle?«, fragte Bruno.

»Wird schon«, erwiderte Edgar, »noch ein paar kosmetische Nachbesserungen.«

»Termine«, sagte Bruno, ohne sich zu erklären, wo und mit wem er die Termine habe. »Die halten mich ganz schön auf Trab.«

Edgar registrierte Brunos zuckende Mundwinkel. Eine Marotte? Ein fremder Mann, dachte er. Was hatten sie noch miteinander zu schaffen? Ihm schien, als hätte Bruno seinem Gedankengang folgen können. Eine innere Stimme warnte ihn: Nur keine Fragen stellen, alles würde schiefgehen. Jede Antwort wäre nichts als eine Rechtfertigung – im wahrsten Sinne des Wortes: Recht haben und fertig. Damit machen sie dicht, ein dunkler Sack, aus dem keine Überraschungen zu erwarten sind.

»Du hast Verbindungen?«, fragte Edgar.

Brunos zuckende Mundwinkel waren zum Stillstand gekommen. Er warf Edgar einen ungläubigen Blick zu, so als wollte er ihn fragen: Edgar, worauf willst du hinaus?

»Kann man so sagen«, reagierte er zögernd, als habe er Angst, zu viel preiszugeben. Dann aber äußerte er, beherzt: »Ja, so ist es, und das ist doch auch ganz normal, ich meine, wer hat sie nicht. Hat sie nicht jeder von uns, Verbindungen?«

Edgar musste nachdenken, welche Verbindungen für ihn in Frage kämen. Ihm fielen keine ein. Er selbst war bindungslos und verbindungslos.

»Euer IT-Spezialist – was kann der?«

Bruno wurde misstrauisch. Wie eng war ihre Freundschaft noch, waren sie es überhaupt noch, Freunde? Edgar mit seinen nächtlichen Anwandlungen, wäre es nicht besser für ihn, er gäbe sich einen Ruck? Befreite sich von seinen Grübeleien, ließe alles hinter sich, stattdessen ein Neubeginn, neue Ideen, ein frischer Wind? Er war kurz davor, ihm das alles vorzuhalten, ohne falsche Rücksichtnahme, schnörkellos, radikal.

»Er kann es«, erwiderte Bruno, ohne sich näher zu erklären, was dieses *es* bedeutete. »Der hat schon so manche Nuss geknackt. Ich werde ihn fragen.« Seine Mundwinkel begannen wieder zu zucken. Er strich sich seine Haarsträhne zurück. Sein seltsam steifes Verhalten befremdete Edgar, er hatte das Empfinden, einem unbekannten Mann gegenüberzustehen. Er dachte, dass die Zeit, in der er ihm alles anvertrauen konnte, vorbei sei, und eigentlich ärgerte er sich darüber, dass er ihn mit seinem Anliegen behelligt hat. Ein bisschen fürchtete er sich auch davor, Bruno könnte herausbekommen, wer hinter der Telefonnummer steckte. Ausgerechnet er. Soweit war es also tatsächlich zwischen ihnen gekommen, dass er ihm schon nicht mehr diese eigentlich doch belanglose Intimität anvertraute. Der Keil, der sie dauerhaft trennen würde, war angesetzt. Er wünschte sich, Bruno möge gehen, sofort. Wie bei einem Paar, das sich fortan nichts mehr zu sagen hatte.

»Ich lasse von mir hören«, ließ Bruno noch fallen. Eine lasche, unverbindliche Aussage, die sämtliche Hintertürchen offenließ. Kein Zeitfenster, kein »so bald wie möglich«, kein »kannst dich auf mich verlassen«, aber das zu sagen wäre ohnedies unnötig gewesen – früher jedenfalls, zu einer Zeit, als sie sich stets aufeinander verlassen konnten.

Sein »Ich lasse von mir hören« hing, nachdem er fort war, wie ein Echo im Raum.

Andererseits wünschte er sich aber auch, ihn wieder auf den Weg zurückzuführen, den er, Edgar, für den richtigen hielt. Doch auf welchem Weg waren sie eigentlich? – Auf keinem. Füreinander da sein in allen Lebenslagen. Auch dann noch, wenn sich die Lebenslage als eine Schieflage herausstellte? Und: Wo fängt der moralische Zeigefinger an? Bisher hatte in ihrer Gemeinsamkeit Moral keinen Zugang gehabt. Seine Liebschaften gingen ihn nie etwas an, ärgerlich war ihm höchstens sein Geprahle, wann er mit wem, wie oft und wie lange, und welche er als Nächste im

Visier hat. Das empfand Edgar als peinlich, doch er hütete sich, sich als Moralapostel aufzuspielen. Seine Trophäenjagd konnte er nicht nachvollziehen. In Brunos Zimmer im Haus seiner Mutter hing über seinem Bett eine Bildergalerie seiner Liebschaften, sämtlich im Postkartenformat, alle mit Holzrahmen, Birke. Das musste so sein, Sonderanfertigung vom Tischler Budach, eigens nur für ihn, das ließ er sich was kosten, aber Geld spielte schon damals für ihn keine Rolle.

Sein Zimmer durfte niemand betreten, hin und wieder seine Mutter, um nach dem Rechten zu sehen. Aber das Rechte, das sie dort vorfand, entsprach nicht so ganz ihrem Recht. Hefte, in denen Paare in eindeutigen Posen agierten, die sie mit spitzen Fingern unter seinem Bett hervorkramte und in dunkle Schubladen verschwinden ließ. Seine Bildergalerie streifte sie mit schrägem Blick, schüttelte verständnislos den Kopf, schwankte zwischen Widerwillen und Bewunderung. Wenn es doch nicht so viele wären. Zwei, drei, na gut, – aber sechs, sieben, das ist schon heftig, und das in so kurzer Zeit. »Mein Gott, er ist man gerade erst Anfang zwanzig, wenn das so weitergeht ...« Andererseits aber schwoll ihr vor Stolz der Kamm. Solch einen Sohn musste man erst mal haben. Naserümpfende Andeutungen anderer interpretierte sie als Neid. Sein Zugeständnis an die Mutter: Er ließ ihre Kommentierungen über sich ergehen. Ihr letztes Wort lautete stets: »In mein Haus kommt *die* nicht!« Und sie kamen auch nicht in ihr Haus. Dafür hätte er, dessen war er sich bewusst, sein Zimmer herrichten müssen: Galerie abhängen, schlüpfrige Darstellungen verschwinden lassen, Neutralität vortäuschen. Welche Mühsal. Bruno war der bequeme Typ, Hindernisse waren ihm zuwider. Die räumte die Mutter ihm aus dem Weg, so gut sie konnte.

Was schweißte sie zusammen, Bruno und ihn? Dafür musste Edgar weit zurückgreifen, tief hinein in die Kindheit, mit ihren Müttern, die darauf eingestellt waren, bei ihren Kindern nur nichts falsch zu machen. Mit ihren abwesenden Vätern, die sich voll darauf verließen, dass ihre Frauen es schon richten würden und, wenn sie schon mal zu Hause waren, auch nicht davor zurückschreckten, die Probe aufs Exempel zu machen. »Die Hände sind der Spiegel des Charakters«, hatte Brunos Vater behauptet. Bruno hatte schlechte Karten, wenn der Vater im Vorzeigeappell Trauerränder unter seinen Fingernägeln wahrnahm. Körperliche Züchtigungen kamen nicht in Frage, wenngleich Bruno sich manches Mal gewünscht hätte, lieber ein paar Ohrfeigen einzustecken als eine Woche auf Taschengeld verzichten zu müssen. »Marte, du musst mehr auf den Jungen achten.« Dann war also sie es, die Schuld war an seinen Trauerrändern. In solchen Momenten hasste er sie, und vor seinem Vater bekam er so eine Art Hochachtung, hatte er doch erkannt, worin die Ursache für sein Unglück lag. Einmal hatte er zu ihm gesagt: »Ach die Frauen, bei denen weiß man nie, woran man ist, nur nicht drauf einlassen« Flapsig gemeint oder nicht – verstanden hatte er seinen Vater damals nicht, dennoch sollten seine Worte ihn viele Jahre begleiten. Unter *einlassen* verstand sein Vater *dauerhafte Beziehung.*

Edgars Vater hingegen hatte die Aufzucht seines Sohnes voll und ganz in die Hände seiner Frau gegeben. Er wusste nichts mit ihm anzufangen, zwei fremde Planeten, deren Kraftfelder eine Annäherung rigoros vereitelten. Abwesende Väter und hyperaktive Mütter, das schweißte zusammen, schaffte eine Vertrautheit, die schon fast etwas Verschwörerisches in sich barg. »Kinder, nicht so wild!« Die Mutter rang die Hände, versuchte, die beiden Kinder mit weinerlicher Stimme vom Baum zu holen. Mehr Waffen hatte sie nicht aufzubieten. Die Drohung: »Ich werde es deinem Vater sagen!«, zog nicht. Und sie sagte es nicht seinem Vater. Sie hatte Angst davor, dass ihre Klage doch wieder nur auf sie selbst zurückfiele. Edgar weidete sich an ihrer Ängstlichkeit, spürte einen kleinen Kitzel irgendwo in seinem Körper so zwischen Bauch und Hals, kein unangenehmes Gefühl, ein vages Kribbeln in der Nähe zur Lust, fast schon orgiastisch, so hätte er es nennen können, hätte er in diesem Kindesalter mit diesem Begriff etwas anzufangen gewusst.

Er überwand seine eigene Ängstlichkeit, kletterte noch höher, bis dorthin, wo die Äste dünner wurden und bedrohlich schwankten, zuckte bei jedem Knack zusammen, vergewisserte sich, ob sie ihm noch mit den Augen folgte. Vielleicht fiel sie in Ohnmacht, das gäbe ihm ein Gefühl der Genugtuung. Von Ohnmachten hatte er gelesen und gehört, in Märchen, in Räuberpistolen. Dann würde er flugs herunterklettern, ihre Stirn mit kaltem Wasser besprühen, das hülfe, das wusste er. Eine Waffe hatte seine Mutter aber doch: Sie ging ganz einfach fort, stocksteif vor Angst, verschwand im Haus und er bekam sie erst wieder zu Gesicht, wenn auch er wieder im Haus war.

Ihre beiden Mütter kannten sich, wie man sich halt so kennt, wenn man in derselben Straße wohnt. Sie gingen sich aber möglichst aus dem Wege. »Sie hat keine Erziehung«, urteilte Brunos Mutter über Edgars Mutter. Womit sie meinte, sie vermöge es nicht, ihren Sohn zu erziehen. Vergebens hatte sie versucht, Brunos Umgang mit Edgar zu unterbinden. Ein Kind ohne Halt, sich selbst überlassen und daher »so impulsiv«, wie solle das gut gehen? Keine starke Hand, die gerade in diesem Alter so nötig wäre. Dieses Alter war für sie jedes Alter. In Edgar hatte sie den Sündenbock für Brunos Widerborstigkeit gefunden. Für sie galt, ihn von Edgar fernzuhalten. Was die beiden Jungs nur noch enger zueinander trieb. Im pubertären Alter glichen sie Bewuchs und Größe einander ab. Brunos Mutter ahnte Schlimmes, rang nach passenden Worten, verwarf aber alle einschlägigen Einfälle, hin und wieder streute sie die Worte Scham und Schande unter ihre Moraltiraden, kleine homöopathische Tropfen, von denen sie sich Wirkung erhoffte. Ihre verbalen Therapieversuche prallten an ihm ab wie kalte Wassertropfen auf heißer Pfanne. Schließlich sah sie ein, dass gegen Brunos aufkeimende Mannbarkeit kein Geschütz aufzubieten war, mochte es auch noch so stark sein, und sie musste einsehen, dass ihr Geschütz letztlich nichts als Platzpatronen abfeuerte, die lächerlich verpufften. Diese Schlacht hatte sie verloren.

Edgars Mutter hingegen war felsenfest davon überzeugt, dass Brunos Mutter heimlich einen zur Brust nahm. Es war bekannt, dass sie hin und wieder einen Weinbrand in den Einkaufswagen packte, das musste man niemandem zutragen, das sah man ganz einfach. Einmal darauf angesprochen, rechtfertigte sie: »Ist für Hans, Sie wissen ja, wie Männer so sind.« Für Hans diesen Wochenendgast? Edgars Mutter rümpfte die Nase, verkniff sich eine Erwiderung, machte sich aber ihren Vers drauf. Außerdem leistete sie sich hin und wieder eine Migräne, die Krankheit von Frauen, die sonst nichts weiter zu tun hätten, behauptete Edgars Mutter. Zwei, drei Tage an einem Stück lag sie hinter zugezogenen Vorhängen im Bett, rührte sich nicht, aß wenig, nur trinken wollte sie, angeblich nur Wasser. Aber das musste man ja nicht unbedingt glauben, irgendwo musste der Flascheninhalt doch verbleiben. Man sah nichts, kein Fieber, kein Schmerzenslaut, kein Bedürfnis, wonach auch immer.

Brunos Mutter hatte mit der Zeit mitbekommen, dass andere ihren Einkaufswageninhalt misstrauisch beäugten. Sie wechselte zu einem anderen Supermarkt, kaufte dort im Hochsommer bei dreißig Grad im Schatten eingehüllt in einen Wintermantel ein. Ob sie denn nicht schwitze? Nein, erwiderte sie, im Gegenteil. Mir ist kalt, die Migräne. Nach solch einem Einkauf im Wollmantel hatte Bruno sie dabei ertappt, wie sie aus den Mantelärmeln je eine Flasche Hochprozentigen hervorzauberte. Er fragte nicht, er äußerte sich nicht, er schämte sich abgrundtief. »Das bleibt doch unter uns, nicht wahr, mein lieber Sohn?« Nie zuvor hatte sie ihn mit *lieber Sohn* angeredet. Zustimmend hatte Bruno genickt, und mit der Zeit gewöhnte er sich an ihre ausfallenden Einkäufe. Sie machte vor ihm kaum noch ein Hehl daraus, weshalb sie wiederholt im Wintermantel mitten im Sommer zum ferngelegenen Supermarkt ging. Der Mantel war nicht nur Tarnung. Sie fror tatsächlich, und er sah, dass ihre Hände zitterten, ein ganz feines Beben. Er führte es auf ihre zu niedrige Körpertemperatur zurück, und er hatte auch bemerkt, dass das Zittern nachließ, sobald sie nach dem Flaschenkauf den ersten Schluck zu sich genommen hatte. »Ein Schlückchen«, pflegte sie zu sagen. Und so war es dann auch. Sie leckte sich genussvoll die Lippen, über ihr Gesicht glitt ein versonnenes Lächeln – sie war wieder eins mit sich. »Ich bin keine Alkoholikerin«, versicherte sie ihm, und sie hob an, einen Vortrag zu halten über *echte* Alkoholiker, nicht über solche, die hin und wieder ein Schlückchen nehmen.

»Das ist wie mit dem Rauchen«, erklärte sie. Bei echten Rauchern gehe die Zigarette nie aus. Alles andere sei nichts weiter als Gelegenheit. Paffen. Unbedenklich.

Aus ihrem Schlückchen machte sie eine Art Zeremonie. Die Flasche stellte sie in einen mit Rosen bemalten Untersetzer, als Trinkgefäß diente ihr ein ziseliertes Gläschen mit einer eingravierten Jahreszahl, das sie, bevor sie das Schlückchen mit gespitzten

Lippen wie eine Medizin einnahm, gegen das Licht hielt. Nichts Grobes, kultiviert, so sollte es schon sein. Stets fügte sie dem ersten Bein das zweite Bein hinzu. »Das weißt du doch«, raunte sie verschwörerisch, »wer schon kann auf einem Bein stehen.«

War Bruno aus ihrem Gesichtsfeld verschwunden, leerte sie die Flasche bis zur Hälfte, nun jedoch nicht mehr so zeremoniell. Bruno sah, dass sie nach solchen Exzessen ausgeglichen erschien, wie losgelöst schwebte sie durchs Haus, von Migräne keine Spur mehr. Manchmal hob sie sogar zu singen an, Operettenmelodien, Vogelhändler und Lustige Witwe. »Habe ich alles gesehen und gehört, *live*, so sagt man wohl heute.« Ihre Augen wanderten in entrückte Welten. Hin und wieder rann aus ihren Augen auch ein Tränchen, das sie mit einem Batist-Tuch, das sie immer im Ärmel stecken hatte, wegtupfte. Eine theatralische Geste, die ihr, so befand Bruno, gut zu Gesicht stand, eine verlorengegangene Mimin, wenngleich er diese Gefühlsausbrüche als ärgerlich empfand. Er flehte sie innerlich an, sie möge ihre Vorstellung beenden und besser in die Küche gehen, um sich um das Essen zu kümmern.

Hin und wieder war, wenn er von der Schule kam, seine Mutter nicht zu Hause. Sie nannte es *Besorgungen machen*, wenn sie nach ihm ins Haus trat. Welcher Art diese Besorgungen waren, fragte Bruno nicht. Mit kühnem Schwung schleuderte sie ihr Hütchen in die erstbeste Ecke, schaltete den Herd ein und begann hektisch in den Töpfen zu rühren. Wie entschuldigend erklärte sie: »Morgen koche ich dir was Schönes. Musst mir nur sagen, was du besonders gerne magst.«

Sie war keine gute Köchin, aber das störte Bruno nicht, denn er wusste nicht, was eine gute Köchin ist. Am Wochenende allerdings wollte sie sich ins Zeug legen, blätterte in Kochbüchern mit exotischen Gerichten, die sich auf einem Bord in der Küche in unübersichtlich großer Anzahl stapelten. Sie wollte, wenn ihr Mann mit am Esstisch säße, etwas ganz Tolles in der Küche zaubern. Es blieb bei Schnitzel mit Broccoli, den sie beide, Vater und Sohn, hassten.

Sein Vater zog sich sehr bald in sein Zimmer zurück. Er habe zu tun, hatte sie ihn stets entschuldigt. Was zu tun war, sollte für Bruno im Verborgenen bleiben. Aus seinem Zimmer drang keinerlei Geräusch nach draußen, nicht einmal ein Hüsteln, das er in Gegenwart anderer wie ein Markenzeichen vor sich hertrug. Hier jedoch, allein in seinem Zimmer – Totenstille. Das ganze Haus schien in dieser Stille zu erstarren. Einmal, an solch einem stummen Wochenende, hatte sie Brunos hilflosen Blick mit den Worten pariert: »Es ist Sonntag.«

Auch Bruno zog sich in sein Zimmer zurück. Auf sich allein zurückgeworfen, wusste er nichts mit sich anzufangen, minutenlang saß auch er still auf seinem Bett und grübelte dumpf vor sich hin. Wenn der Vater im Haus war, geriet er mit seinem Wunsch, das Haus zu verlassen, in Bedrängnis. »Er ist doch sonst die ganze Woche unterwegs, da sollten wir wenigstens am Wochenende für ihn da sein.« Ja, da sein, und sonst nichts. Sich in Zeiten seiner Anwesenheit mit Edgar zu treffen, wäre ein Sakrileg gewesen. Sitzen und warten, bis er sich wieder rührte, bis er sich hüstelnd wieder ins Wohnzimmer begab, wo sie mit ihrem missratenen Kuchen aufwartete, von dem er ein Stück zu sich nahm, nicht mehr. Ihre förmlichen Aufforderungen »Hans, so nimm dir doch noch« wehrte er mit dem immer gleichen Argument ab, eigentlich mache er sich nichts aus Kuchen, aber es sei ja Sonntag. Für Bruno war er ein Mann auf Besuch, wie ein Onkel, ein Nachbar, ein Bekannter, der zum Kaffeetisch eingeladen worden war.

Einmal, da muss er dreizehn oder vierzehn gewesen sein, nahm sein Vater ihn mit nach Berlin, wo er auch, wie er zu sagen pflegte, »zu tun« habe. Berlin kannte Bruno nur aus der Zeitung und von Fernsehbildern. Eigentlich störte ihn dieses Angebot, aber er wollte seinen Vater nicht enttäuschen, und so fuhren sie denn an einem Donnerstagmorgen los. Seine Bedenken, dass er doch in der Schule fehle, streute sein Vater in den Wind. »Bauchschmerzen haben wir alle mal«, argumentierte er, das biege er schon gerade. Donnerstag, mitten in der Woche.

Auch seine Mutter hatte ihn bestärkt. »Bruno, du solltest mitfahren, er ist ja doch ein guter Mann, er meint es doch so gut mit dir«. Er habe dort etwas »zu erledigen«. Was zu erledigen wäre, blieb im Nebelhaften. Bruno ahnte, dass es sich um einen Versuch handelte, ihn seinem Vater näher zu bringen. Eine Inszenierung. Die Tage vor der Fahrt kämpfte er gegen die aufkeimenden Beklemmungen. Wenn er nun wirklich krank würde an diesem Donnerstag? Aber das brächte keine Abhilfe, er fände einen anderen Tag für dieses vermaledeite Berlin. Also fuhren sie.

Sie waren mit der Bahn gefahren, eine etwas umständliche Anfahrt, sie mussten zweimal umsteigen. Im Großen und Ganzen verlief die Fahrt in Wortlosigkeit, sie saßen sich beide einander gegenüber, und beide hielten ihre Augen starr auf die vorbeiziehende Landschaft gerichtet. Noch immer kannte Bruno nur das imaginäre Ziel Berlin, wusste jedoch nicht, was er dort zu erwarten hatte. Ob er denn nicht etwas essen möchte, eine Kleinigkeit, oder trinken? Bruno schüttelte verneinend mit dem Kopf. Na, er habe ja seine Kekse, die die Mutter ihm zugesteckt hatte. Bruno wollte nicht mit zum Speisewagen gehen. Dort ging es bestimmt sehr steif zu, weiße Tischdecken und Blümchen auf jedem Tisch und liebedienerische Kellner und überhaupt alles sehr vornehm und somit langweilig und alles andere als appetitanregend. Das kannte er von zu Hause, wo die Mutter ihre mangelnden Kochkünste durch aufwändige Tischdekorationen auszugleichen versuchte. Sonntags das gute Geschirr. Aber eigentlich hatten sie nur gutes Geschirr, Erbstücke von ihrer Mutter und der Mutter seines Vaters, und noch weiter zurück: von ihrer Großmutter und seiner Großmutter, was da so alles zusammenkommt.

Sonntags aber legte sie Fürstenberg auf. Das liebte sie wegen des matten Blaus und des durchscheinenden Porzellans. Die Tischmitte schmückten stets Blumenarrangements in zerbrechlichen Väschen, ein

Porzellanhirsch, auf den sie stets ein Auge hatte, wegen seiner Zerbrechlichkeit. Er käme aus Meißen, wovon Bruno seine eigene Vorstellung entfaltete, nur keine Stadt, denn dort gebe es doch keine Hirsche, eher schon ein Landstrich irgendwo dort im Sächsischen, wo man auch echte Hirsche antreffen könne, die man, nachdem man sie erlegt hatte, in Miniaturausführung in weißem Porzellan nachbildete. An diesen Hirsch dachte er, während die Felder an seinen Augen vorbeizogen. Ein leichter Regen hatte eingesetzt, der an den Scheiben schräg fallende Linien zeichnete. Sein Vater hatte sich in eine Zeitung vertieft, die für eine Fahrt in einem Waggon mit ökonomisch ausgerichteter Sitzanordnung etwas unhandlich war; und wenn er sie voll ausbreitete, versperrte er Bruno den Blick auf das Geschehen draußen. Doch Bruno räsonierte nicht. Als der Zug in Spandau einfuhr, rief sein Vater: »Berlin!« Bruno war enttäuscht. Flensburg, so dachte er, sei schöner.

Das Hotel war das, was seine Mutter als vornehm bezeichnet hätte. Blumen auf allen Tischen und Gesimsen, blinkendes Messing, Teppiche, die bei jedem Betreten keinerlei Geräusch hinterließen, allenfalls ein dezentes Rascheln. Das imponierte weder Bruno noch seinem Vater, zu Hause ging es nicht anders zu. Doch sie *sollten* sich ja hier wie zu Hause fühlen, Worte, die die Dame an der Rezeption ihnen mit auf den Weg zu ihrem Zimmer gab.

Bruno war irritiert vom linkischen Gebaren seines Vaters. Zum Wechseln der Hose verschwand er ins Badezimmer. Zuweilen schien ihm, als sähe er ihn zum ersten Mal. Seinen zur Kahlheit neigenden Schädel hielt er immer ein wenig schief, als sei eine Sehne an seinem Hals etwas länger – vielleicht auch kürzer – als die andere. Wenn sich ihre Augen trafen, war das wie ein kurzes Aufblitzen, ohne Wärme, fast feindselig, aber sich das einzugestehen, machte Bruno Angst, war es doch sein Vater. Ansonsten mied er es, mit ihm in Blickkontakt zu geraten, schon allein, weil er den Eindruck hatte, sein Vater suche diesen. Bruno fand das lästig. Er freue sich auf das gemeinsame Abendessen im Speisesaal. »Wird ein richtiger Herrenabend«, hatte sein Vater frohlockt. »Bist doch jetzt schon so ein richtiger Mann. Oder?« Bruno spürte, wie er unter seinen musternden Augen errötete. Am liebsten wäre er aus dem Zimmer gerannt – auf Nimmerwiedersehen. Das Wort vom »richtigen Mann« ließ sein Vater mehrmals am Tisch im Speisesaal fallen, und jedes Mal entschlüpfte ihm dabei ein kurzes wieherndes Lachen. Eigentlich wolle er heute mal nur mit ihm und über ihn reden. Also, sollte er irgendwelche Nöte oder Probleme haben, mein Gott, auch er sei mal in seinem Alter gewesen und wisse doch schließlich, wie das so sei.

In der Nacht hörte er das Röcheln seines Vaters. Der hatte reichlich Bier getrunken. Bruno versuchte, seinem sauren Atem auszuweichen. Er zog sich die Bettdecke über den Kopf, hielt es in dieser Lage aber nicht lange aus, warf die Decke weit von sich, starrte in das Halbdunkel, er wagte nicht, sich zu rühren, als fürchte er, durch jede Bewegung das Geröchel nur noch zu verstärken. Er überlegte, wie spät es wohl sein mochte, und als sein Vater Anstalten machte, sich aus dem Bett zu erheben, stellte er sich schlafend. Als sein Vater das Bett verließ, ging er zunächst ins Bad, schlug laut plätschernd sein Wasser ab, ging aber nicht wieder in sein Bett zurück, sondern schlüpfte so geräuscharm wie möglich in Hemd und Hose und verließ, mit den Schuhen in der Hand, das Zimmer.

Bruno lag mit klopfendem Herzen und offenen Augen auf dem Rücken, er nahm sich vor, in dieser Liegehaltung so lange zu verharren, bis sein Vater wieder das Zimmer beträte. Die Dunkelheit malte ihm wirre Bilder vor die Augen: Mutter mit dem Porzellanhirsch in ihrem Schoß, sein Vater, der sich über sie beugte, wobei sein Hals in eine Schieflage geriet, so als drohe er, jeden Augenblick abzuknicken. Ein kurioses Bild, dachte er. Wie lange er es wachend aushielt, vermochte er nicht einzuschätzen, es kam ihm jedenfalls sehr lange vor. Dann hatte die Müdigkeit ihn in den Schlaf gedrückt. Am folgenden Morgen kein einziges Wort über den Exkurs seines Vaters. Er schien gut gelaunt, ja geradezu beschwingt, als hätte er in der Nacht ein Be-lebenselixier genossen. Die Sachen, die er in der Dunkelheit abgelegt hatte, lagen wahllos zerstreut im Zimmer umher, doch das schien ihn nicht zu irritieren, vielleicht, weil er dachte, Bruno, nun doch noch ein Kind, nehme so etwas ohnehin nicht wahr, oder vielleicht war es ihm auch egal, ob er das registriert hatte. Was schon war dabei?

Bruno hatte es registriert, doch er schwieg. Sein Vater duschte ausgiebig. Er hatte versprochen, ihm die Stadt zu zeigen. Bruno wollte das gar nicht, es war ihm eher peinlich, sich von seinem Vater wie ein kleines Kind auf Klassenfahrt herumkutschieren zu lassen.

»Wer den Reichstag nicht gesehen hat, war nicht in Berlin«, behauptete sein Vater.

»Dann war ich halt nicht in Berlin,« hatte Bruno in bockiger Wortlosigkeit gedacht. Doch er fügte sich. Sie unternahmen eine Sightseeing-Rundfahrt. Der Reiseführer erging sich in faktenreichen Informationen, streute in seine Erklärungen kleine Witzchen ein, die Bruno nicht immer verstand. Sein Vater ergänzte die Erklärungswut mit zusätzlichen Informationen, zu denen Bruno nur nicken konnte. Nach diesen zwei Stunden glänzten die Augen seines Vaters, als sei er es gewesen, der diese Stadt mit eigenen Händen aus der Asche hatte neu entstehen lassen. Seine Augen heischten nach Beifall, und da Bruno keine Anstalten machte, seine Leistung entsprechend zu würdigen, verfiel er in dumpfes Schweigen und hatte es plötzlich eilig, so schnell wie möglich die Rückreise anzutreten.

Am folgenden Morgen teilte er Bruno übergangslos mit, er solle seine Utensilien zusammenpacken, in einer Stunde gehe ihr Zug. Die Wortlosigkeit des Vaters auf der Rückfahrt konnte Bruno nur recht sein. Er stellte nicht einmal mehr die Frage nach einem Gang zum Speisewagen. Als der mobile Service den Erfrischungswagen durch den Gang schob, bestellte er ungefragt für Bruno eine Cola, für sich ein Bier. Zu Hause stellte die Mutter keinerlei Fragen

nach dem Reiseverlauf, allein ein gedehntes »Na«?
entfuhr ihrem Mund. Sein Vater schüttelte lediglich
verneinend den Kopf. Die Mutter seufzte.

Auch Edgar hatte gefragt: »Na?« Bruno hatte abgewinkt. Sie hatten sich auf ihre Räder geschwungen
und waren in Richtung Küste geradelt. Baden und
Mädchen beobachten. »Mädchen beobachten«, sagte
er so wie andere: »Vögel beobachten« sagen.

27

Auf dem Zuweg zu Brunos Wohnung stand ein Motorrad mit dem Kennzeichen NWM. Am Lenker links glänzte schwarz ein Sturzhelm, rechts waren ellenlange Lederhandschuhe lässig über den Lenker geworfen. Edgar zögerte, ob er klingeln sollte, er hatte sich nicht angemeldet, das taten sie fast nie, das hielten sie nicht für nötig. Nur manchmal, nach einem längeren Zeitraum, kündigten sie sich an, was besonders bei Bruno mit seiner Unstetigkeit angebracht schien. Edgar klingelte.

»Ach, du? Hätte ich mit dir rechnen sollen?«, reagierte Bruno.

»Komme ich zum falschen Zeitpunkt?«, fragte Edgar.

»Nein, nein«, beteuerte Bruno, »komm schon, das ist Heinz, ein, ja, wie soll ich sagen, Bekannter, Freund? Aus Meckpomm.« Bruno scharwenzelte mal um Edgar, mal um Heinz herum, sichtlich bemüht, die Beklemmung, die sich wie eine Betonwand zwischen den beiden aufzutun drohte, zu durchbrechen. »Unser Experte«, erklärte Bruno, und Edgar glaubte verstanden zu haben, um welche Art von Sachverstand es sich bei Heinz handelte. Edgar spürte, wie er von Heinz gemustert wurde. Heinz trug eine Nickelbrille, auf deren Gläsern sich das Licht brach. Unwillkürlich suchte Edgar nach Spuren, die ihn als das auswiesen, was er sich unter »einem von diesen« vorgestellt hatte: Provozierende Tätowierungen, Fingerringe dick genug, um mit einem Schlag einen Gegner zur Strecke zu bringen, Halskette mit symbolträchtigem Anhänger. Nichts von alledem. Nicht einmal ein schwarzer Adler mit ausgefahrenen Krallen auf dem T-Shirt.

Um das peinliche Schweigen zu unterbrechen sagte Edgar, von Motorrädern habe er keine Ahnung, das sei doch seines da draußen?

»Eine K 1600 GT, hat 160 PS«, erklärte Heinz.

»Viel«, sagte Edgar.

Einhundertsechzig? Das sei doch noch gar nichts, da gäbe es Maschinen ...

Was für Maschinen, ließ er offen, weil er sah, dass Edgar ohnehin nichts davon verstand. »Aber«, fügte er dann doch hinzu, »das geht ruckzuck, man findet immer eine Lücke. Das Auto steht, der Feuerstuhl dreht. Ist so ein Spruch unter Kennern.« Er lächelte nachsichtig.

Dich werde ich nicht um Hilfe bitten, dachte Edgar. Allein die Vorstellung, er gewönne Einsicht in seine intimsten Angelegenheiten, hätte ihn bei passender Gelegenheit in der Hand, irgendwie. Bauernfänger, waren die das nicht alle? Tummelten sich im Internet, stellten Infos in die sozialen Netzwerke. Ungefragt, frisiert, zurechtgebogen. Unlöschbar. Machte Heinz so etwas? Edgar schwirrte der Kopf.

»Bruno, eigentlich wollte ich nur mal so bei dir vorbeischauen. Quasi auf einen Sprung«, erklärte er, um die Verlegenheit zu überbrücken. Er wünschte sich, Heinz wäre so ein Mensch, der in sein vorgefasstes Raster passte, das, so glaubte er, würde ihm den Zugang zu solch einem Typen erleichtern. Doch Heinz zeigte sich jovial, wenn nicht gar sensibel. Will ich ihn aus der Reserve locken, muss ich ihn provozieren, überlegte Edgar. Am besten gleich volle Breitseite. »Ich habe von dir gehört, über Bruno. Welches Ziel verfolgt deine Partei, verfolgst du?«

Heinz stutzte, seine Brille sandte Blitze in den Raum, er überlegte ein paar Sekunden, dann erwiderte er: »Ich wünsche mir ein befriedetes Land, nicht mehr und nicht weniger, also etwas, das sich die große Mehrheit in diesem Lande wünscht. Friedlich seiner Arbeit nachgehen. Da darf niemand sein, der das alles hier kaputtmachen will.«

»Das ist ein gutes Ziel.«

In Heinz' Augen blitzte ein Funken Misstrauen auf. Hatte er mit dieser spontanen Zustimmung nicht gerechnet?

Es schien, als hätten beide erkannt, dass sie diesen kurzen Wortwechsel nicht in einen zähen Schlagabtausch ausufern lassen sollten. In Edgars Schädel überschlugen sich Fragen, Argumente, Widerwille.

An Heinz gewandt erklärte Bruno: »Der Edgar hat da eine echt harte Nuss zu knacken. Wenn nicht du, wer sonst?«

Heinz zögerte mit einer Reaktion.

»Eigentlich nicht so wichtig«, sagte Edgar.

»Wenn es das nicht ist, auch gut«, konterte Heinz.

Diesmal deute Edgar Heinz' Lächeln als ein Grinsen.

Ich werde ihm die Telefonnummer nicht anvertrauen. Nicht ihm, entschied Edgar. Er trug das zusammengefaltete Stück Papier bei sich in der Jackentasche, für alle Fälle, wie er dachte, und für den Zufall, der sich mal ergäbe. So wie jetzt und heute. Doch plötzlich hatte er das Gefühl, als brenne dieser Fetzen Papier durch das Gewebe hindurch ein Mal auf seine Haut. Unwillkürlich griff seine Hand danach, umschloss es so fest, als wolle er es zerdrücken. Dann legte er es auf den Tisch und glättete es mit der flachen Hand.

»Altes Modell«, konstatierte Heinz. »Erkenne ich an der Nummer. Es wäre besser, ich bekäme das Handy dazu, in dem die Nummer gespeichert ist« Er werde sehen, was sich machen lasse. Und Edgar versprach, nach dem Handy zu suchen, es müsse doch mit dem Teufel zugehen, sollte es im Hause nicht zu finden sein. Doch dann fiel ihm ein, dass auch ihr Handy Opfer des Unfalls geworden war.

Heinz verstaute die Nummer in die Brusttasche der Motor-radlederjacke. »Ich lasse von mir hören.« Er nickte kurz, tippte mit zwei Fingern an seine Stirn und verließ das Haus. Edgar blieb im Wohnzimmer zurück, Bruno begleitete Heinz bis zum Motorrad. Edgar sah durch das Fenster, wie die zwei heftig gestikulierten.

»Alles gut«, sagte Bruno, als er wieder ins Zimmer trat. Und, als hätte er in Edgars Bedenken erraten, erklärte er: »Er wird damit kein Schindluder treiben. So einer ist Heinz nicht, da kann ich dich beruhigen. Ansonsten frage ich mich, was du dir davon versprichst.«

Ja, was eigentlich, dachte Edgar. In diesem Moment ärgerte er sich, dass er überhaupt daran gerührt hatte. Er wünschte, er könnte es ungeschehen machen.

Was denn Heinz so mache, wenn er nicht gerade seinen fragwürdigen Aktivitäten nachging, wollte Edgar wissen.

»Alle Aktivitäten sind fragwürdig«, reagierte Bruno leicht verärgert. »Heinz ist bei einer Bank in der Kreisstadt. Filialleiter oder sowas, verdient nicht schlecht. Da hast du sie, deine Nazis. Nix da, grundsolide Leute.«

Edgar holte tief Luft und schwieg.

Seinem Haus näherte er sich über einen Umweg, der ihm mittlerweile zur Gewohnheit geworden war. Obwohl er diesmal während der Fahrt hartnäckig der Versuchung widerstehen musste, am Unfallort vorbeizufahren. An der entscheidenden Kreuzung musste er an der Schicksalsabfahrt an sich halten, den Lenker nicht zu verreißen. Die quietschenden Reifen brachten ihn zur Besinnung, er riss die Augen weit auf – wie nach einem Sekundenschlaf. Ein zweites Mal darf mir das nicht passieren. Und wenn?, schoss es ihm in den Kopf. Wer schon vermisste ihn? Wie wohl andere, die allein leben oder allein gelassen wurden oder sich möglicherweise für ihr Alleinsein ein für alle Male entschieden haben, das so sähen? Wieviel war ihnen ihr Leben wert? Gewann das eigene Leben nur dann an Wert, wenn es sich in den Augen eines anderen widerspiegelt, wenn man es mit anderen teilt? War der Mensch erst ein Mensch über die Reflexion durch andere? Und was war *er* dann, wenn niemand an einer Reflexion über ihn interessiert war? – Ruth? Vielleicht, dachte er. Obwohl es nicht regnete, landete seine Hand am Scheibenwischer. Gedanken wegwischen, mit einem kleinen Handgriff. Wenn das so ginge …

In letzter Zeit hatte er, bevor er in sein Haus trat, immer mit Beklemmungen zu kämpfen. Fremdsein im eigenen Haus – ein eigenartiges Gefühl. Die Fremdheit legte sich nach ein paar Sekunden des Zögerns. Wenn er die Tür aufschloss, hielt er für einen Augenblick inne, lauschte hinein, als hätte sich während seiner Abwesenheit eine fremde Person reinschleichen können. Johanna, nun ja, tagsüber. Aber spät am Abend? Er zog die Tür zu, lauschte wie ein Dieb, der in ein fremdes Haus eindringt. Selbstverständlich war da nichts und niemand. Noch immer *die Unvollendete*, wie er die teilfertige Wand inzwischen nannte. Und eigentlich war es ihm mittlerweile egal, wann das Werk mal vollendet sein und ob es überhaupt je zu Ende gebracht würde.

Er hatte das Empfinden, dass er diesen Abend allein nicht gut überstehen würde. Die Beklemmung war noch nicht gewichen, er führte das auf die Begegnung mit Heinz bei Bruno zurück. Unschlüssig stand er in der Küche, konnte sich zu nichts aufraffen. Wie gelähmt ließ er sich auf einen Stuhl fallen, presste die gefalteten Hände zwischen die Schenkel, rieb sie aneinander, spürte, wie sein Glied sich regte, ging ins Bad, masturbierte in die Kloschüssel, spülte einmal, spülte ein zweites Mal, klappte den Klodeckel runter, setzte sich drauf und wischte die Tränen, die wie ein Rinnsal an seinen Wangen herunterflossen, mit Toilettenpapier fort.

Er duschte ausgiebig, überlegte danach, ob es sich lohne, noch heute Abend Hemd und Hose anzuziehen oder ob er den Rest des Abends im Bademantel verbringen sollte. Er beschloss, sich rundum frisch zu kleiden. Das gab ihm ein Gefühl, als erwarte er einen späten Gast. Wenngleich sein nüchterner Verstand ihm sagte, dass die Erwartung eines Gastes um diese Zeit unrealistisch sei. Schon lange hatte die Dämmerung eingesetzt. Er machte Licht, knipste auch die kleine Lampe am Schreibtisch an, setzte sich an den Schreibtisch, griff in die rechte Schublade, entnahm ein Blatt Papier und versuchte seine Gedanken niederzuschreiben. Es wollte ihm nicht gelingen. *Liebe Luise! Ich vermisse dich so sehr.* Weiter kam er nicht. An wen sollten die auf Papier festgehaltenen Gedanken gerichtet sein? Bruno? Keine gute Idee.

Er verschränkte die Hände hinter dem Kopf und er spürte, dass eine Dumpfheit ihn beschlich wie die Dunkelheit der bevorstehenden Nacht: Das hättest du mir nicht antun sollen, Luise! Du kannst dir gar nicht vorstellen, was du damit angerichtet hast. Alle reden mir zu wie einem kranken Schimmel. »Das wird schon, jeder hat sein Päckchen zu tragen.« Nein, Luise, das ist kein Päckchen, das ist ein ganzer großer Sack voller Steine, einer schwerer als der andere. Bin ich ein Jammerlappen, wenn ich davon spreche, mit dir? Du hörst mir nicht zu, kannst es nicht, und der Gedanke, dass es möglich wäre, ist absurd. Dazu müsste ich glauben, an etwas, das jenseits meiner Wahrnehmung liegt, an etwas Wirres, Unfassbares, total Irrationales. Doch das geht nicht bei mir. Wie oft haben wir darüber diskutiert: Glaube, Unglaube, Gott und die Welt. Wir waren uns einig, dass es Gott nicht gibt. Einen Glauben kann es geben, ja, den muss es geben, darauf hast du bestanden, sonst flöge uns die Welt um die Ohren. Doch woran glauben? Wir haben diesen Punkt nicht zu Ende diskutiert, und vielleicht gibt es hier gar kein Ende. Auch hierin fehlst du mir, so, wie mir deine Arme fehlen, die mich vor dem Einschlafen umfingen. Ach ja, der Abend, er ist schon weit in der Zeit, die wir uns ausbedungen hatten, ganz allein für uns, nichts und niemand sollte uns stören. Wir glitten in den Schlaf hinüber, ein jeder mit der Wärme des anderen im Schlafgepäck. Unsere Zeit zum Schlafengehen ist näher gerückt. Doch ich hasse das Bett, fürchte es wie ein kleines Kind, das die bösen Träume der Nacht vorausahnt. Wie soll ich dir das erklären. Wenn jeder Griff nach deinen Armen ein Griff ins Leere ist. Nein, das alles und noch mehr lässt sich nicht auf einem Blatt Papier wiedergeben. Ich werde dir das versprechen, was man so locker *sich zusammennehmen* nennt, mehr versprechen kann ich nicht.

Zwei, drei Tage später trat er abermals, wie so oft in letzter Zeit, in immer kürzeren Abständen, hinaus in das Dunkel. Automatisch wanderten seine Augen hinüber zu Ruths Haus. Heute brannte dort kein Licht mehr. Er lief einige Schritte die Straße auf und ab, hielt vor ihrem Haus inne, lauschte, riss die Augen weit auf – ein Versuch, die Dunkelheit zu durchdringen. Dünner Regen hatte eingesetzt, den er zunächst nicht wahrnahm, bis er spürte, wie sein Gesicht von den feinen Tropfen feucht wurde. Bald drang die Feuchtigkeit auch durch sein Hemd, das auf seiner Haut klebte wie ein nasser Waschlappen. Er tat, als mache ihm das nichts aus. Aber bald fröstelte ihn; Arme, Brust und Rücken überzog eine Gänsehaut, ein unangenehmes Gefühl, das ihn zurück ins Haus trieb.

28

Bruno ließ nicht lange auf sich warten: Eines Abends kurz nach elf rief er an, das war für Bruno keine Unzeit. Er habe etwas für ihn, signalisierte er. »Auf Heinz ist Verlass«, hörte Edgar seine aufgekratzte Stimme. »Und«, fragte Bruno, »wer ist oder wer war denn bloß Katarina Schmal?«

Edgar spürte, wie sein Gesicht sich versteinerte. Auf Brunos Frage reagierte er nicht. »Erkläre ich dir später«, antwortete er lediglich und schaltete sein Handy ab.

Brunos Auskunft hatte ihn wie ein Hammerschlag getroffen. Er wusste im ersten Moment nichts mit sich anzufangen. Unschlüssig, ob er sitzen, stehen oder liegen sollte, umrundete er mehrere Male den großen Tisch, mal schneller, mal langsamer, er drückte mit den Fäusten gegen seine Schläfen. Nur nicht wieder dieser vermaledeite Kopfschmerz! Er erinnerte sich, wo er die Tabletten deponiert hatte, spülte mit einem Schluck Wasser nach, setzte sich aufs Bett, starrte vor sich hin und wünschte sich, weinen zu können. Drehte er durch? Wann ist der Punkt gekommen, an dem man spürt, dass die eigene Berechenbarkeit außer Kontrolle gerät? »Mach dich nicht verrückt«, hörte er Bruno sagen. Doch er würde ihn nicht um Rat fragen. Jetzt nicht mehr. Was schließlich wusste er schon? Hatten sie was miteinander, Luise und Katarina, hatten sie nichts miteinander? Es war alles zu spät, so wie es immer zu spät war, nur er hatte davon nichts mitbekommen. Wie konnte das möglich sein? Doch möglich war vieles.

Er suchte in seinem Gedächtnis nach Anhaltspunkten. Da war nichts, abgesehen von ein paar harmlos scheinenden Ausflügen in die Innenstadt. Frauen treffen sich, machen ihren Kaffeeklatsch, reden miteinander. »Klar, wir reden auch über euch Männer«, hatte sie mal gesagt. »Machen das die Männer nicht auch, wenn sie unter sich sind, über Frauen reden? – Na siehst du.« Nur wenn die Frauen untereinander über Männer redeten, hatten die Männer immer auch ein bisschen Angst, nicht gut dabei wegzukommen.

Um sich abzulenken, schaltete er den Fernseher ein. Die Spätnachrichten: Menschen auf der Flucht, ganze Karawanen, Tote am Wegesrand abgelegt wie unnützer Ballast. Kinder mit blicklosen Augen, die nie einen Ball gesehen hatten. Eine Bootsladung aufgerissener Augen. Nur sie waren es, die Augen, die der Kameramann eingefangen hatte. Wer filmt so etwas? Er schaltete den Fernseher wieder aus. Die Stille, die ihn urplötzlich umfing, empfand er als unerträglich. Erneut schaltete er den Fernseher ein, wo jetzt ein Spieleführer von seinen Kandidaten erfahren wollte, was *Pulka* sei: ein lappländischer Volkstanz, ein karibischer Buntfisch, die Bezeichnung für einen Hunderennschlitten? Er ließ die Sendung ohne Ton weiterlaufen und versuchte, die Lippenbewegungen und die Mimik der stummen Akteure auf dem Bildschirm zu deuten. Ein fahrig wirkender Quizmaster, Gelächter der Kandidaten, heftiger Beifall aus dem Publikum, die Bilder boten wenig Deutungsspielraum. Er schlief ein.

Als er erwachte, hielt ein Mann eine Pistole an die Schläfe eines anderen Mannes. Der Mann mit der Pistole an der Schläfe zeigte ein versteinertes Gesicht, nur seine Augen wanderten von rechts nach links, hielten wie erstarrt inne, um dann von links nach rechts zu wandern. Der Ton blieb ausgeschaltet. Sieht so der Tod aus?, fragte sich Edgar. Er drückte auf den roten Knopf der Fernbedienung. Warten. Auf den wiederkehrenden, den erquickenden Schlaf, die Ankunft im Land der Verheißung, auf den bunten Ball, den der Vater dem stummen Kind im Boot versprochen hat. Der Mann, dem die Pistole an die Schläfe gesetzt wurde, wartete der auf den Schuss? Warten setzt Erwartungen voraus. Das letzte Warten ist das Warten auf den Tod, danach gibt es keine Erwartungen mehr. War das ein tröstlicher Gedanke? Mit dieser Ungewissheit trat er hinaus in den dunklen Garten. Es fiel kein Regen mehr. Wenn der Wind die Luft bewegte, fielen von den Bäumen, schwer aufklatschend wie kleine Explosionen, letzte Tropfen.

Was hatten sie miteinander zu tun, Luise und Katarina? »Ich nehme Lotte mit«, entschied Luise jedes Mal, wenn sie zu Kati alias Astrid fuhr, und das sehr bestimmt, so als dulde sie keinen Widerspruch. Auch wenn Charlotte sich widersetzte. Sie solle nicht so rummaulen, sie dürfe doch auch wieder mit den Barbies spielen, das sei versprochen, und überhaupt, auch Kati freue sich doch so sehr auf sie beide. »Unser Weibertag, du weißt doch.« Manchmal verzog Charlotte weinerlich den Mund, fügte sich aber dennoch, sie hatte keine Wahl.

Die ewig langen Abschiede ihrer Mutter von der Freundin, ihre Umarmungen, ihre nicht enden wollenden Mundküsse, der Tränen umflorte Blick, wenn sie dann sagte: »Wir müssen. Dein Vater wird sich sonst Sorgen machen.« Sie hasteten die Treppe hinunter. Am Auto angekommen hatte Luise ihre Aufwallungen wieder unter Kontrolle. Einmal nur hatte sie mehr zu sich als an Charlotte gewandt gesagt: »Wie lange das wohl so gut geht.« Keines von ihren Worten hatte Charlotte verstanden. Sie sah nur das bekümmerte Gesicht ihrer Mutter, das aber jedes Mal, wenn sie sich ihrem Haus näherten, wieder aufhellte. Und so betrat sie, nein, stürmte sie geradezu mit aufgehellter Miene ins Haus. »Geschafft!«, rief sie manches Mal, oder: »Endlich!« Was niemand zu deuten wusste.

Die Worte *geschafft* und *endlich* kamen Edgar in den Sinn, zeigten sich ihm plötzlich in einer völlig anderen Färbung. Einmal hatte er sie gefragt, ob sie etwas bedrücke. Ihm war aufgefallen, dass sie Dinge vernachlässigte, die ihr sonst immer so wichtig waren.

Dreimal in der Woche zum Frauentraining waren auf einmal geschrumpft. »Wieso?«, fragte sie zurück. »Was sollte sein? Sie ging dann eine Zeit lang wieder zweimal zum Training, das sie dann aber bald wieder auf einmal reduzierte. Es sei der Rücken, rechtfertigte sie sich.

»Gerade deshalb solltest du hingehen«, hatte er entgegengehalten.

»Ist doch schließlich mein Körper«, hatte sie mit schnippischem Unterton reagiert.

An diesen Wortwechsel erinnerte er sich in diesem Augenblick. Lag nicht auf allem, was sie in letzter Zeit sagte, ein schnippischer Unterton? Er hatte das als vorübergehende Laune abgetan. Frauen sind nun mal so, wechselhaft in ihrer Gefühlswelt, launisch, entschied er. In jeder noch so geringen Unregelmäßigkeit fand sie in letzter Zeit in ihm den Schuldigen. Ein verlegter Schlüssel, die Gartenschere, die nicht an ihrem angestammten Platz lag, und warum klemmte neuerdings die Befüllklappe der Waschmaschine? Fragen dieser Art stellte sie mit einem blitzschnellen feindseligen Blick, dem er keine größere Bedeutung beimaß. Ebenso blitzschnell schalteten ihre Augen auf ein Lächeln um, das er als liebevoll entgegennahm. Rückblickend gewannen solche Gemütsschwankungen schärfere Konturen. Auch ihr Bemühen, Charlotte enger an sich zu binden, erschienen ihm heute in einem anderen Licht. Sah sie nicht, wie Charlotte sich sträubte? Sie überschüttete sie mit Dingen, von denen sie meinte, sie könne nicht genug davon bekommen. Grellbunte

Kleidchen, Haar-Reifen, Glitzerschuhe. Sachen, die Charlotte immer mit einer Schnute in die Öffentlichkeit trug. In ihrem Zimmer häuften sich Barbie-Püppchen in allen möglichen Ausführungen. Ein Sammelsurium, das sie mehr verwirrte, als dass sie sich daran hätte erfreuen können.

Wenn Luise mit Charlotte in die Stadt fuhr, hatte sie immer auch ein paar von diesen Püppchen im Gepäck. Charlotte war kein Kind, das mit Puppen spielen wollte. Sie liebte es, durch Haus und Garten zu toben, durchstöberte die dunkelsten Winkel auf dem Dachboden und im Keller, verkroch sich in Höhlen, die sie sich aus Decken und Planen baute und in denen sie sich einrichtete wie im eigenen Heim. Den Püppchen verdrehte sie Arme und Beine, verpasste Barbie eine Ponyfrisur, tauchte deren Hofstaat in grellbunte Farben, schließlich warf sie die von ihr erschaffenen Schreckgestalten in irgendeine Ecke, wo sie sie vergaß. Ihre Mutter reagierte mit »Kind, was du nur wieder angestellt hast« und sorgte für Nachschub. War es Luises Absicht, sie in diese Ecke drängen?

Edgar durchforstete sein Gedächtnis auf der Suche nach Anhaltspunkten, die ihn früher hätten aufhorchen lassen sollen. Da war die Sache mit dem Badezimmer. Sie wollte miteins nicht mehr, dass er sich zur gleichen Zeit wie sie im Bad aufhielt. Dass er sich rasierte, während sie duschte, war stets so einfach und selbstverständlich wie der gemeinsame Aufenthalt am Herd in der Küche. Sie genossen dieses erotische Knistern, das sich einstellte, wenn sie sich gemeinsam im Bad befanden, sie hüllenlos unter der Dusche, er rasiert sich mit entblößtem Oberkörper vor dem Spiegel. Sie spürte, dass er mit eingeseiften Wangen und Kinn sie unter der Dusche über den Spiegel aus den Augenwinkeln beobachtete, sie drehte ihren Körper in eine Richtung, von der sie meinte, in dieser Position besonders begehrenswert auszusehen. Er ließ sich mit dem Rasieren Zeit, prustete, wenn er sich den Restschaum vom Gesicht fortspülte, trocknete ausgiebig seine Wangen, betupfte sie mit duftendem Rasierwasser, stets den Blick im Spiegel, stets den Blick in Richtung Dusche gewandt, unter der sie sich seinen Blicken darbot. »Mein Voyeur«, neckte sie ihn, und sie wusste, dass sie ihn mit diesem Wort verlegen machte wie einen pubertierenden Jungen, der sich heimlich auf die Entdeckung des weiblichen Körpers begeben hatte. Bis sie eines Tages unumwunden äußerte, sie möchte von nun an nicht mehr mit ihm zusammen im Badezimmer sein. Hätte das ein Zeichen für ihn sein sollen? Er hatte es nicht verstanden.

Er verwünschte den Augenblick, als er diesen Papierschnipsel gefunden hatte. Er verwünschte sein Tun danach. Er verwünschte Bruno und Heinz und Johanna und überhaupt jeden Menschen, der sich herausnahm, in sein Leben einzudringen. Er verwünschte sein Leben.

29

Nie wieder zu der Unfallstelle fahren, das hatte er sich geschworen. Doch Ruth bedrängte ihn: »Das musst du tun. Ich kann dich begleiten.«

Die Narbe am Baum hatte sich nicht merklich verändert. Vielleicht war die Wulst am Narbenrand dicker geworden. Jemand hatte verwelkte Blüten entfernt und sie mit offenbar weitem Schwung weggeworfen. Nicht weit genug, die angemoderten Reste lagen verstreut in einiger Entfernung im angrenzenden Wald. Unter dem Baum hatte jemand zwei blassrote Nelken niedergelegt. Die Nelken waren noch frisch, es konnte also nicht lange her sein, dass der oder die andere kurz vor ihnen hier gewesen sein musste.

»Eine Frau«, konstatierte Ruth. »Jedenfalls deutet alles darauf hin. Ein Mann bringt keine Nelken, und in dieser Farbe schon gar nicht. Doch ich kann mich auch irren.«

Reflexartig streckte Edgar seine Hand in Richtung der beiden Blüten, er verspürte den starken Impuls, sie zu zertreten und in den Boden zu stampfen.

»Lass gut sein!«, sagte Ruth, »wer immer es gewesen sein mag, man kann es ihr oder auch ihm nicht verwehren.«

»Ihr oder auch ihm. Diese sachlich sprachliche Korrektheit, nun auch noch an solch einem Ort.«

Wenn ich ihn hier zurechtweise, habe ich verloren, dachte sie. Sie schwieg.

Als hätten sie sich vorher darauf geeinigt, gingen sie nicht sofort zum Auto zurück, sondern liefen tiefer in den Wald hinein, bis der Weg sich verlief. Etwas ratlos blieben sie stehen und blickten sich auf der Suche nach dem Rückweg nach allen Seiten um. Sein Daumen deutete nach links, sie wies nach rechts. Sie entschieden sich, ganz einfach kehrtzumachen und schnurstracks geradeaus zu laufen.

Keiner von beiden hätte sagen können, wie lange sie stumm hintereinander über Baumstümpfe und Geäst gestolpert waren.

»Du kennst dich doch gewiss in der Märchenwelt aus. Da sollte es uns doch nicht wundern, wenn wir bald auf ein Hexenhaus stoßen sollten«, sagte sie, als sie abermals stehenblieben und sich nach allen Seiten umblickten.

»Da entlang«, entschied er. »Ich habe ein Motorengeräusch gehört. Wo ein Motor ist, da ist auch ein Auto, und wo ein Auto ist, da ist auch eine Straße.«

»Kluger Mann«, parierte sie, und sie dachte, das ist mein Remis.

»Ich werde nie wieder hierher zurückkommen, das weiß ich jetzt endgültig«, stellte er fest. »Ich will auch nicht mehr wissen, ob *sie* oder *er*. Was schon macht den Unterschied? Ich werde mit der unbeantworteten Frage leben müssen, warum sie Charlotte mitriss. Der Kindersitz, der nicht auf dem Rücksitz festgezurrt war.«

»Womit sie Schuld auf sich geladen hätte. Kein Urteil, Gott bewahre. Eine ungeschönte Feststellung. Es gibt hier keinen Richter.«

Was bleibe ihm zu tun? Keine Frage, die er an sie stellte. Minutenlanges Schweigen. Sie kämpfte mit den letzten Zentimetern, die sich zwischen ihrem Arm und seiner Schulter wie eine Sperre gelegt hatten. Überwinde ich die letzten Millimeter, werde ich wissen, ob wir es geschafft haben.

Doch dann sagte sie, wohl eher, um das drückende Schweigen zu brechen:

»Man soll die Toten ruhen lassen.«

»Wenn sie nur Ruhe gäben«, sagte er.

Einander an den Händen haltend gelangten sie zum Auto zurück.